AF435378

# PEDRO

## - PERDÓN -

SERIE
LOS TRAJEADOS
VOL. 1

# NANDA GAEF

# PEDRO

## - PERDÓN -

Título: *Pedro – Perdón. Serie Los Trajeados. volumen 1*
© 2018, Nanda Gaef

De la maquetación: 2018, Romeo Ediciones
Del diseño de la cubierta: 2018, Alexia Jorques
Fotografías de cubierta: ©Fotolia
Corrección: Montse – Lector cero

Primera edición: noviembre de 2018

ISBN-13: 978-84-17259-91-4

# Sinopsis

Muchas veces los deseos se convierten en realidad; sin embargo, no siempre traen la tan ansiada felicidad.

El siempre alegre y sonriente Pedro creció deseando que su mejor amigo, Daniel, fuera su hermano. Al descubrir que es así, no puede soportar conocer, por boca de terceros, que su madre y su mejor amigo —ahora hermano— le han ocultado esa información durante treinta años.

Ciego por el rencor y la desilusión, se aísla de todos, toma malas decisiones y, presionado por su pasado, huye para buscar el apoyo de su mejor amiga, Fátima.

En su huida conoce a Paula, una mujer diferente a las que a él le gustan, pero que no pasa desapercibida a sus ojos. Para su sorpresa, Paula no cae rendida ante su encantadora sonrisa y conquistarla se convierte en un desafío para Pedro.

Pero sus errores de juventud lo persiguen allá donde va y no le permiten seguir con su vida. La culpa le pesa y le impide seguir adelante…

Tu opinión marca la diferencia.

*"La vida es fascinante:
solo hay que mirarla a través de las gafas correctas."*
ALEJANDRO DUMAS

# Carta a Pedro.

Querido hijo, felicidades por tu decimoctavo cumpleaños.

Ojalá hubiera podido estar ahí junto a ti en este día tan especial. Poder ser testigo del hombre en que te transformaste. Pero la decisión entre la vida y la muerte no estaba en mis manos. Sin embargo partiré con la tranquilidad de saber que tu madre hará de ti un buen hombre: que sabrás respetar a las mujeres, que serás amigo de tus amigos, y que sabrás valorar todo aquello que te fue regalado.

Hijo… antes de que te adentres en estas líneas te pido que no juzgues, que primero leas y reflexiones. Que puedas perdonarme por las decisiones que tomé. Porque sea para bien o para mal, tú siempre serás el que cargue con las consecuencias de tus actos; y no quiero que por culpa de los errores de aquellos que debían protegerte, seas infeliz. Yo cargué can las mías, hice muchas cosas mal, tomé malas decisiones; pero de ellas salió lo más hermoso de mi vida, solo que por el camino perdí otras. Hice daño a quien no se lo merecía y eso me dolerá hasta mi último aliento. Y por eso te dejo estas líneas. Lo que te revelaré ahora no será fácil de digerir, pero es la historia de mi vida; de nuestras vidas. Me hubiera encantado contártela en persona.

*Pero ya ves…*

*Cuando tú llegaste a mi vida yo acababa de formarme, quería demostrar al mundo quién era, me juré a mí mismo que sería el mejor en todo aquello que hiciera… ¡y fallé!*

*No pude verte crecer, no supe ser un buen marido ni mucho menos un buen amante. En lo único que pude demostrar mi valía y aún así a medias, fue en el terreno profesional. Pero como ves tampoco hubo tiempo para conquistar todo aquello que me había propuesto.*

*Hice daño a la única mujer que verdaderamente amé en mi vida. Hijo… ¡no me odies!, pero esa mujer no era tu madre. Me está siendo muy difícil escribir esta carta, pero no me iré de este mundo negándote la verdad sobre mí. Sobre quién soy, sin pedirte perdón por no haber estado a tu lado, por haberte ocultado durante dieciocho años la verdad. Quiero irme con la certeza de que sabrás quien fui, los errores y aciertos que cometí.*

*Pedro…, yo amaba a otra mujer cuando descubrí que tú crecías en el vientre de tu madre. No te contaré como ocurrió, eso no me corresponde a mí. Lo que quiero es que sepas que yo estaba perdidamente enamorado de otra, pero las apariencias, la posición social, el círculo de amigos era lo que contaba. Fui cobarde hijo…, y mi cobardía me llevó a abandonarla. Me quedé con tu madre que sí tenía un buen estatus social, aunque no la amaba, pero acaté la voluntad de mis padres. Vi como su vientre crecía, estuve presente en tu primera ecografía, sentí tu primera patada, pude disfrutar de cada segundo de tu crecimiento en el vientre de tu madre. A cada movimiento tuyo te amaba un poco más, pero tenía el corazón partido. Seguramente te estarás preguntado porqué te estoy revelando todo esto. Porqué te estoy causando este dolor. Te lo aclararé hijo mío. Esta otra mujer también estaba embarazada, y nos amábamos, pero mi familia no me permitió quedarme con ella; me amenazaron diciendo que habría consecuencias. Fui un cobarde, no me en-*

*frenté a ellos. No luché por mi amor. El día que de verdad ames a una mujer no te avergüences de decirle lo que sientes. Grita al mundo que estás enamorado, lucha por ella y prométeme que nunca te importará la opinión de los demás y mucho menos las apariencias. La mujer que yo amaba, al saber de tu existencia me echó de su vida, era una mujer íntegra, no me permitió tocarla nunca más. Mantuvimos una buena relación, nunca le faltó de nada ni a ella ni a tu hermano, pero jamás pude caminar con él de la mano, no viví junto a él todo lo que he vivido junto a ti, tuvimos nuestros momentos, pero era a escondidas. Tu hermano seguramente nunca conocerá a tus abuelos porque estos reniegan de ellos. Pedro, lo que quiero decir con todo esto hijo, es que des la espalada a los prejuicios. Que te apoyes en tu hermano. No cometas mis mismos errores. Espero que hayáis crecido juntos como hice a vuestras madres prometerme, aunque no tenía el derecho de pedírselo, lo hice.*

*Pedro, Daniel es tan García como tú, pero tus abuelos, que saben de su existencia, dejaron todo muy bien atado para que tu hermano no pudiera tocar nada de lo que fue de ellos. Hice todo cuanto pude para que lo que le corresponde llegue a sus manos. Sin embargo hijo, el dinero es lo que menos me importa. Lo que verdaderamente me importa es que estéis juntos, sé que seréis hombres de bien y que podréis trabajar y construir vuestro propio imperio. Daniel es unos meses mayor que tú. Nunca permitas que nada os separe. Trabajad codo con codo, defendeos y estad siempre el uno para el otro. Desgraciadamente tu hermano solo podrá recibir lo que es de él por derecho cuando ambos cumpláis los treinta años. No es por nada, pero tu abuelo construyó el imperio que te dejo. Yo me iré antes que mi padre y sé que su testamento excluye a Daniel de todo, pero el mío no, espero que no te enfades, yo compré la parte de tu tío y con mucha ayuda jurídica dejé esa parte para tu hermano a fin de evitar una batalla legal. Espero que cumplas lo estipulado y le* des lo que le corresponde por derecho. Él no tiene la culpa de nada. Ni mucho menos tú.

De la misma manera que te dejo una carta a ti, le dejo otra a él.

Os quiero. Los momentos que pasé junto a vosotros fueron los mejores de mi vida. Nunca estaréis solos, yo siempre miraré por vosotros.

Perdóname hijo.
Te quiero.
Papá.

# Capítulo 1

Pedro

Tania no me está poniendo las cosas fáciles, no me deja en paz. No hay manera de hacerle entender que no la quiero en mi vida, ni a ella ni a nadie. Quiero estar solo, dedicarme a mí y a mi trabajo. Ni cuando éramos novios se comportaba de una manera tan posesiva. Aunque le digo que entre nosotros no hay nada y que nunca lo va a haber, ella ignora mis palabras y sigue. No desiste de la idea de que volvamos a ser una pareja.

Su obsesión por tenerme a su lado la lleva a controlar mi vida. Siempre está al tanto de mis horarios, me llama constantemente para saber dónde y con quién estoy. Su posesividad me agobia. Me niego a contestar sus llamadas y preguntas, pero trabajar juntos no me facilita el poder evitarla y, además, le pone en bandeja la información sobre mis movimientos. Cada vez que descubre que mis ausencias no son por compromisos laborales, valiéndose de los privilegios que tiene por ser la hermana del propietario, abandona su puesto de trabajo y se dedica a ir detrás de mí.

Desde la apertura del testamento no me deja en paz.

Me alejaré por un tiempo. Solucionaré los asuntos que tengo pendientes y me iré de visita a Brasil para ver cómo está mi amiga. Hace tres meses, cuando ella lo dejó todo y volvió a su país no se le notaba nada; unas semanas después fui a visitarla y me sorprendí de cómo se empezaban a notar los cambios en su bella figura. Estoy muy orgulloso de ella. La considero una mujer decidida, dura, fuerte y muy valiente. Todos conocemos su sufrimiento, pero sigue manteniendo que lo suyo con Daniel no tiene arreglo, que es el fin. En su presencia está prohibido mencionar el nombre de mi hermano. Ni siquiera baraja la idea de que él se entere de que va a ser padre. Estoy tan metido en mis pensamientos que no me he dado cuenta de la presencia de Rafa, que ha entrado con cara de pocos amigos. Nada más mirarlo supe que no estaba bien. Lo conozco a la perfección. La amistad que nos une es mucho más que las juergas que nos corremos juntos. Creo conocer el motivo por el cual mi compañero anda de mal humor, pero también sé que el muy cabeza dura se niega a reconocer lo evidente: que está loco por la mujer que conoció en verano y que ha trastocado toda su vida. Ella es una mujer moderna, libre, que le dejó claro desde el principio: «solo quiero pasarlo bien, sin ataduras», dijo bien alto y delante de todos. Pero el corazón de la masa de músculos y cara de ángel no captó el mensaje y le jugó una mala pasada.

—Pedro, tengo que ir a Barcelona por un caso. —Arqueo una ceja y lo miro serio. Sabía a qué venía el deseo de ir a la Ciudad Condal.

—Si quieres puedo mandar a uno de los abogados de allí que se ocupe —digo solo para fastidiarlo. Sé perfectamente que se negará con cualquier excusa. Todo le sirve para meterse en un avión e ir detrás de ella.

—¿Te he dicho en algún momento que quiero que alguien haga mi trabajo?

Lo miro inexpresivo. Sé que ese no es su comportamiento habitual. Él jamás faltaría al respeto de esa manera a uno de sus compañeros y menos a mí, su jefe. Que en la calle seamos amigos no implica privilegios en lo laboral. Observo cómo mueve la cabeza en señal de reprobación.

—Perdona, tengo problemas con Miguel. Ahora insiste en que quiere el alta voluntaria y no puedo obligarlo a estar allí. Soy la única familia que tiene aquí, tú conoces nuestra historia. Él me pidió que no les contara a sus padres lo que está pasando. En Grecia nadie está al tanto de su problema. Desde que llegamos aquí como estudiantes, él empezó a cambiar y me siento culpable por no haberlo visto venir.

—Tú no tienes la culpa de las malas decisiones que él ha tomado. Este fin de semana te acompañaré a visitarlo —afirmo con la intención de animarlo un poco.

—¿De verdad? Creo que esto puede ayudarlo a que lo lleve un poco mejor. Está teniendo fuertes crisis por la abstinencia. Pero cuando está lúcido se martiriza por el comportamiento vergonzoso que tuvo.

—Tú solo dime la hora y dónde tengo que pasar a recogerte y allí estaré. Sabes perfectamente que, cuando esté curado, el puesto es de él. Digo conteniéndome, lo que en realidad me gustaría decirle es que deje de escudarse en su primo para no asumir lo que le pasa. Todos conocemos la situación de Miguel, que lleva cinco meses ingresado en una clínica de rehabilitación; todos los días llamamos para interesarnos por sus progresos.

—No te preocupes, paso yo a buscarte —dice Rafa con una sonrisa en la cara.

—Vale. ¿Cuánto tiempo estarás en Barcelona?

—Tres días como máximo.

—Suerte con el caso. —No quiero fustigarle, ambos somos muy parecidos y solo hablamos cuando tenemos ganas. Vendrá a contarme lo que sea que le está pasando cuando se lo dicte su conciencia.

Dedico lo que queda de tarde a revisar un caso que me trae de cabeza. En los últimos tiempos estamos teniendo casos de desfalcos en grandes empresas que representamos. Hay tantísimas irregularidades en estas empresas que no sé por dónde cogerlo. Lo que estoy descubriendo es muy gordo y me parece imposible que todo este entramado no haya salido a la luz todavía. Lo peor de todo es que no sé cómo abordar el caso por un conflicto de intereses, no financiero, pero sí emocional. Cuanto más investigamos Pablo y yo, más actividades ilícitas y desfalcos encontramos en las empresas de nuestra amiga; lo más grave es que muchas de las negociaciones llevan su firma, y ahí es donde entra lo emocional. Si las cosas se ponen feas no sabré cómo reaccionar. La persona idónea para llevar este tipo de caso es Daniel. Pero después de cómo terminaron las cosas entre ellos no le dejaré acercarse a este entramado. Ya encontraremos una salida Pablo y yo.

Las horas pasan sin que me dé cuenta. Tania fue quien me llamó para decirme que ya es la hora de irme a casa. Miro el reloj y descubro que son más de las ocho de la tarde. Sin darle mucha conversación se lo agradezco y corto la llamada. Apago el ordenador, coloco mi mesa y doy por terminada la jornada.

Sin ganas de ver a Tania me meto en el coche y conduzco sin rumbo por la capital.

deseo llegar a casa y tener que aguantar sus insinuaciones, seguidas de reproches y exigencias como si yo le debiera algo. Siempre es la misma rutina: primero intenta seducirme; al no alcanzar su objetivo empieza echarme en cara errores del pasado y termina exigiéndome una oportunidad que, según ella, le debo. Es un círculo vicioso que no tiene fin.

Sin darme cuenta me encuentro parado delante de la residencia de mi madre. La casa está totalmente a oscuras, la única luz encendida es la de su habitación. Miro el inmenso jardín en donde corrí y jugué miles de veces con mi hermano sin saber que por nuestras venas corría la misma sangre.

Siempre había creído tener una madre ejemplar, de buen corazón y de sentimientos nobles, pero de la noche a la mañana descubro que no es así y eso me está destrozando.

Veo por la amplia cristalera del salón que las luces de las escaleras se encienden. Rápidamente meto la mano en el bolsillo y llamo. Aunque esté tremendamente dolido con mi madre no deseo que le pase nada malo. Al segundo tono el ama de llaves coge el teléfono y sin que le pregunte me asegura que todo está bien, que solo le está subiendo un tentempié. Se despide y cuelga. Echo un último vistazo a la enorme casa y arranco. Me dedico a dar vueltas y más vueltas por Madrid, sin saber a dónde ir.

Cumpliendo la promesa que le he hecho a la madre de mi sobrino de no volver a emborracharme, doy una vuelta más por el paseo de la Castellana y me voy a casa

Nada más entrar me recibe un rico olor a comida. Poso las llaves en el mueble de la entrada y me dirijo a la cocina, donde encuentro a Tania sonriente y vestida como si fuera a un evento social. Se acerca seductora y me da un beso en los labios que no correspondo.

—¿Un mal día?

—Sí —contesto escuetamente.

—¿Quieres contármelo?

—No. —La dejo en la cocina y me voy por el maletín que había dejado en la entrada.

—¿Hay algo que pueda hacer para mejorar tu humor? —pregunta detrás de mí, dándome besos en la espalda.

—Dejarme solo.

Con una sonrisa en los labios, ignorando cada uno de mis gestos y palabras de rechazo, toca la punta de mi nariz de manera juguetona e infantil y dice:

—Lo siento, no puedo complacerte. —Se gira y vuelve a la cocina, dejándome la visión del gran escote de su vestido y de su perfecto cuerpo.

Me rio de la manera juguetona que utiliza para intentar seducirme. Cruzando el pasillo para adentrarse en la cocina se para y grita:

—Deja de mirarme el culo. —Aunque no la deseo, tengo que reconocer que la actitud de ella me puso una sonrisa en la cara.

Me dirijo a mi habitación a ducharme y ponerme cómodo para la cena. Sea lo que sea que Tania haya preparado me preocupa, sus dotes culinarias son desconocidas.

Aunque huele muy bien, al ponerme delante empiezo a rezar pidiendo salir vivo de la cena.

—Dime, ¿esta será mi última refección?

—Tampoco es para tanto.

—¿Tú crees?, desconocía que supieras cocinar.

La cena va de maravilla. Todo está muy rico, con varios platos para degustar. Eran cosas simples pero muy bien elaboradas. Me acerco a ella y le doy un beso en la mejilla. Está siendo una velada agradable. Hablamos de cómo ha sido nuestro día. Ella me comenta de la apatía de su hermano, que no hace más que trabajar. Yo prefiero no seguir con el tema. Sé perfectamente que ambos lo están pasando mal, pero creo que Daniel está recibiendo su merecido. Me parece inaceptable la manera en la que se comportó con la madre de su hijo y ahora está pagando las consecuencias.

Entre los dos retiramos la mesa y ordenamos la cocina entre bromas; por momentos me olvido de que es Tania quien tengo al lado. Al final de la velada descubro que la cena tan rica y elaborada que ha servido no la había cocinado ella, la había encargado a un restaurante. Me rio de su descaro.

Con todo recogido nos dirigimos al salón y nos sentamos en el sofá para ver una película. Tania recuesta su cabeza en mi pecho y yo me dedico a hacerle caricias en el pelo. Así estuvimos hasta que el cansancio la ganó y se quedó dormida entre mis brazos. «Si todas las noches fueran así de tranquilas, sin sus intentos descarados por seducirme, no me importaría tenerla andando por mi casa como si fuera la suya», pienso al darle un beso en la cabeza.

Miro de un lado a otro y llego a la conclusión de que mi piso es demasiado grande para mí solo. ¿Para qué necesito cuatro habitaciones, dos *suites*, un despacho, salón, comedor, cocina y una terraza que va de punta a punta del piso? Pero, como hombre listo que soy, sé que lo nuestro no funcionaría, porque las cosas con Tania nunca son fáciles. La cojo en brazos y la llevo a su habitación. La poso con suavidad en la cama, retiro su caro vestido y le pongo un pijama apropiado para el otoño. Apago la luz y me voy a mi habitación para intentar dormir un poco, cosa que es casi imposible en los últimos tiempos. Hace exactamente cuatro meses, veintiún días —miro el reloj— y diecinueve horas que no logro conciliar el sueño. Me acomodo en la cama y antes de dar por terminado el día llamo nuevamente para saber qué tal está mi madre.

# *Capítulo 2*



Sé que desde hace años estoy haciéndolo todo mal. Pero nadie me entiende. Yo no tenía nada y luché sola para conquistar mis objetivos.

Mi vida no ha sido un cuento de hadas.

Éramos una familia feliz. Pocas eran las veces que mis padres discutían y cuando lo hacían siempre nos preservaban. Vivíamos en una casa humilde pero bonita en un buen barrio. Mi madre siempre decía que lo que había allí era de todos.

Sin embargo mi padre no tenía nada. Una vez, a escondidas, los escuché discutir y a mi padre decir que no quería vivir para que Daniel le echara en cara que todo aquello era suyo. No entendí qué pasaba. Mi madre se enfureció y le respondió que mi hermano jamás haría tal cosa, que era un buen chico. Se hicieron muchos reproches y, por primera vez, escuché a mi madre decir cosas negativas sobre mi padre, como que vivía acomplejado por un niño de trece años. Papá era dueño de una pequeña tienda de *todo a cien*; yo creía que era de allí de donde salía nuestro sustento y no me avergonzaba de ello. Lo ayudaba y pasaba horas jugando por aquellos pasillos. Era una niña feliz. Mi madre lo llamó desagradecido y le dijo que ya no le daría más dinero de su hijo para invertir en un negocio fallido. Mi mundo se rompió. Mi papá siempre me había hecho creer que la vida cómoda que yo llevaba era fruto de su trabajo. Descubrí, de la peor manera posible, que el que tenía dinero y nos mantenía era mi hermano. No sabía cómo ni por qué recaía sobre él la responsabilidad de mantener la casa; eso lo descubrí hace unos meses. Después de aquello, mi familia nunca más fue la misma, ya nada era como antes. Daniel no se dio cuenta porque pasaba todo el tiempo con Pedro. Ellos desaparecían y siempre estaban con secretos. Yo quería ser parte de lo que ellos tenían y aunque ellos siempre me trataron bien, no dejaba de ser la hermana pequeña de su mejor amigo. Nunca me miró. Yo no quería ser la pequeña de aquel trío. Cuando fui al instituto ellos me protegían, me cuidaban, pero siempre como la mascota. Hasta que un día me harté y me rebelé. Cuando mi padre se murió de un infarto en su tienda ellos se ocuparon de mí como unos padres, lo que aumentó mi indignación.

Yo ya no era una nenita y no quería que Pedro se comportara como si fuera mi padre. Empecé a perseguirlo. Él huía de mí, yo era la hermana de su mejor amigo. A los catorce años conseguí que me diera mi primer beso, pero se enfureció conmigo y dejó de hablarme. Sin embargo, yo ya no era aquella cría que él había conocido, ya me consideraba una mujer que sabía muy bien lo que quería. Me busqué un novio y se lo refregaba a la cara. Como la mayoría de las personas que dejan de tener protagonismo, Pedro, al ver que ya no andaba detrás de él, empezó a venir a mí, y a los pocos meses éramos novios a escondidas de mi hermano.

Cuando cumplí los quince tuve miedo de que, cuando fuera a la universidad, conociera a una chica más experimentada y me dejara. Así que le dije que le quería entregar mi virginidad. Se puso hecho una furia y me dejó. Enfadada por su rechazo le grite que me entregaría al primero que se cruzara en mi camino. Aun con mi amenaza y queriéndonos, no volvió a mí. Las semanas pasaban y no tenía noticias de él, había desaparecido de la faz de la tierra. Era la primera vez que no nos veíamos durante tanto tiempo. Pasaron dos meses sin ningún tipo de noticia y me desesperé, me volví completamente loca. Ya faltaba menos para que se fuera. El miedo y los malos pensamientos tomaron cuenta de mí, me transformé en un zombi, apenas salía de mi habitación, me negaba a comer y no podía conciliar el sueño. Cada vez que cerraba los ojos lo veía con otras. Estaba a punto de enfermarme. Mi hermano, cansado de verme como alma en pena, fue tras él. Primero le rompió la cara por estar conmigo creyendo que él no lo sabía, y después por hacerme sufrir y estar sufriendo. A mí no se me quitó la idea de ser de él así que, con ese empujón de Daniel, volvimos a estar juntos y yo siempre que tenía oportunidad me insinuaba; hasta que un día su fuerza de voluntad flaqueó y lo seduje. Tuvimos una bonita noche de amor, fue perfecto. Desde aquel momento nos volvimos inseparables, hasta que mi mundo se rompió cuando él se fue y todo cambió. De nada habían servido mis esfuerzos por ser la novia perfecta. Él dejó de tener tiempo para mí. Yo ya no era lo más importante de su vida y por culpa de los celos tomé decisiones equivocadas que destrozaron nuestra relación. Pero nunca es demasiado tarde para corregir un error. Han pasado doce años y es el momento de que volvamos a ser la pareja que deberíamos haber sido desde siempre. Estamos hechos el uno para el otro.

De hoy no pasa. Ya le he dejado bastante tiempo para disfrutar de la soltería.

Salgo de la oficina antes de tiempo, paso por el restaurante y recojo el encargo que había hecho previamente. Voy directa a su casa, ataviada con un precioso vestido y portando la comida que acababa de comprar. Organizo todo y voy a la que hasta ahora era mi habitación; la miro, despidiéndome de ella. Si todo sale como lo he planeado no volveré a ocupar este espacio. Compruebo la hora. Como lo conozco bien sé que todavía estará en la oficina. Marco su número. Tenía la intención de entablar una conversación y dejarle entrever mis intenciones, pero cambio de idea al ser recibida con su inseparable frialdad. Por enésima vez en el día me trago el orgullo y sigo adelante. Me doy una ducha rápida, hidrato y mimo mi cuerpo, y estreno el bello vestido que me compré y que me sienta como un guante. Es amarillo, de encaje, con el fondo negro; se pega a mi cuerpo marcando mi esbelta figura y mis grandes senos, la debilidad de Pedro. Por él aumenté dos tallas más de las que ya tenía. Para rematar un enorme escote en la espalda que termina a solo unos pocos centímetros de mi pompis. Prescindo de joyas y maquillaje, y me hago un moño perfecto; un suave brillo labial ilumina mis labios. En los pies llevo unos *stilettos* negros que me regalan quince centímetros y estilizan aún más mi delgado cuerpo. Me echo un poco de J'adore de Dior y me dispongo a esperarlo. A cada minuto miro el reloj, que pasa lentamente. Llevo casi hora y media aquí y Pedro no aparece. Me sirvo una copa de vino y camino por el salón de un lado a otro conteniendo las ganas de llamarlo y preguntarle dónde anda. Sé que ya no está en la oficina porque el conserje me envió un mensaje nada más él salió para avisarme. Ya son casi las diez y todavía no ha llegado. Cuando empezaba a perder las esperanzas de que viniera a casa siento la llave en la cerradura. Salgo corriendo hacia la cocina para poner mi plan en práctica. Empiezo a hacer como si estuviera removiendo la comida.

Estoy hecha un flan por los nervios. Deseo agradarle, que se sienta a gusto a mi lado. Oigo cómo tira de mala gana las llaves sobre el mueble de la entrada. Durante una fracción de segundo me arrepiento de haber organizado esa velada de la manera que lo he hecho. Pero su olor llega hasta mí y me da el coraje para seguir adelante con mi plan de seducción. Voy detrás de él de manera sugerente e intento entablar una conversación, sin éxito. Sus contestaciones son monosílabas y la única frase que pronuncia es para pedir que me vaya. Como vengo haciendo desde hace mucho, lo ignoro y sigo a lo mío. Me siento recompensada al ver por el rabillo del ojo como él se ríe de manera tímida. Pero se ríe.

—Deja de mirarme el culo —digo contenta.

Mientras él se ducha enciendo las velas, pongo una música relajante —nada de melodías románticas, no pretendo asustarlo—. Después de tantos años jugando al gato y el ratón he aprendido que no debo presionarlo.

Regresa vestido totalmente distinto a mí, que me he arreglado con mimo para él; sin embargo, Pedro sale de su habitación con el pelo mojado y en pijama. Siento una punzada de desilusión. No le estoy pidiendo que grite a los cuatro vientos que me ama, como hacía de los quince a los dieciocho, pero no estaría mal que no fuera tan duro. Menos mal que no trae un chándal, y que el pantalón es de cuadros y la camisa es blanca, porque de lo contrario sería la muerte para mí. No soportaría comer delante de él vestido con un pijama de abuelo.

—Dime, ¿esta será mi última refección? —me pregunta juguetón.

—Tampoco es para tanto —contesto riendo y olvidando por completo su vestimenta. Su sola presencia es capaz de hacerme olvidar cualquier cosa. Hasta mi nombre.

—¿Tú crees?, desconocía que supieras cocinar.

El resto de la noche fue maravillosa. Aunque a él no le hizo ilusión lo de las velas, solamente torció la nariz y no dijo nada, cosa que me sorprendió. Disfrutamos de la cena, nos contamos cómo había sido nuestro día, reímos y bromeamos como no lo hacíamos desde hacía tiempo. Hay una *buena* relación, pero no hay complicidad. Entre los dos recogemos. Vuelvo a oír sus carcajadas y en esa ocasión era yo la causante; casi le da algo de tanto reírse cuando le confesé que no había cocinado. Nos fuimos para el salón, donde me quedé dormida en sus brazos, y al día siguiente desperté sola en mi habitación. No había logrado acostarme con él, pero considero que gané mucho más con el acercamiento que tuvimos.

Comienzo este nuevo día con las ideas más claras que nunca. Él será mío...

Los días fueron pasando. El buen rollo fue cayendo en el olvido y él volvió a ser el hombre esquivo de antes.

Me estoy desesperando, tengo que reconquistarlo de una vez, ya no aguanto más ser paciente.

Esta vez no iba a haber aviso, estoy decidida a ir a por todas. Me preparo en mi casa, me arreglo a conciencia. Echo un último vistazo. Tomo las llaves de mi coche, mi bolso y salgo rumbo a mi objetivo. Abro la puerta con mi llave, entro sigilosamente, miro en la cocina pero no lo encuentro. Sigo buscando. Miro en el salón y lo veo allí sentado, tan lindo con sus gafas de pasta. Me paro unos minutos a admirarlo; me encanta verlo con sus gafas graduadas. Con ellas puestas lo veo más sexi todavía. Está tan concentrado en lo que tiene en las manos que no se percata de mi presencia.

Con sumo cuidado de no hacer ruido y acabar con el factor sorpresa, poso las llaves y el bolso en el mueble de la entrada. De puntillas me pongo delante de él, estiro la mano y le quito el documento, captando su atención. Pedro levanta la cabeza y me mira ceñudo. Antes de que le dé tiempo a empezar a reñirme, le tiro del brazo y lo beso. No es un beso suave ni delicado, es un beso de reclamo, de posesión.

Nosotros siempre hemos mantenido una extraña relación de amistad. Siempre nos hemos besado, nunca lo hemos dejado de hacer. Pero por más que yo lo deseara, nunca va más allá. Él responde a mis besos, pero siempre me para cuando demuestro que quiero algo más. Y esta vez estoy sintiéndome en las nubes, él se ha entregado a mis caricias sin resistencia. Sin interrumpir el beso, quito la mano que tenía en su cuello y lo aparto unos centímetros. Desabrocho mi gabardina y dejo que se deslice por mi cuerpo, dejando a la vista un precioso conjunto de lencería rojo, su color favorito, con su liguero a juego; y calzada con unos Manolo Blahnik.

Vuelvo a abrazarlo, acaricio su firme cuerpo y lo pego al mío. Deslizo mi mano a su sexo y lo aprieto, arrancándole un gemido.

—Tania, esto no está bien —dice entre jadeos.

—Sí que lo está. Te deseo.

Ignoro sus palabras y meto la mano dentro de su pantalón. Acaricio su miembro, que reacciona a mi contacto expeliendo una tímida gota de líquido preseminal, pero que para mí es una gran victoria. Siento su masculinidad agrandarse entre mis dedos. Me siento la diosa del sexo. Le muerdo el cuello y froto mi cuerpo contra el suyo.

Doce años sin tenerlo y por primera vez en todo este tiempo está a mi merced. El amor de mi vida vuelve a mí. Estoy segura de que después de esta noche las cosas cambiarán y volveremos a ser una pareja.

El deseo ya se ha adueñado de él, ya no piensa en nada más. No me mira a los ojos, pero no me importa. Sus jadeos y la manera en que sus manos recorren mi cuerpo me tienen en las nubes.

—Eres una diabla. —Me aúpa y lo rodeó con las piernas.

Pedro me lleva a mi habitación. Me hubiera gustado que fuéramos a la suya, pero me callo. Y sin preliminares, poseído por el deseo, me folla, regalándome un volcánico orgasmo. Sigue penetrándome con deseo hasta que culmina su placer. Se acuesta a mi lado sin decir nada, se dedica a mirar al techo.

Su mano se desliza por mis piernas. Lloro, pero son lágrimas de alegría por la emoción de haber recuperado lo que nunca debía de haber permitido que se fuera.

Lo abrazo.

—Así es como deberíamos estar siempre.

—No lo estropees —dice solícito.

—No estropearé nada, mi amor, este es nuestro destino. Estamos hechos el uno para el otro. Mañana empezaremos nuestra nueva vida.

# Capítulo 3

Pedro

¿Cómo puedo ser tan idiota? Esa es la pregunta que me hago una y otra vez mientras doy vueltas en la cama. Lo que ocurrió en aquella habitación va a traerme consecuencias y no de las buenas. En los últimos meses el acoso de Tania se ha intensificado. He caído como un novato y ahora estoy en un callejón sin salida. Debería de haberlo visto venir. Desde aquella cena, las cosas entre nosotros han cambiado. Como estuvimos tan a gusto, aplacé mi viaje a Brasil, gilipollas de mí, y empecé a disfrutar de su compañía. Y sin que me diera cuenta, ella ya estaba haciendo lo de siempre, manipulándome para llevarme a su terreno.

Aún de madrugada y después de dar muchas vueltas, de pensar y sopesar las consecuencias, llamo a mi amigo y le pido que me cubra durante una semana en la oficina. Le prometo que a la vuelta le explicaré el porqué de mi marcha tan apresurada. Salto de la cama y hago los trámites para cambiar la fecha de mi billete de avión. Tuve suerte de que, al ser cliente business y decir las palabras mágicas, lo pude solucionar. Con la compra ya hecha, preparo una pequeña maleta y espero a que el sol salga para alejarme de Tania y todo lo que conlleva estar a su lado. Lejos de España, y con la ayuda de mi amiga, intentaré encontrar una salida para el lío en el que acababa de meterme. Si antes era difícil mantenerla a raya, ahora será imposible. Por su manera de hablar, ella ya da por hecho que entre nosotros vuelve a haber una relación. Y yo tengo muy claro que entre nosotros no hay la menor posibilidad de una relación.

Después de dar muchas vueltas, pude conciliar el sueño. Pero el remordimiento por haber jugado con los sentimientos de quien fue mi primer amor no me permitía relajarme. A primera hora del alba estoy en pie. Voy a la cocina y me preparó un café bien cargado. Sé que me estoy comportando como un cobarde, pero lo prefiero a tener que decirle que ha sido un error. Soy consciente del daño que esta palabra puede hacer en el corazón de una persona enamorada, y no me gusta hacer daño. Así que me tomaré el café y me iré de manera sigilosa. Disfruto de mi chute de cafeína sin darme cuenta de que Tania también ha madrugado y está mirándome. Veo en sus ojos la desilusión, me siento un cobarde, no soy capaz de encararla. Agarro la taza de café y le doy la espalda. Me recrimino no haber salido en cuanto se quedó dormida, nos hubiera evitado el disgusto.

—¿Puedo? —dice apuntado a la cafetera. Le indico con la mano que se sirva—. ¿A dónde vas? —pregunta intentado contenerse. El brillo que tenía en los ojos se apagó cuando vio que estaba vestido y, no para ir a trabajar.

—A Brasil —le contesto pasándome los dedos por el pelo, despeinándome. Todo lo que intentaba evitar está pasando a cámara lenta delante de mis ojos. Se que ella no se tomará nada bien mi partida.

—Me dijiste que irías el mes que viene.

—He cambiado de idea. Me voy hoy —digo fingiendo indiferencia, me siento un hombre despreciable—. Y no sé cuándo volveré.

Mis últimas palabras son el detonante para que explote.

—Eres un desgraciado. Te llevaste lo mejor de mi vida, mi infancia y mi juventud, mis sueños. Y ahora piensas deshacerte de mí como si nada. No me mereces, soy demasiado mujer para ti. No estás hecho para hacer feliz a nadie. No tienes madurez para asumir responsabilidad ni para formar una familia. ¿Pero sabes qué? Soy tan gilipollas que, aun sabiendo todo eso, estoy dispuesta a luchar por ti.

—Éramos unos críos, aquello empezó como un juego y ambos lo llevamos más allá. Pero no me culpes de lo que hiciste. —Vuelvo a sentirme atrapado en lo de siempre. Tania sabe perfectamente jugar sus cartas para romperme y hacer que me sienta culpable por no estar juntos.

—¿Cómo tienes la cara de acusarme? Tú solo tenías tiempo para tus estudios y yo no entraba en tus planes. Solo puse palabras a lo que tú deseabas.

Me paso la mano por el rostro, clamando paciencia.

—Tania, yo te quería, y me destrozaste. Eres la peor persona que he conocido, solo piensas en ti misma. No te preocupaste ni un solo minuto por mí, solo querías hacerme daño. Muy bien, lo conseguiste, pero también mataste lo que sentía por ti. —En los doce años que llevamos separados nunca le había hablado de esta manera. Por unos segundos, Tania se quedó sin respuesta.

—Podemos volver a lo que éramos antes. Prometo que cambiaré. Pero no te hagas el santo, tú también tienes tu parte de culpa.

—¡Qué bonita manera de arreglar las cosas! Siempre buscas a alguien para cargar con tus culpas. No te martirices, yo ya cargo con mis fantasmas. Lo hiciste bien.

—Eres un cretino, si no es conmigo, no será con nadie. No serás feliz. No lo permitiré. Eres mío.

—Estás loca. —Abro la puerta con la intención de acabar con una discusión que no nos llevará a nada.

—Eso, vete a los brazos de tu querida Fátima. Esa desgraciada quiere quitármelo todo, pero no lo voy a consentir. Ya está fuera de la vida de mi hermano. Ahora solo tengo que sacarla de la tuya.

—¿Sabes? Se me ocurren miles de cosas para contestarte a eso, pero me las callaré. Aguardaré el momento para disfrutar de verte tragándote tus palabras

Adiós. —Le doy la espalda y me voy.

No miro hacia atrás. Temo no poder contener las ganas de decirle lo equivocada que está. Me voy. No me corresponde a mí desvelar quién es en realidad la persona a la que ella tan gratuitamente humilló.

# Capítulo 4



¡Hoy será mí día!

Esta frase se ha convertido en mi mantra. Hoy estoy especialmente contenta. Después de llevar semanas repartiendo currículos por toda la ciudad, por fin me han citado para entrevistarme. Creo que ha llegado mi hora, llevo demasiados meses en el paro, una de esas tres plazas es mía.

Voy al salón, le quito el móvil de Yuri y le doy un beso. Él me mira intentando hacerse el duro, pero falla estrepitosamente.

—Devuélvemelo.

—No. Te lo devolveré después de mi beso.

—No hay beso, has dejado mi cama fría esta noche.

—Me acerqué, pero olías a sexo y no me apetecía ser el segundo plato.

—Cuando decidas ser mía, abandonaré a todas por ti.

—Yuri, eres guapo, rico y brasileño. Vamos, que ser tu novia es sinónimo de cuernos.

—¿Tan poco crédito tenemos?

—No, mi amor, no es que tengáis poco crédito. Directamente no lo tenéis.

—Por ti estoy dispuesto a renunciar a todo.

—Me lo pensaré. Pero tengo miedo a que vuelvas a serme infiel y me rompas el corazón.

—Aquello fue un error, un momento de debilidad. Ella se desnudó delante de mí y me desafío diciendo que si no la follaba era porque de verdad era gay. No podía dejar que me difamara así.

—Claro, y por eso estuviste acostándote con ella más de dos meses.

—Te lo juro, todo fue culpa suya. Yo lo hacía una y otra vez y ella siempre decía que no le quedaba claro.

—Eres un cerdo.

Le doy un beso y me voy riendo. Siempre estamos jugando a lo mismo. Entre nosotros hay una gran amistad y nunca hubo nada más que eso, aunque si por Yuri fuera yo ya sería su esposa y la madre de sus hijos.

Pongo música y empiezo a preparar el desayuno. Hago un *planning* mental de mi día y, ya con todo listo, llamo a mi amigo para que desayunemos juntos.

Sentados en la cocina le cuento sobre mis entrevistas. Él, como siempre, se alegra por mí y me anima a no desistir. Tengo mucha suerte de tenerlo. Siempre tuve muy claro lo que quería ser y al quedar fuera de la lista de la convocatoria, aun teniendo puntos para ello, no me lo pensé. Con el apoyo de mi padre, que por aquella época todavía vivía con nosotras, accedí al crédito universitario. No deseaba perder un año para intentar conseguir una plaza en la universidad pública al año siguiente. Me matriculé en una de las mejores facultades de Enfermería de Río de Janeiro, UNESA, la Universidad Estácio de Sá. Y allí conocí a Yuri.

Recuerdo con tristeza que yo era el orgullo de mi padre. Él siempre me apoyaba en mis proyectos, me llevaba y me recogía en la universidad, que estaba a más de una hora de mi casa. Como no quería ser una carga para la familia, me busqué un trabajo. Estudiaba y trabajaba, no era fácil, pero conseguí conciliar ambas cosas con éxito. El dinero que ganaba cubría mis gastos personales, costeaba el transporte cuando mi padre no podía recogerme, y ahorraba lo que me sobraba.

Pero todo se vino abajo cuando mi padre, a tan solo un año de que yo acabara la carrera, se fue con otra, dejándonos solas y sin un real en la cuenta bancaria. Mi madre se hundió en una depresión y la echaron del trabajo. Yo tampoco atravesaba mi mejor momento: mi novio acababa de dejarme de manera humillante delante de todos en el campus. De la noche a la mañana mi vida perfecta se puso del revés. Y me tuve que responsabilizar de una niña, una madre depresiva y un bebé.

Estuve a punto de dejar los estudios porque no podía hacer frente a los gastos mensuales. Ahí fue cuando apareció Yuri como mi salvador. Él me conocía desde el primer curso y, al ver que me sentía derrotada por tener que abandonar mi sueño, se apiadó y me ofreció ir vivir en su piso sin cobrarme nada. Yo, que no soy una persona orgullosa, no me hice de rogar; sabía perfectamente que era eso o dejar mis estudios. El deseo de terminar la carrera me hizo agarrar aquella oportunidad con uñas y dientes. Le prometí compartir las facturas en cuanto pudiera pero, desgraciadamente, pasaron años hasta que pude empezar a contribuir con los gastos. El alquiler de la casa de mi familia, darles de comer y vestirlos se llevaba casi íntegramente mi sueldo.

Aprobé todas las asignaturas, no podía permitirme el lujo de repetirlas, y terminé la carrera con honores. Los profesores, conocedores de mi esfuerzo y sacrificio, me propusieron para una beca integra para hacer un máster. Con el apoyo de Yuri lo pude hacer, le debo la vida a mi amigo.

Hoy, con veintisiete años y un currículo envidiable, soy una víctima más de la corruptela del país que no me permite acceder a una plaza pública. Me presento a todas las oposiciones que hay, siempre alcanzo la puntuación pero, por algún motivo, siempre me quedo fuera y veo cómo los enchufados, a los que les pueden comprar las plazas, acceden a un puesto de trabajo por el que lucho año tras año. Mi situación, desgraciadamente, no me ofrece ninguna de las dos opciones: no tengo dinero para comprar una plaza y no tengo a nadie que pueda colocarme.

No me queda otra que contentarme con la empresa privada donde, hasta hace unos meses, me rifaban. Pero entonces, la clínica para la que trabajaba cambió de administración y la nueva directiva echó a más de la mitad de la plantilla, y yo fui una de ellas. Ahora me encuentro en la cola del paro. Pero mi carácter luchador y positivo no me permiten rendirme. «Batallas mayores he librado y salí adelante, este es solo un pequeño bache en el camino. Llegaré donde me proponga porque creo en mí. Si las cosas no salen bien siempre tendré la cabeza alta. Porque si no funcionó no es porque no luché, es porque, simplemente, no era para ser». Tengo enmarcada esa frase, que leo cada vez que pasa por mi cabeza tirar la toalla. Así que disfrutaré del desayuno en compañía de mi amigo y después iré a por mi puesto de trabajo.

Después de esperar casi una hora a que me llamasen. Paso a que me entrevisten dos señores que alabaron mi currículo y me colmaron de elogios por mi formación, para después decirme lo de siempre: Que, por el momento, no soy lo que buscan. Que contactarían conmigo en caso de necesitar a alguien con mi perfil. Rezo pidiendo que la última sea la definitiva.

Pero mi esperanza se desvanece cuando, al entrar, encuentro detrás de la mesa quien fue mi pesadilla en el máster, los años más difíciles en lo que a los estudios se refiere. La profesora que me asignaron como tutora y debía ayudarme a mejorar, pero que hacía todo lo contrario; ella se sentía eclipsada por mis ganas de aprender y progresar, y hacía todo lo posible para fastidiarme, hasta tal punto que me harté y puse una queja formal. Entonces me cambiaron de tutor. Pero me gané una enemiga y después de tantos años justo hoy me la vuelvo a encontrar.

Como me esperaba, nada más sentarme la mujer expelió su veneno.

—La plaza ya está cubierta. —Por su sonrisa tuve la certeza de que sabía perfectamente que era yo quien aguardaba fuera. Pero esta no me conoce, aquí no le debo respeto si no es recíproco. Mi carácter guerrero no me permite darle la satisfacción de verme derrotada.

Paso mis manos sobre mi ajustado pantalón, quitando pelusas invisibles, y de manera ruidosa muevo la silla hacia atrás. Me incorporo, miro a un lado y a otro, y le digo:

—De todas formas, nunca trabajaría aquí. Mi currículo está muy por encima de esta clínica. —Es todo pose. Necesito el trabajo más que agua en el desierto.

La mujer se incorpora, sale de detrás de la mesa, camina hasta mí y se pone a escasos centímetros de mi rostro.

—Tu diploma no te servirá de nada, porque me encargaré de que no trabajes en ninguna clínica de Río de Janeiro —afirma con ira.

—¿Qué te he hecho para que me tengas esta manía? —pregunto con la cabeza alta.

—Nada, solo que te crees demasiado. —Abrió la puerta del despacho y me invitó a que me fuera. La sangre hervía en mis venas. ¿Que no tiene nada en mi contra? Claro que lo tiene, en realidad me tiene envidia. Todo lo que tiene es por ser la nieta de, tiene un nombre pero no es una referencia, y en más de una ocasión se vio superada por mis ansias de aprender, que estaban por encima de lo que ella podía enseñarme. Y sabe que tengo talento para ser mejor que ella, los médicos se me disputaban. A ella eso nunca le pasó, más bien huían de ella. Por eso se hizo profesora y ahora administrativa. Su sueño era ser jefa de enfermería y dedicarse a asistir a los cirujanos, pero nadie la quería. Y su vena rencorosa hacía que la tomara con cualquiera que fuera mejor que ella. Ya en la calle me recuesto en una farola para intentar asimilar lo que me ha dicho. Nunca había tenido una palabra ni de más ni de menos con ella, todo lo que sé son historias de pasillos, yo me dedicaba a estudiar y ser la mejor en lo que hacía.

Desilusionada, busco el refugio de mi hogar pero, como ocurre docenas de veces, pillo a Yuri con su ligue del momento revolcándose en el sofá. Paso de largo sin siquiera mirarlos, a él no le importa que lo pille en plena faena. El grado de confianza y complicidad entre nosotros es tal que él no se oculta. Aunque, en realidad, me siento una intrusa. Sus ligues suelen ser muy ruidosos, y me hacen participe de sus gritos y gemidos. En más de una ocasión me he sentido como si estuviera dentro del rodaje de una película porno, siendo testigo de cómo las mujeres fingían sus orgasmos y montaban verdaderos escándalos que me provocaban risa.

Me doy una ducha y me tumbo a la espera de que vuelva la tranquilidad al piso. Cojo una novela romántica y empiezo a leer, y sin que me dé cuenta me quedo dormida. Despierto ya entrada la madrugada. De puntillas salgo de mi habitación. Voy hasta la de mi amigo y compruebo que está vacía. Sin hacer ruido voy hasta el salón y lo encuentro solo, dormido en el sofá; no hay ni rastro de la chica. Me agacho y le doy un beso en el rostro.

—¿Tú quién eres? — me pregunta una rubia que de la nada aparece detrás de mí. Dándome un buen susto. Vestida solamente con la camisa de mi amigo.

—¡No creo que deba darte explicaciones! —contesto mal, porque su tono no me gustó.

—Pues sí que deberías, estás en la casa de mi novio. —Abro los ojos como platos.

—¿Desde cuándo sois novios? —No le da tiempo a contestar, el aludido hace acto de presencia y contesta:

—Desde nunca, la conozco desde hace dos minutos —responde enfadado.

La chica lo fulmina con la mirada, pero él ni si inmuta.

—¿Cómo puedes decir eso? Crecimos juntos y nuestros padres son amigos.

—Con vuestro permiso, me voy. Esta conversación no me interesa. —Salgo de la cocina lo más rápido que puedo. Ya había vivido esta situación más veces. Y con el día que llevo no me apetecen más dramas.

Vuelvo a encerrarme en mi espacio lejos de todo lo que pueda decir el uno al otro.

No sé hasta cuándo podré estar aquí, ya va para cinco años y sé que mi amigo necesita su espacio. Por primera vez, desde que me instalé en su casa, me siento mal. Es como si sobrara. Sé que él jamás me echara de su casa, pero tengo que dejarlo vivir su vida. Se que no puedo sufragar los gastos de un apartamento en la zona que él vive, no me puedo permitir un piso aquí ni trabajando en dos empleos. Derivo mis pensamientos a cosas más importantes, lo de independizarme ahora está muy lejos.

Rememorando la amenaza que recibí, empiezo a creer que me están boicoteando. Tengo currículos en todos los lados y nadie me llama, ni la más cutre de las clínicas. Ya no le hago ascos a nada, necesito un trabajo ya. Tal es mi desesperación que si me ofrecieran un puesto de auxiliar de enfermería lo aceptaría con la cabeza bien alta.

Yuri se ofreció a hablar con su padre para buscarme algo en uno de los hospitales privados más importantes de la ciudad, pero le dije que no. ¡Se que me contradigo! Pero hay un motivo de peso para que desee estar bien lejos de ese hombre, su sola presencia me pone la piel de gallina. Siempre me pregunto si de verdad es el padre de mi amigo, es una persona que no respeta a nada ni a nadie. Jamás podré olvidar que, en el día del cumpleaños de su hijo, intentó propasarse conmigo. Fue en el vigésimo cuarto cumpleaños de Yuri, en una fiesta sorpresa que organizamos su madre y yo. La celebración fue todo el fin de semana, por lo que me quedé a dormir en casa de sus padres. En mitad de la noche me desperté porque una persona me estaba metiendo mano. Creí que sería alguno de los amigos de Yuri pasado de copas; estaba lista para darle lo suyo cuando me encontré de frente al respetable y reputado doctor Santos tocándose y con el dedo en la boca mandándome callar, después de que yo le diera un golpe en la mano y la apartara de mi cuerpo. Pensé en gritar, pero me acordé de su adorable esposa e hijo, que no se merecían que les estropeara el fin de semana. Yo era una mujer adulta y sabía perfectamente lo que quería para mi vida y lo que no. Tenía las cosas muy claras y sentía ganas de vomitar al verlo masturbarse ignorando que su mujer y su hijo estaban a solo un par de puertas de la mía. Aun así, me callé, bajo la promesa de nunca más volver a estar a solas con él en un espacio cerrado. Cuando terminó guardó su asqueroso miembro y se fue como si nada hubiese pasado.

Al día siguiente, quiso hacerme creer que estaba borracho y avergonzado de lo que hizo. Y trabajar en el hospital en el que él es el director no es poner distancia.

Llamo a casa para hablar con mi madre. Me atiende mi hermana y no me gusta nada la manera en la que me habla, intuyo que tiene a su maleante novio detrás, metiéndole mano. Sin ganas ni fuerzas para discutir pregunto por mi madre y Tiago; me contesta que está sola en casa con su novio. Un chico que, desde que lo vi por primera vez, no termina de gustarme. Es muy guapo, eso no se puede negar; tiene su misma edad, pero no sé nada de él: ni dónde vive ni con quién, tampoco de qué se mantiene; es toda una incógnita. Mi hermana no me cuenta nada, lo único que sé es que no trabaja ni estudia, y esto porque como quien no quiere nada pude sacarle esas dos informaciones. Suelen siempre fue una niña con genio, y con la partida de mi padre se convirtió en una contestona; para todo tiene una respuesta, y desde que está con ese chico su comportamiento fue a peor; solo tiene ojos para él, y la persona a la que más admiraba y respetaba se fue hace años, dejándola desolada y celosa por la llegada de un nuevo miembro a la familia. Suelen nunca aceptó dejar de ser la pequeña de la casa. Ahora su novio es su referente masculino, él es quien tiene el control sobre ella.

Quise llamar a mi madre y decirle que se fuera para casa de inmediato, pero sé que eso solo causaría más problemas.

Después de pasar la noche dando vueltas en la cama, me levanto y voy al salón a por el periódico y empiezo a buscar ofertas de empleo. Miro todas las ofertas y descarto las fraudulentas, que abundan desde que ha estallado la crisis en el país; selecciono un par de ellas que considero buenas, y aunque no conozco las clínicas, las condiciones me agradan. Lo único que me importa ahora mismo son los ceros del cheque, no el nombre de la clínica.

Otro día de búsqueda de empleo frustrado. Llamé a varias puertas y nada. Me parece increíble que ni en los geriátricos haya una plaza para mí. Cuando no lo necesitaba me llovían las ofertas para que cambiara de trabajo, y ahora todos aquellos que en su día me ofrecieron un puesto ya no están interesados en mi profesionalidad.

Al borde de quedarme sin ahorros, vuelvo a casa con un día más de fracaso a las espaldas. Empiezo a perder el optimismo; ya va a hacer cuatro meses que estoy sin trabajo, solo me quedan dos meses de paro y odio vivir dependiendo del subsidio. No he pasado estudiando siete años de mi vida para esperar que a fin de mes el gobierno ingrese la paga del paro en mi cuenta, que encima es una miseria para todo lo que me han descontado del sueldo.

Y para coronar el día, cuando cruzo la plaza Quince, en el centro de Río de Janeiro, donde había bajado del ferri que me trajo de vuelta de Niteroy, me abordan dos jóvenes que me roban el móvil. Como si no tuviera suficiente, ahora tendré que comprarme uno nuevo. Esos malditos aparatos ya se han convertido en un bien imprescindible y para una persona que está buscando trabajo más.

Casi llorando camino hasta la Uruguayana, el centro comercial al aire libre de Río de Janeiro en el que encuentras de todo. Con toda seguridad allí encontraré un nuevo móvil a buen precio. Me paro delante de una tienda de móviles chinos; antes de entrar guardo en mis recuerdos todas las funciones y comodidades de mi móvil de última generación.

Respiro hondo y entro. Observo la extensa vitrina buscando uno que me haga recordar a mi Note 8, pero que sea mucho más barato. Miro todos los que hay expuestos, las comparaciones son odiosas, ninguno siquiera se aproxima al mío. Uno me llama la atención; me acercó a mirar, y nada más ver el número que antecede a los ceros me alejo como si hubiera recibido un calambre. «Coño, ¿quién ha dicho que los chinos son baratos? Un móvil chino que no conoce ni el Tato cuesta cuatrocientos reales; con este dinero pago la luz y el agua de mi familia», exclamo sin darme cuenta de que he dado voz a mis pensamientos, llamando la atención de los presentes.

Al ver que todos me miran, muy digna me quito la pelusilla invisible de la ropa, un tic que tengo. Camino de un lado a otro como quien no quiere nada, a la espera de que venga el chico a atenderme.

—Hola, señora, ¿en qué puedo ayudarla?

Ya empezamos mal. ¿«Señora»? ¿De verdad me ha llamado «señora»? Este se va a enterar, si debemos de tener la misma edad.

—Señor, quiero el móvil con internet más barato —digo de carrerilla mirando a los lados.

—Perdone, no la he comprendido —responde riéndose.

Me cago en sus mu…

—Quiero el *smartphone* más barato —digo entre dientes.

Cuando mis ojos se fijan en el rostro del chico y veo cómo se sonríe, pongo mi cara de pitbull. Él rápidamente se pone serio y se marcha al almacén. A los pocos minutos vuelve con seis móviles en las manos y los posa encima del mostrador como si fueran las joyas de la corona. Los dichosos aparatos son tan feos y tan malos que no están ni en exposición. Si los que están en las vitrinas no me gustan, estos ni os cuento.

El vendedor empieza hablar de núcleo, RAM, GB y cámara como si estuviera describiéndome un iPhone. Vamos, que se veía a lo lejos que se estaba burlando de mí.

Lo miro bien seria y pregunto:

—¿Cuánto cuesta? —digo apuntando al menos feo.

—Cincuenta reales. —Mis ojos brillan de emoción.

—Este, me llevo este —respondo casi dando saltos de alegría, apuntando con el dedo repetidamente al móvil que tengo delante. Estoy casi segura de que el móvil va a morir a las veinticuatro horas. Pero con la garantía pasaré a diario para que me lo cambien por otro nuevo, hasta que pueda comprarme uno decente.

# Capítulo 5



Después de haber pasado aquí uno de mis mejores carnavales, siempre que puedo vengo visitar a mi amiga y cada vez me gusta más este país. Tenía que haber venido hace tres semanas. Me dejé engatusar y no vine. Entonces lo planeé para dentro de un mes y quince días, que sería justo para el nacimiento de mi sobrino, pero con la cargada atmósfera de la oficina y el detonante de la noche pasada. Cogí mi maleta y me escapé.

Llegaré por sorpresa. Tengo miles de sentimientos encontrados. Mi salida de España fue complicada; me encontré con Daniel en la salida de mi edificio y, por primera vez en todos estos meses, me abordó y me preguntó directamente por Fátima. Me dolió ver de cerca lo desolado que está, no es ni la sombra del hombre que fue. No le digo que va a tener un hijo, jamás traicionaría la confianza de mi amiga. Le conté una verdad a medias, le dije que ella está volcada en su trabajo y está contenta. Se moría por hacerme miles de preguntas, pero se contuvo.

Ya acomodado en mi asiento del avión, me coloco los auriculares y dejo la mente en blanco, intentando apartarme de la vorágine de desagradables acontecimientos que me rodea últimamente. Me quedo dormido y mi conciencia me lleva a la noche que pasé con Tania. Todo es tan estúpido, tan irracional… ¿De qué me ha servido huir tantos años para caer y, encima, sin ofrecer la menor resistencia? Me despierto sudando y me paso la mano por la frente para tranquilizarme. Me niego a vivir así. Me recrimino estar consintiendo que lo haga de nuevo. No voy a negar que siento algo por ella. ¿Qué tipo de sentimientos? No sé describirlos. Lo único que sé seguro es que no son los que ella espera de mí. Tania es una mujer despampanante que lleva años detrás de mí sin darme tregua; se mete en mi cama, en el baño, anda por casa desnuda o en ropa sugerente, tanto me ha perseguido en estos últimos meses que la noche pasada alcanzó su objetivo.

Estoy avergonzado por las cosas que le dije antes de marcharme; no soy un grosero y odio hacer llorar a las mujeres. Pero era necesario para que entendiera de una vez por todas que entre nosotros no hay una relación, ni la va a haber. Era la primera vez que discutíamos de esa manera y nos dijimos todo lo que llevábamos años guardando y no nos atrevíamos a decir. Ella me guarda rencor por cosas que pasaron cuando éramos unos adolescentes. Quería que eligiera entre ella y la universidad, me quiso obligar a escoger entre ella y mi carrera. Todas las veces en que me exigía tal cosa, yo intentaba inútilmente hacerle ver que fue ella quien me dejó y que nunca le fui infiel. Todos mis compañeros, incluido Daniel, se iban de fiesta y yo los acompañaba; sin embargo, antes de que las cosas se pusieran alegres, me marchaba por respeto a ella. Y el día en que me dejó por teléfono, de una manera ruin y egoísta, no me quedé en casa llorando, porque estaba harto de tanta manipulación. Me marché a disfrutar de la fiesta junto a mi hermano como hacía años que no disfrutaba. Y cuando ella se arrepintió, fue mi turno de decirle que no.

Después de once largas horas de vuelo, por fin aterrizo en suelo brasileño. Nada más bajar del avión soy recibido por el calor abrasador de Río y su particular olor, que ya me tiene encandilado. Definitivamente, estoy enamorado de este país, aunque hay momentos en que tengo miedo de que me roben hasta el apellido. Pero la realidad es que corremos riesgos en todos los lados, quizás aquí un poco más. Pero merece la pena para estar cerca de mi amiga. Es sorprendente cómo dentro de un mismo país la seguridad cambia tanto de un lado a otro. Desgraciadamente, después de las Olimpiadas y el Mundial, Río no volvió a ser la misma.

El taxi me deja delante del impresionante edificio donde vive mi amiga. Hay que estar loca y muy desesperada para hacer lo que ella hizo: hacerse pasar por una persona humilde, vivir en un minipiso, trabajar de camarera y secretaria, manejando el dinero que ella maneja; y con orgullo afirmar que pese todos los obstáculos, que no fueron pocos, fue muy feliz hasta que tuvo que partir en las condiciones en las que lo hizo.

Aprovechando que salía un joven a sacar su perro y que el conserje me conoce, me cuelo y subo directo sin ser interceptado; en caso contrario no hubiera dado ni dos pasos sin que dos o más hombres se interpusieran en mi camino.

La madre de mi amiga es quien me abre la puerta. Nada más verla, la tomo entre mis brazos y la giro, a pesar de sus suplicas de que la deje en el suelo. Es una mujer excepcional. Fátima, al ver cómo la zarandeo, me riñe.

—Pedro, la próxima vez que te vea haciéndole eso a mi madre, te prohíbo entrar en mi casa. —Cualquiera que no conozca la amistad y complicidad que hay entre nosotros, al ver la cara con la que me habla la hubiera creído.

—¿Ves, Mari? Me está prohibiendo acercarme a ti, pero ya le he dicho que me resulta imposible —digo con cara de niño bueno.

—Anda, déjame seguir con las entrevistas —dice mi amiga ignorándome.

—¿Entrevistas de qué? ¿Te ayudo? —me intereso en saber.

—No creo que puedas. Estoy buscando a una enfermera para cuidar a mi bebé.

—Pues de eso entiendo. Tiene que ser rubia, de ojos verdes, uno setenta, y tetas grandes para que mi sobrino pueda toquetearlas —describo el tipo de mujer que a mí me gusta. Quizás por eso no haya insistido un poco más con mi amiga. Ella es un bellezón, pero es todo lo contrario a lo que me llama en una mujer

—Descarado.

—Es verdad, y un culo brasileño de esos, respingón. —Eso ya lo digo para meterme con ella, nunca fui fetichista con esa parte del cuerpo femenino, lo que me vuelve loco son los senos grandes.

—Calla —me ordena mi amiga con cara de fastidio. Le hago caso, ya que sus hormonas la tienen más loca de lo que es.

Suena el timbre. Deduzco que es la candidata a ser entrevistada. Me llama la atención la seguridad con la que entra y se presenta a mi amiga, ignorando por completo mi presencia, le soy invisible. Me gusta lo que veo. Sonará muy presuntuoso, pero es difícil no notarme con mi metro ochenta y dos, mi pelo rubio y mis ojos azules. Apoyo mi cuerpo en el quicio de la puerta y me dedico a estudiarla. Tiene una seguridad y una manera de imponerse que no me permiten acercarme, y tengo que reconocer que me está atrayendo como un imán. Lo más extraño es que es todo lo contrario a lo que me atrae de una mujer: es morena, como mucho mide uno sesenta, ojos negros, los pechos ni pequeños ni grandes; lo único que se ajusta a mi descripción de la enfermera perfecta es el culo respingón, requisito que solo dije por fastidiar.

—Hola, ¿quién es esta princesa? —las interrumpo. Ella me mira como si nada y contesta:

—Hola, ¿quién es el tonto? —La bruja de Fátima suelta una carcajada y le dice que está contratada.

—¡Pero, Fátima, no sabemos ni su nombre! —digo indignado. No suelo tomarme mal las bromas, pero esta mujer desprende seguridad por donde quiera que mires, y su manera de contestarme me dejo sin reacción.

—Señorita Zaheffir, me llamo Paula Rodríguez Silva.

—Señorita Rodríguez, si deseas que te tutee, trátame de la misma forma. Por favor, llámame Fátima. —Me siento como en un partido de tenis en donde no pinto nada, y si quiero enterarme de lo que está pasando, tengo que mirar de un lado a otro.

—Sí, señora.

Totalmente ignorado veo cómo Fátima la alaba por no haberme ni mirado. Las palabras exactas de la bruja de mi amiga fueron: «Veo que eres de las mías, no has caído rendida a los encantos del tonto de mi amigo. He visto tu currículo y sé que no tienes experiencia cuidando niños, pero tu formación es impecable. Estás contratada».

La miro con mala cara. ¿Por qué está alentando a esta mujer a despreciarme? Eso no es típico de ella.

Pero no me da tiempo a decir nada en mi defensa, porque el timbre vuelve a sonar. Pongo los ojos en blanco solo de imaginarme aguantando la insolencia de otra candidata más. Me entran ganas de salir corriendo. No podré con ello.

Detrás de la madre de mi amiga aparece una mujer de mediana edad demasiado elegante para ser una candidata. María, que viene de la cocina, al ver a la mujer pone cara de espanto y se coloca al lado de mi amiga. Su rostro refleja preocupación. Fue ella quien crio a Fátima y, al parecer, la presencia de esta señora la perturba. Mari —la mujer que la acogió como la hija que no tuvo y le dio todo el cariño y atención que no le dio su madre—, tan perdida como yo, se pone a mi lado y juntos miramos a Fátima en busca de una aclaración.

—¿Qué quieres? —pregunta mi amiga de manera tosca.

—Me gustaría hablar contigo unos minutos. ¡A solas! —enfatiza la mujer.

—Lo que me quieras decir lo dices delante de mi familia —le replica.

—Creo que el tema que tengo que tratar contigo no le interesa a esta gente —dice con desprecio apuntándonos a todos con el dedo y poniendo cara de asco. No sé quién es la señora que tengo delante, pero sí sé que no me cae bien.

Fátima se levanta, María camina hacia ella con la intención de seguirla, pero le dice que no con la cabeza y se para. Los cuatro —su madre, María, Paula y yo— vemos cómo ambas se dirigen al despacho y a los pocos segundos oímos el clic de la puerta al ser cerrada.

María, con los ojos anegados de lágrimas, nos aclara que la mujer es la madre biológica de Fátima. Automáticamente las alarmas se disparan en mi cabeza y me pongo en alerta. Esta mujer es el demonio personificado; todas las historias que he oído sobre ella no me permiten fiarme de su persona.

Olvidando mi buena educación, me acerco a la puerta e intento escuchar lo que dicen, pero es imposible; por más que me pegue, no oigo nada. María llama a Pablo y Marco y les cuenta que Isabel, la madre de Fátima, está aquí. Pablo le pide que me pase el teléfono; en cuanto lo tengo en la mano, él me pide que entre a por nuestra amiga. No hizo falta que lo repitiera, su voz preocupada solo confirma lo que ya sabía.

Llamo y nadie me contesta. Intento abrir la puerta y no lo consigo. Empiezo a ponerme nervioso y golpeo la puerta llamando a mi amiga y ordenándole que me abra de inmediato. Me desespero cuando, a lo lejos, escucho el grito de Fátima pidiendo auxilio. Me descontrolo y empiezo a dar patadas a la puerta hasta que esta se abre. Miro al escritorio y no la veo. Entro corriendo en su búsqueda y la llamo por su nombre, sin respuesta. Me giro sobre mí mismo, con el corazón disparado; no veo nada, ni rastro de ellas. Un quejido llama mi atención; miro en su dirección, y la descubro tirada en el suelo echa un ovillo. Grito pidiendo ayuda. La tomo entre mis brazos y descubro que sangra. Paula está a mi lado diciendo algo, pero no la escucho. Me asusto cuando la siento desmayarse. Está inconsciente entre mis brazos y perdiendo mucha sangre. Siento miedo por mi sobrino. Pienso en mi hermano, que está al otro lado del mundo sin saber que va a ser padre, y quizás… No, me niego…

Paula me empuja a un lado, ocupa mi sitio y con voz de mando me ordena que me mueva y llame a la ambulancia. Ordena a María y Mari que dejen de llorar y le lleven compresas, y que preparen todo lo del bebé y de Fátima para llevárselo al hospital. Sin moverla mira sus constantes vitales y palpa su vientre, yo estoy hipnotizado mirándola. No soy capaz de reaccionar. La ambulancia llega. Ella se encarga de contar detalladamente a los paramédicos lo que hemos vivido en esos minutos y el diagnóstico de mi amiga. Le inmovilizan el cuello, le administran algo en la vena, le ponen oxígeno y nos ordenan que los sigamos. Antes de cruzar la puerta, el que parece ser el médico me mira y, creyendo que soy el padre del bebé, empieza a hacerme preguntas. Gracias que puedo contestar a todas sin ningún tipo de inseguridad, conozco cada detalle de su embarazo. Sin embargo, estoy muerto de miedo.

—¿Eres médico? —le pregunta a Paula uno de los hombres que vino en la ambulancia.

—No, soy enfermera.

—Enhorabuena, has hecho un gran trabajo —dice el hombre con una sonrisa en la cara.

—¿Podéis dejar el coqueteo para otro momento y otro lugar? Mi amiga necesita atención médica.

Paula me mira con mala cara, pero me da igual; lo que me preocupa es el estado de Fátima y que se ponga bien. El otro médico que la estaba atendiendo llama nuestra atención y nos avisa de que hay que marcharse corriendo, que su pulso es muy débil, pese a que el del bebé es normal. No soy creyente, pero empiezo a rezar pidiendo que no les pase nada a mi amiga y a mi sobrino, que lo quiero a los dos. Pero tengo muy claro que si tengo que escoger a uno de los dos que, por favor, salve a ella. Los paramédicos salen corriendo, yo voy detrás, al llegar abajo me desespero. No me dejan entrar con ella en la ambulancia y sí a Paula.

—Pero si ella no la conoce —alego indignado.

Los paramédicos no dedican ni un solo minuto a mirarme. Cierran las puertas de la ambulancia delante de mis narices y se van.

Mi desesperación va en aumento. No tengo coche, no domino el idioma y no sé dónde la llevan. Tengo ganas de gritar.

Me pongo las manos en la cabeza y empiezo a dar vueltas alterado.

—Joder —grito impotente.

—Tranquilo, Pedro, Fátima es fuerte —me dice su madre adoptiva posando su arrugada y tierna mano en mi hombro.

María llama nuestra atención y apunta a un taxi que está parado esperando por nosotros.

Doy gracias a los cielos cuando el taxista para delante del BarraDoor. Bajo corriendo sin preocuparme de pagar la carrera y entro a pedir información. Paula, al verme, viene a mi encuentro.

—Tranquilo, ya está recibiendo atención médica —me dice tranquilizadora.

—¿Por qué narices te metiste en la ambulancia? —bramo desesperado.

—Porque mi presencia allí era de más utilidad que la tuya —contesta a escasos centímetros de mi cara. Me da la espalda, se va y me deja hablando solo.

Esta mujer es insoportable, petulante, irrespetuosa, arrogante y… y… Me paso las manos por el pelo intentando infundirme paciencia. Hablaré seriamente con Fátima para que no la contrate. Estoy tan desesperado que no me doy cuenta de que las señoras que vinieron conmigo lloran desconsoladas. Pablo y Marco llegan al rato preguntando si tenemos noticias; desgraciadamente tenemos que decirles que no. Los minutos pasan y por aquí no viene nadie; Paula es la única que entra y sale y nos va contando cosas. Ella está muy pendiente de mi amiga y, por más que me fastidie reconocerlo, de nosotros también.

Llevamos casi dos horas aquí y sin noticias oficiales. Tengo la ropa manchada de sangre y así seguiré hasta que no sepa que Fátima y mi sobrino están bien. Pablo no oculta sus lágrimas de preocupación y se consuela en brazos de su marido, Marco, que no lo deja ni un minuto solo. Las dos M se apoyan entre ellas y yo me siento perdido. Mi familia está dentro de un maldito quirófano luchando para salir adelante y yo no sé qué hacer. Voy hasta la máquina expendedora y saco un refresco rezando para que esté muy frío; tengo la garganta seca de los nervios. Vuelvo junto a los demás. Me estoy llevando la botella a la boca para beber un trago cuando desaparece; cierro y abro la mano para comprobar que, efectivamente, no sujeto nada, pero antes de que mi cerebro asimile qué ha pasado la vuelvo a tener entre mis dedos.

—Lo siento, lo necesitaba más que tú. —Miro en dirección a la voz que me habla y encuentro a Paula. La contemplo sin dar crédito, esta mujer tampoco tiene modales. Me quita el refresco de la mano y ni siquiera me da las gracias.

—¿Quién te ha dicho que podías beber de mi refresco? —pregunto molesto.

—Ahora no, por favor. —Se pasa la mano por su larga y morena melena, como si no fuera con ella la cosa—. A Fátima le están practicando una cesárea de urgencia, su estado es crítico.

¡Será…! Esta mujer no tiene tacto, primero me desquicia y después me suelta eso como si nada.

Dejo caer la bebida que tenía en las manos. Paula me ampara y me conduce a los mullidos sofás que hay en la sala de espera. No puede ser, esto no está ocurriendo, me repito a mí mismo una y otra vez.

—Mi hermano… Tengo que avisar a mi hermano…
—Nadie va a impedir que lo llame. Palpo mi pantalón en busca de mi móvil. Al segundo tono, él me coge la llamada. Sin rodeos le cuento sobre el estado del amor de su vida y lo de la paternidad. No sé si él es capaz de asimilar todo lo que

le digo, porque Daniel me cuelga el teléfono. No lo llamo de nuevo, sé perfectamente que lo único que tiene en mente ahora mismo es llegar hasta aquí. A los pocos minutos recibo un mensaje suyo en el que me pregunta si es verdad que va a ser padre. Le envío una foto de Fátima embarazada y le escribo que está de ocho meses. No lo llamo porque sé que está preparando su viaje.

Paula se ocupa de las que son como una madre para Fátima e intenta enviarlas a casa. Al recibir una negativa por parte de ambas les da una pastilla, no sin antes asegurarles que nos las hará dormir, que solo las tranquilizará. Después de más de cinco horas de cirugía, finalmente pudimos conocer a través del cristal a mi sobrina. Es la bebé más linda del mundo. Me he equivocado, no es un sobrino, es sobrina, para mi desespero y el de mi hermano, al que se le va a caer la baba. Paula charla con un médico que se acerca demasiado a ella y le acaricia el rostro. La morena rehúye su tacto y da un paso atrás. Parece no sentirse cómoda en su presencia y menos con su caricia. Le dice algo, él asiente y ella entra a ver a la pequeña. Verifica si todo está correcto y mueve su cunita hasta el cristal para que la veamos mejor. Si de lejos era linda, de cerca es el triple. Sé que jamás seré padre, no nací para la paternidad, los niños no son lo mío, pero esta niña ya tiene mi corazón, como lo tiene su madre.

Al día siguiente, por la mañana, llega mi hermano. Nos abrazamos fuerte, como no lo hacíamos desde hacía meses. Me pregunta por sus mujeres y le informo de que Fátima está en coma y que la bebé esta fuera de peligro. Le escurren las lágrimas al conocer el estado en que se encuentra el amor de su vida. Por más que intento calmarlo diciéndole que ella está bien, no se conforma por haber estado lejos. Dejo que purgue su dolor. Cuando se tranquiliza le presento a Paula, que avisa al hospital de que él es el padre y le permiten pasar a ver a la niña.

Encuentro a Paula sola en el pasillo y me acerco.

—Hola.

—Hola —contesta con poca gana.

No puedo dejar de preguntarme qué he hecho ahora para que me conteste de esa manera. Otra *cualidad*: es bipolar. Mejor la ignoro o me volveré loco.

—¿Cómo está mi sobrina? —pregunto sin saber muy bien por qué me he acercado a hablar con ella.

—Está bien. En tan solo tres días ya ha cogido doscientos gramos. —La miro intentando poner cara de interesado—. No tienes la menor idea de lo que estoy hablando, ¿verdad?

Agacho ligeramente la cabeza, arrugo la cara y me rasco el cuero cabelludo.

—A ver cómo te lo explico. Los niños no son lo mío. Y no sé nada sobre ellos. —El brillo que había surgido en sus ojos se apagó.

—Tengo que irme —me dice sin mirarme y se va.

Veo cómo su menuda y curvilínea figura se aleja a paso ligero. Un enfermero pasa a su lado, la saluda escrutando su cuerpo de arriba abajo. En un arranque de locura salgo corriendo detrás de ella, recibiendo una reprimenda del enfermero. Ignoro su reproche y sigo en dirección a mi objetivo. La alcanzo y la cojo por el brazo para que se pare.

—¿Puedo invitarte a tomar algo? —pregunto de carrerilla, y recibo una mirada de arriba abajo.

—¿Por qué los niños ricos siempre creéis que las mujeres vamos a caer rendidas a vuestros pies? —Suelto su brazo como si me hubiera quemado. ¿Con qué derecho me juzga así? No me conoce de nada.

—¿Tanto complejo tienes? No tengo la culpa de tener una situación distinta a la tuya, pero no me veo mejor que tú en nada. Descuida, no volverá a repetirse.

—Un niño de papá queriendo salirse con la suya valiéndose de la fortuna de papi —sigue atacándome sin motivos.

—Tienes un gran problema. Sí que tengo dinero, pero trabajo mucho. Y para que lo sepas, mi padre se murió cuando yo era solo un bebé.

—Perdona. —Se acerca a tocarme.

—No me toques. —Doy un paso atrás, le doy la espalda y me alejo.

¿Qué narices le pasa a esta mujer conmigo? Está todo el tiempo a la defensiva, desde el primer minuto ha sido hostil, rozando la mala educación, cuando yo no le he faltado en ningún momento. Se acabó ser amable. Ella por su lado y yo por el mío.

# Capítulo 6

Paula

No puedo estar más feliz. Hace un mes que ya puedo dormir tranquila. Por fin tengo un trabajo y, encima, bien pagado. Aunque si fuera distinto, de igual manera no lo hubiera rechazado.

Tuve un inicio de jornada de lo más inusitado. Todo fue tan loco que no pensé en el trabajo cuando la vi en el suelo, mi única preocupación era salvarles la vida. Y después de aquello, ninguna de las dos partes tuvo tiempo a objetar nada. Mientras Fátima se recuperaba yo me hice cargo de la niña y los presentes me trataban como tal. Lo único que me descontenta es el cuñado de mi jefa; entre él y yo las cosas siguen igual de tensas, no sé por qué, pero es verlo y ponerme a la defensiva. Me siento expuesta en su presencia y necesito demostrarme que no es así; muchas veces soy desagradable sin que él se lo merezca. Pero cuando me doy cuenta de lo que estoy haciendo, ya es demasiado tarde.

Mi vida familiar es un completo caos. Por casa las cosas están lejos de mejorar, al contrario, solo empeoran.

Suelen, que acaba de cumplir dieciséis años, le dijo a mi madre que su novio iba a vivir con ella. ¡Exacto, iba! Le daba igual lo que pensáramos. Tuvieron una gran discusión, mi madre no puede con ella. Cuando estoy lejos, mi hermana es dueña y señora de su vida, las decisiones las toma ella sin que nadie le reproche nada. Cuando me enteré ya era demasiado tarde, ya éramos uno más. Nuestra madre no hace más que llorar del disgusto. En una dolorosa charla me confesó que tiene miedo a perderla y las únicas opciones que tenía era dejarlo o la echaba a la calle junto a él; y esta nueva Suelen —desafiante, desconsiderada e irrespetuosa— se iría con él sin mirar hacia atrás. Mi madre se vio entre la espada y la pared; si le dejaba quedarse, yo tendría que mantenerlo, porque ella no puede trabajar, ya que tiene que cuidar a Tiago, que es un bebé, el bebé más rico y risueño que conozco en el mundo. Mi madre tiene que ocuparse de él, no podemos permitirnos el lujo de contratar a nadie. Suelen no baraja la idea ni de acercarse al niño, cuidarlo menos todavía. En resumidas palabras, se quedó.

Menos mal que no soy una persona orgullosa y cuando vi la situación en la que me encontraba fui a por la última esperanza en aquel momento. Me acerqué a una agencia de bolsas de trabajo y las ETT. Había decidido descansar unas semanas de ir de puerta en puerta, había ido a todas las clínicas de Río y Niteroy, había gastado un dineral en transportes sin ningún éxito. Cuando ya estaba dando todo por perdido, me ofrecí para cuidado de mayores y niños, auxiliar de enfermería de clínica, de lo que fuera. Estaba segura de que vendrían épocas mejores, pero en aquel momento no podía hacerle ascos a nada. Empezaba a volverme loca. No sabía cuánto tiempo más podría estar en el apartamento de Yuri.

Él y la rubia que me había insultado la primera vez que la vi parecían ir en serio, y la tenía constantemente en el piso. Ella no me ignoraba, pero tampoco me prestaba atención, era como si yo no existiera. Caminaba por la casa como si fuera la suya. Ya la había visto de todas las maneras, no es que me importara, todo lo que ella tiene yo también lo tengo y en más cantidades, y no cambio por nada del mundo mis curvas por su extremada delgadez, pero no es plato de buen gusto que te miren con cara de asco las veinticuatro horas del día. Ella pasa más tiempo allí que en su casa. Mi amigo sigue igual conmigo, pero cada vez que él se acerca a mí su novia reclama su atención como si de una niña caprichosa se tratara. En una de estas ocasiones, Yuri hizo un comentario desafortunado sobre la chica: dijo que si no fuera porque tenía un buen polvo ya la hubiera mandado a paseo. Después de darle una torta, estuve todo el día sin hablarle. Él se volvió loco, somos cómplices, nos contamos todo, compartimos amigos y confidencias, y estar enfadados nos hace daño, pero no concibo comentarios despectivos hacia nadie. Él es libre de valorar sus relaciones sexuales, pero que se guarde sus opiniones para sí; y si quiere comentarme algo, que lo haga con respeto y consideración a la otra persona, que es lo mínimo que se merece.

Como era costumbre, me puse a comprobar mis correos. No tenía ninguna esperanza de que hubiera nada, llevaba meses repitiendo la misma operación sin éxito. Desechaba todos los correos basura, y sin ganas verificaba los correos restantes. Pero ese día descubrí un *e-mail* de una de las agencias a las que acababa de enviar mi currículo hacía apenas unas pocas horas. Emocionada abrí el mensaje y lo leí. Muy escuetos, sin darme la menor información me citaban para el mismo día. Mi corazón se disparó por la premura de la citación, tenía miedo a que ya no me diera tiempo. Miré la hora y descubrí con ilusión que disponía de dos horas para presentarme. No especificaba nada más. Solo decía que había una vacante que cuadraba con mi perfil y que querían hacerme una preselección.

Fui corriendo al salón en busca de Yuri, que estaba tumbado junto a su novia. Lo llamé y recibí su atención inmediata. Le conté la buena noticia, él se alegró por mí y me deseó buena suerte. Su novia hizo un comentario despectivo, pero estaba demasiado contenta para dar importancia a una niña celosa. Salí corriendo a mi habitación para ducharme y arreglarme para la entrevista. Llegué a la dirección que me facilitaron sin complicaciones, gracias a que vivo en Flamengo y la agencia es en Copacabana. Me alegro al ver que no es una de esas ETT de poca monta que nos tienen trabajando horas y horas y nos pagan una miseria. Allí había lujo, glamur; en aquel momento pensé que seguro que me tocaría cuidar a alguna señora ricachona y malhumorada, pero me daba igual siempre que me pagara en condiciones, como si tuviera que estar cambiándole los pañales todo el día.

Una señora de mediana edad se acerca a confirmar mi identidad y me da paso. Me recibió una chica de más o menos mi edad y muy agradable. Me hizo varias preguntas que contesté con soltura. Una vez comprobada mi profesionalidad, me dijo que mi currículo había entrado en el momento justo; me comentó también que, con mis referencias, estaba casi segura de que la plaza sería mía. Quise preguntarle para qué, dónde, cuándo empezaría, cuánto me pagarían, pero me resigné a que me diera una dirección para que me presentara a la entrevista aquel mismo día y con poco margen de tiempo para llegar. A aquella sí que fui insegura. Lo único que sabía era que trabajaría para un particular y, por la dirección, que estaba forrado. No tenía cómo ir en metro y en autobús temía no llegar a tiempo; los atascos están cada día peor, un trayecto de diez minutos se transforma en uno de cuarenta como mínimo, así que tuve que rascarme el bolsillo y pagar un taxi.

A los pocos minutos de la hora señalada, y temblando como una hoja, llamaba al timbre.

Me recibió una señora de ojos expresivos y sonrisa agradable, cosa que me alegró. Miré hacia dentro del piso y vi a un dios griego rubio, de ojos azules que se posaron sobre los míos, negros como la noche, y me mantuvieron cautiva. Después de lo que me pareció un siglo, salí de mi sopor y me encontré con una bella y brillante sonrisa dedicada a mí, y mi piel se erizó. Evito sus ojos, ¡maldita la hora¡, ya que me puse a estudiar su cuerpo, enfundado en unos vaqueros rotos y el torso marcado por una camisa negra de los Rolling Stones. Todo un chico malo, con su pelo rubio y un cuerpo dibujado por los dioses. Él no dejó de mirarme de manera penetrante, poniéndome de los nervios con su escrutinio. Odio que me miren fijamente, odio a los hombres que se ríen por todo, que me miran como si yo fuera un suculento trozo de carne a degustar. Desvío la mirada y me centro para no echar a perder la oportunidad de trabajo que se me presentaba.

Saludé a la señora que me abrió la puerta y, atendiendo a su invitación, me adentré en el piso bajo el escrutinio del rubio. Tenía ganas de gritarle unas cuantas cosas; rezaba pidiendo que no fuera mi jefe, no lo soportaría.

Mi sorpresa fue total cuando la celebridad que había visto en la tele meses atrás se giró, enseñando su perfecta dentadura y una enorme barriga, y me saludó. Solo entonces comprendí el porqué de tanto misterio, medidas de seguridad y confidencialidad.

El rubio, para hacerse el gracioso, se toma libertades conmigo, y sin que me diera tiempo a pasar el filtro, ya lo estaba llamando tonto. Todo mi cuerpo empezó a temblar y me recriminé mentalmente mi carácter explosivo. Tanto es mi aturdimiento que no me di cuenta de que la chica que salió en la tele y la señora que me abrió se estaban riendo y que él me miraba con la cara desencajada. Mi corazón parecía querer salirse del pecho cuando ella, sin hablar conmigo, me dice que el trabajo era mío. No sabía nada de ella ni las condiciones, pero me daba igual; sabía que no me iba a pagar el mísero sueldo mínimo estipulado por el gobierno y, aunque así fuera, no diría que no. Aún aturdida con todo por la rapidez de los acontecimientos, bajo un poco la guardia y sigo el rollo a las tontas bromas de aquel hombre, que me inquieta y mira de una manera que no sé descifrar. Cuando empecé a sentirme superada lo ignoré y me centré en conocer a la que hoy es mi jefa, mis funciones, obligaciones y horarios. Pero solo nos dio tiempo de presentarnos y que me dijera que está embarazada de ocho meses. Lo que vino después fue una vorágine de sucesos que me obligaron a poner en práctica mi experiencia y a ocupar de inmediato mi puesto de trabajo.

Hoy, siete meses después, no puedo ser más feliz con mi trabajo.

La pequeña María es una niña preciosa. Antes de que su papá viniera a vivir con ella, nos tenía a todos locos con sus llantos, pero ahora es encantadora. Tiene verdadera adoración por el señor Daniel, él es el único capaz de hacerla callar con tan solo hablarle. Tiene a todos los hombres de la familia a sus pequeños pies. Su tío Pedro sigue igual de insoportable, lo evito todo lo que puedo, pero es una de estas personas irritantes que saben que no te caen bien y te buscan para molestarte. Siempre que está aquí a la hora de llevar a la niña al parque, él viene detrás de nosotras. Y descaradamente le cuenta a su hermano y a su cuñada que con la niña le resulta más fácil ligar ¡Como si él tuviera problemas para eso! Inocente de mí, que pensaba que era un bulo eso de que los papás solteros y buenorros utilizaban a los niños para ligar. Nos creía más listas. Pero el impresentable de Pedro llega con sus lindos ojos azules y su bella sonrisa, y tiene a varias mamás y a las canguros ahogándose en sus propias babas. Odio que él sea tan carismático con todas. No lo soporto. Encima, su cuñada y su hermano le ríen las gracias. Le cogí más manía cuando, sin que yo le diera confianza, empezó a hacerme preguntas sobre mi vida. Las primeras las contesté pero, a medida que se iban haciendo más personales, tuve que darle un buen corte; le dije que ya había pasado por la entrevista y que él con saber mi nombre ya sabía demasiado sobre mí. Me miró con mala cara, pero no dijo nada. Sabía que se había pasado, quizás yo también, pero jamás se lo reconoceré. Si no hubiera tocado temas tan personales y delicados para mí, probablemente no habría saltado. Pero Pedro siempre tiende a estropear los momentos de tregua con comentarios desafortunados. Mi familia es algo sagrado y mía, solo mía.

# Capítulo 7



No veo la hora de coger el avión y llegar a Brasil para poder asistir al bautizo de mi preciosa ahijada. Sus padres barajaron la idea de hacerlo el mismo día de su boda, pero como Fátima está dando largas continuamente, su madre y María se pusieron firmes y dijeron que la niña tenía que ser bautizada ya. Y en dos semanas estaba todo listo. Seremos solo la familia, o eso dicen.

No sé cómo me sentiré. Desde la apertura del testamento, con esta será la tercera vez que veo a mi madre; hace un año y cinco meses de eso. La vi el día de su cumpleaños, cuando fui a felicitarla y entregarle su regalo; y la segunda fue en Nochebuena cuando, como todos los años, me fui a cenar con ella en su casa. Fue una idea horrible, éramos solo nosotros dos. Daniel, por una urgencia de última hora, no pudo asistir y la pasó con su familia en Brasil. Tania se fue de viaje con sus amigas; su relación con Fátima no es para celebraciones, se tratan de manera cordial pero todavía queda camino por recorrer. Tania, cuando conoció la verdad sobre su cuñada, se dio cuenta del equívoco de sus acusaciones y el trato humillante hacia ella. Corrió a Brasil para intentar acercarse, pero mi amiga, en su saber estar, no le negó la posibilidad de conocer a su sobrina; sin embargo, la cosa no pasó de ahí, tienen un trato cordial, se tratan lo justo y necesario por lo que las une y nada más. Compartimos mesa en completo silencio, yo no hablaba porque no tenía ganas de interactuar con ella, y ella por miedo a enfadarme. Nada más terminar la cena me despedí y me fui. El día de Navidad, nada más terminar de comer, hice lo mismo; me despedí y ya no volví más. Con esta será la tercera. Cuando ella vino a conocer a su nieta postiza, yo la evité.

Con la ayuda de los demás pude sortearla y evitar que la gente se sintiera violenta con la situación. Todos me riñen diciendo que soy muy rencoroso y que tengo que dejarlo atrás, perdonarla, que ya ha pasado demasiado tiempo de aquello. Para los que aconsejan desde fuera es fácil; sin embargo, para mí no lo es, me resulta imposible confraternizar con una persona a la que admiraba, a la que tenía en un pedestal, y de la noche a la mañana descubrir que ella me usó, y que engañó y manipuló a la gente para salirse con la suya. Y, como consecuencia, destrozó la familia de mi hermano. ¿Cómo se perdona a una persona así? Ella conocía el secreto de su mejor amiga y se metió en la cama de su novio. Me paso la mano por el rostro para olvidar el horrible día en que conocí esa vergonzosa historia. No creo que pueda hacerlo nunca.

Me acomodo en mi asiento en el avión, tomo un libro y me pongo a leer.

El pasajero de al lado llega y me toca el hombro para que lo deje pasar. Estoy tan metido en la historia que me hago a un lado para que pase, sin mirarlo, y sigo concentrado en mi lectura. Y así me quedo hasta que la azafata me interrumpe preguntando si deseo beber algo, y le contesto que no. Ella, educadamente, le pregunta a mi compañero de vuelo, que posa la mano en mi pierna y me pregunta.

—¿Cómo se llama la bebida esa que tanto me gusta? —Doy un salto en el asiento.

—¿Qué narices haces aquí?

—Lo mismo que tú, ir al bautizo de mi sobrina.

—¿Y tenía que ser en el mismo vuelo que el mío y a mi lado?

—Pedro, ha sido una casualidad.

—¡Nos conocemos! ¡Esto no es una casualidad! Nada contigo es casualidad —la acuso sin titubear—. Que sepas que las cosas van a cambiar. Tú eres la recepcionista, no tienes que tener acceso a mi agenda.

—Claro, ahora que has decidido contratar a una *secretaria*, me menosprecias.

—¿Qué hiciste para que te diera la información?

—Nada —contesta mirándose las uñas.

—¡Que nos conocemos! ¿Qué le hiciste? —Tania se pone roja. Sabe que ya no tiene salida; además, estamos encerrados en un avión, algo que le imposibilita marcharse y dejarme hablando solo.

—La amenacé con echarla —dice entre dientes.

—¿Que hiciste el qué? ¿Estás loca? —digo subiendo la voz—. Tú no tienes autoridad para echar a nadie.

—Ya, pero ella no lo sabe —responde altanera.

Meto las manos entre mis pelos y me rasco la cabeza; las arrastro a mi rostro y me tapo la cara a causa de la frustración. Tania no va a cambiar nunca. ¿Cómo es posible hacerle eso a una persona que está trabajando duramente para mostrar su valía y mantener su puesto de trabajo? Es solo una chica recién salida de la universidad que está intentando conquistar su lugar en este mundo egoísta. Desde la llegada de Olivia a la oficina, Tania no ha parado de criticar su trabajo, pero ni mis amigos ni yo le hacemos caso. Ella jamás va a llegar a tener el manejo y conocimiento que esa chica, de tan solo veinticuatro años, tiene. Y saber que la está tratando así. ¡Qué mujer! Pobre del hombre que se case con ella.

—Ahora mismo la vas a llamar y le vas a pedir disculpas. Es solo una cría. Y tú no tienes el derecho a manipularla de esa manera.

—Ni lo sueñes —dice encarándome.

—Vale, se acabó el buen rollo. Ya no habrá comunicación entre nosotros y serás transferida de oficina.

—No, no me hagas eso. La llamare ahora mismo.

—Rápido, que estamos a pocos minutos de despegar.

Tania rebusca en su bolso con parsimonia, está perdiendo tiempo para que salte el mensaje de que se apaguen los aparatos electrónicos. ¿Cómo puede cambiar tanto una persona? La Tania que creció conmigo, con la que jugué, la que protegí, la que fue mi amor de juventud… era dulce, cariñosa y solidaria, todo lo contrario de lo que es hoy. Desde que su madre murió ella se transformó. Daniel y yo no supimos ver su cambio a tiempo y, cuando nos quisimos dar cuenta, éramos dos títeres en manos de una adolescente caprichosa que siempre sacaba de nosotros lo que quería. No supimos atajar el problema, que cada vez fue a más, llegando en determinados momentos a amargarnos la vida. Pero, aun así, no la puedo odiar. No sé describir el sentimiento que tengo por ella: no la quiero como mujer, pero tampoco la quiero lejos. Aunque cada vez que veo ese lado suyo, algo dentro de mí me dice que me aleje de ella lo máximo posible.

Para desesperación de Tania, el comandante nos notifica que el vuelo se retrasará unos minutos, eliminando así la única oportunidad de tener una excusa para no realizar la llamada. Al terminar la locución, como por arte de magia, su móvil apareció.

Saluda a Olivia entre dientes, pero no le queda otro remedio que hablarle, me tiene justo al lado y muy pendiente de sus palabras. Con la mirada le dejo muy claro que nuestra amistad depende de esa llamada.

—Hola, Olivia.

—Hola, señorita Tania. ¿Necesita alguna información? —Oigo decir a la asistente a lo lejos.

—No, no, se acabó el darme información, y discúlpame por haberte amenazado con despedirte —dice de corrido. El otro lado de la línea se queda mudo. La pobre chica no debe creerse lo que está oyendo. Tania me mira buscando mi aprobación. No le digo nada. Solo la miro. El mutismo de la chica la desespera—. Di algo, tonta.

Me aparto de ella como a un rayo.

—Pídele perdón ahora mismo.

—No, ya lo he hecho.

—Azafata —llamo enfadado.

—Dígame, señor.

—Quiero solicitar un cambio de asiento.

—Desgraciadamente, el vuelo está completo. Lo único que podemos hacer es ver si alguien quiere cambiar con usted.

—Por mí, encantado, pregunte a alguien de turista si quiere hacer el cambio.

—No, no, no… No me hagas esto. Olivia, perdóname por haber sido tan mala y manipuladora contigo, yo no tengo poder para echarte. Soy solo una empleada más. ¿Me disculpas? —Aunque sé que no lo dice de corazón, que solo lo hace por miedo a que me vaya, y vete a saber quién se pondría a su lado, estoy contento con el resultado.

—Gracias, ya no cambiaré de asiento —digo a la azafata, que no me mira con buena cara. Le regalo una sonrisa y le pido disculpas. No me gusta molestar a la gente, y en su trabajo menos todavía. Mentira. Hay una con la que me encanta meterme. Paula. A ella me encanta sacarla de su zona de confort y sé perfectamente cómo hacerlo.

74

# Capítulo 8

Paula

Las cosas por casa están lejos de arreglarse. El novio de Suelen es un aprovechado y ella está tan enganchada a él que no se percata de que la manipula y la tiene en sus manos. Sin que ella se dé cuenta la está apartando de todos, principalmente de sus amistades masculinas; cada vez que la ve saludar a alguien del sexo opuesto deja de hablarle, llevándola a la locura. Docenas de veces le he dicho que lo que él le está haciendo es maltrato psicológico. No la reconozco; ella, antes, jamás hubiera permitido que le hicieran algo así. Y ahora sus únicos enemigos somos los que estamos en contra del parásito que tiene por novio. Él cambió su forma de vestir, hizo que dejase de ir al gimnasio y se puso a hacer ejercicios con ella en casa. Y cuando le pregunté por qué, con chulería me dijo que no quería que nadie se quedara mirando a su mujer. Oírlo referirse a mi hermana de aquella manera me revolvió las tripas. Suelen solo es una niña, está descubriendo su sexualidad ahora, él no tiene derecho a tratarla así. Di dos pasos en su dirección con la intención de echarlo de mi casa y de nuestras vidas. Por suerte, tenía a mi prima a mi lado y me lo impidió; me arrastró a mi habitación y me hizo ver que si me pongo en su contra abiertamente perderé a mi hermana que, dentro de su rebeldía, todavía me respeta y me tiene cariño. Me hizo comprender que Suelen está perdida y que, desgraciadamente, está supliendo el espacio masculino que mi padre dejó en su vida con su novio, que se aprovecha de su carencia y la manipula. Me ayudó a ver las cosas con más claridad y tuve que darle la razón en todo lo que me dijo. Desafortunadamente, hay miles de chicas que son maltratadas así por sus novios y no tienen a nadie a que las pueda a ayudar, no son conscientes de lo que está ocurriendo a su alrededor. Ella lo justifica gritando a los cuatro vientos que para él ella es lo más importante, que por quererla tanto siente celos. Tengo miedo de no estar a la altura para ayudarla. Estoy manteniendo en mi casa a una escoria, que lo único bueno que hace es obligarla a estudiar, no le permite que pierda un solo día de instituto. A veces creo que solo lo hace porque conoce la importancia que le doy a los estudios y él no quiere tenerme en su contra del todo, porque no va a encontrar en otro lugar las comodidades que le estoy dando.

Mi madre tiene miedo hasta de estornudar. Suelen, que antes ya no la respetaba, ahora es la que manda cuando no estoy delante. Si antes no la queríamos cerca de Tiago, ahora menos. Con esta situación, aprovecho cada momento para ir a casa y estar con ellos, y así poner algo de normalidad en la vida de mi madre. Y ahora que viene la familia de Fátima y del señor Daniel, les he pedido el fin de semana libre. Los llevaré de paseo, mi madre lo necesita.

Alguien abre la puerta. María, que es una niña sumamente curiosa, levanta su morena cabecita y mira en dirección al ruido. Al descubrir a su adorado tío, se apoya en mi cuerpo, se pone de pie y lo llama.

—Pe, Pe.

—Pe, no, tito —dice el rubio con esa blanca sonrisa que me desconcierta.

Él suelta la maleta y abre los brazos, llamándola por su nombre; la niña, eufórica, empieza a dar saltitos encima del sofá. La sonrisa que tenía en el rostro se me va cuando veo salir de detrás de él a la insoportable de Tania, que se adelanta a Pedro y viene a por la niña, que también se alegra de verla; no tanto como a él, pero también la quiere mucho.

—Ven con la tita. ¿Tú también quieres quitarme el novio? —pregunta chillando para que todos los que estamos en el salón la oigamos. Rodrigo, que acaba de llegar para recogernos, al verla tuerce la cara.

—Hola, chófer —dice con desdén.

—Hola, chica de la centralita —contesta Rodrigo riéndose.

No sé qué le ha hecho, pero Rodrigo no le deja pasar una, le contesta a todas sus provocaciones. Todo lo contrario que yo que, por miedo a que me echen, me callo. Y lo más gracioso es que nadie lo reprende, al contrario, se ríen.

Pedro suelta una carcajada y va a por María, que estaba en brazos de su tía, y se ríe como si estuviera entendiendo algo.

—Pedro, ¿vas a consentir que me hable así? —reclama Tania.

—No veo nada malo en su contestación —dice Pedro guiñándole el ojo a Rodrigo—. Tú le has provocado y él te ha respondido. Así de simple.

Me muerdo el carrillo para contener las terribles ganas de reírme. Tania la arpía, como la llamamos los que trabajamos en la casa, pasa muy enfadada por delante de nosotros sin mirarnos, le da un beso a María y se va a la habitación que ocupa habitualmente.

—Acabas de ganarte una enemiga de por vida —dice Pedro a Rodrigo—. Pero que sepas que acabas de convertirte en mi ídolo. Nunca había visto a nadie dejar a Tania sin respuesta, y tú lo has hecho. El señor Daniel entra en el salón y al vernos a todos riendo nos pregunta qué nos hace tanta gracia. Rodrigo y yo rápidamente nos ponemos serios. Toda la confianza y descaro que tenemos con Pedro, con el señor nos sobra en respeto. Él nos impone; no es que nos trate mal ni nada por el estilo, pero es un hombre extremadamente serio, solo se vuelve un niño con su hija. Pedro empieza a contarle lo que ha pasado, pero antes de que terminara la primera frase Rodrigo ya había desaparecido del salón diciendo que me esperaba en el coche. Yo en su lugar también me hubiera ido; él había contestado mal a la hermana mimada del jefe.

Recojo las cosas de María para también desaparecer de delante de esos dos hombres que tanto me imponen, aunque uno no por respeto, más bien por todo lo contrario: impotencia, rabia, tirria, le tengo manía.

—Paula. —Pongo los ojos en blanco, sé perfectamente lo que va a hacer.

—¿Qué? —contesto secamente.

—Voy con vosotras.

—Ya me lo imaginaba.

—¿Alguien puede decirme que pasa entre vosotros? —nos pregunta su hermano.

—Nada —contesto inmediatamente.

—Mentira, ella me odia —dice Pedro teatralmente. Lo miro con cara de pocos amigos y salgo con la niña al encuentro de Rodrigo, que siempre nos acompaña.

Estoy cerrando la puerta cuando escucho las carcajadas de ambos hermanos. Me gusta más cuando ellos se evitan. Porque son iguales, se conocen y se complementan como nadie, con solo una mirada ya se comunican y el uno secunda al otro. ¿Y por qué sé yo eso? ¡Porque soy su diana!

Hago todo el camino en silencio. Pedro y Rodrigo van hablando como dos marujas, no callan ni para tomar aire. Me alegra estar detrás con María, que demanda toda mi atención, y no tener que escuchar los comentarios de esos dos cuando ven a una mujer guapa.

Llegamos a la Lagoa Rodríguez de Freitas, nos bajamos del coche y yo, con la ayuda de los dos hombres, monto el carrito de María. Bajo la expresión sorprendida de Pedro, que me fulmina con la mirada, me calzo mis patines.

—¿Por qué narices no me has dicho que traías patines?

—Porque no tengo que darte satisfacción. —Me pongo de pie riéndome de su cara.

—¿Por qué tienes la lengua tan suelta? ¡Fátima tiene que saberlo! —Mira a Rodrigo con mala cara por no haberle dicho nada y reírse de él.

Mi compañero de trabajo y amigo, en un exceso de confianza, le responde:

—A mí no me metas en más líos. Con tener que aguantar a tu novia ya tengo suficiente —dijo Rodrigo riéndose.

—Ella no es mi novia —se apresura a aclarar.

—Claro, como tú digas —le responde mi compañero.

¡Qué pena me da… los tortolitos se han peleado! Aquella odiosa mujer grita por donde pasa que él es suyo. Pienso para mí. Cansada de oír la tonta charla entre los dos, me coloco detrás del carricoche y empiezo a patinar. Oigo a Rodrigo gritarme, pero lo ignoro. A María le encanta que vayamos de paseo de esa manera. Un día se lo propuse a sus padres y estuvieron de acuerdo siempre que la niña no correría peligro y fuera cómoda. Una vez bajaron por sorpresa al paseo marítimo y vieron por ellos mismos cuánto le gusta y lo protegida y segura que va, y me dieron carta blanca para que lo hagamos siempre que yo quiera. Desde entonces lo introduje en nuestra rutina diaria. En vez de bajar siempre al mismo parque, cada día la llevo a uno, paramos lejos y nos acercamos patinando; ella se divierte y yo hago algo de ejercicio. Estoy llegando al parquecito cuando una persona empieza a patinar a mi alrededor, obligándome a parar.

—¿Qué haces?

—Voy a patinar con dos bellas mujeres.

—El parquecito está allí. —Apunto con el dedo en dirección al parque, que está a solo diez metros más o menos.

—¿Patinas un poco conmigo? —Pone carita de pena.

—No. Y déjame en paz. —Me marcho y lo dejo atrás.

—Paula, no te estoy invitando a irnos a la cama, que sepas que es porque sé que me vas a decir que no, solo quiero patinar contigo —grita llamando la atención de los que pasan a nuestro lado.

Con la sangre hirviendo llego a mi destino y, antes de ponerme a atender a la niña, lo miro bien seria, dejándole claro que no me ha gustado el numerito. Siempre es lo mismo. No entiendo por qué a este hombre le gusta tanto molestarme.

# Capítulo 9



¡Dios, qué mujer más exasperante! Si cree que va a salirse con la suya está muy equivocada. No sabe con quién está jugando. Cuanto más me rechaza, más ganas tengo de tenerla. Ocho meses atrás me divertía al meterme con ella y ver cómo se cabreaba conmigo y su desconcierto. Me engaño pensando que es solo por hacerla de rabiar, pero me muero por tenerla entre mis brazos, y voy a por todas.

—Rodrigo, ¿qué número calzas?

—Déjala en paz, Pedro.

—¿Cuánto calzas? —pregunto perdiendo la paciencia.

—Cuarenta y tres.

—Estupendo, dame tus patines.

—Pedro, es mi obligación estar junto a ellas.

—Nadie va a impedir que cumplas con tu trabajo. Anda, ve. —Le indico el camino—. Estás perdiendo tiempo —digo de mala manera—. Se que no estoy siendo justo con él. Me cae bien, pero siempre está defendiéndola, como si yo fuera a hacerle algo malo.

Me calzo los patines lo más rápido que puedo. Me impulso para ver si todavía me acuerdo de cómo se va en esto. Hace como mínimo dieciséis años que no me subo en unos. Tengo que utilizar el brazo más de una vez para equilibrarme y evitar partirme la cresta. A mi lado pasan dos bombones y me ofrecen ayuda. En otras circunstancias hubiera aceptado encantado, pero ahora mismo mi objetivo es una mujer de uno sesenta, piernas gruesas, curvas de infarto y un carácter del demonio, que me tiene loco y que no va a poder conmigo.

Después de salvar mi culo de ir al suelo en un par de ocasiones, tomo el control de la situación y voy detrás de ella. A medida que avanzo voy cogiendo más confianza y en pocos minutos ya patino con soltura. Es verdad eso de que algunas cosas no se olvidan. Sin que me dé cuenta ya la tengo a la vista. Me deleito al ver su precioso cuerpo marcado por las mallas. ¡Soy idiota! No me había dado cuenta de que trae ropa de deporte. ¡Madre mía, cómo le queda! Nunca me había fijado en las morenas, pero he de reconocer que Paula tiene su aquel. Y si aceptara, pasaríamos una buena noche de sexo o dos, no tengo problemas en repetir. Soy consciente de que lo tendré muy difícil, ella me tiene una manía horrible y yo no hago nada para que cambie de opinión; al contrario, la provoco cada vez que puedo. Y ahora mismo voy a añadir un poco de picante a su ya reconocida antipatía hacia mí.

Me impulso con más ímpetu aumentando la velocidad y en solo un par de zancadas estoy a su lado. Me gusta verla enfadada, se pone tan linda cuando está cabreada conmigo. Empiezo a dar vueltas a alrededor suyo y de María, obligándolas a parar. Si las miradas mataran, ahora mismo yo caería fulminado.

Ella intenta sortearme, pero no se lo permito.

Tenemos una de nuestras ya habituales discusiones, en donde ninguno cede, que casi siempre terminan en empate, ni ella ni yo damos el brazo a torcer. Le digo que quiero dar un paseo con ambas, me encara con sus expresivos ojos, planta en su rostro una bella sonrisa y me indica el maldito parquecito que está a tan solo dos pasos de nosotros. Fastidiado porque, una vez más, va a salirse con la suya, impido que me sortee y me gano una mirada asesina. Pestañeo y, con una agilidad pasmosa, me esquiva y se va. Me quedo parado en el mismo sitio y la veo sentarse y retirarse los patines siempre con la atención puesta en mi sobrina, que todavía no se ha percatado de mi presencia.

Un hombre se acerca por detrás y le tapa los ojos. Ella le quita las manos. Al descubrirlo sus labios se curvan, regalándole una preciosa y brillante sonrisa, una que nunca había visto en su rostro. María le tira del pantalón, y él le da un fugaz beso en la mejilla a Paula y se agacha para saludar a mi pequeña. Paula posa su mano sobre el hombro del hombre, que la mira y sonríe. Siento algo raro, creo que son celos por ver que mi sobrina pide ir en brazos del extraño, que la coge de inmediato.

—¿Desde cuándo dejas a mi sobrina con extraños? —pregunto de mala hostia. No sé en qué momento patiné hasta ellos.

—¿De qué narices estás hablando? Yuri no es ningún extraño. —El chico, que es claramente más joven que yo, se levanta y me tiende la mano.

—Hola, soy Yuri, el compañero de… —Paula posa su mano sobre la de él, que aprieta la mía con fuerza. El tío está seguro de sí mismo.

—Yuri, no hace falta que le des explicaciones de nuestra vida. Fátima y el señor Daniel saben quién eres y a los demás eso no les interesa.

—Macho, tienes el cielo ganado, vaya genio se gasta esta mujer. —El chico se ríe.

—En el fondo es un cacho pan, pero me temo que no te has ganado su simpatía.

—Eso creo. —Me cae bien el tal Yuri este. Que seguro es un santo, para aguantarla tiene que serlo.

Le da un beso en los labios haciendo que desvíe la mirada a mi sobrina. No me gusta verlos intimar, no me gusta la idea de verla en brazos de ese guaperas.

Para mi suerte, él se despide enseguida de María y de mí. Se acerca a Paula, le da un beso y se va.

—Para tratarme como me tratas por tener una posición distinta a la tuya, tu novio no me parece que tenga menos que yo.

—Exacto, Yuri no tiene menos que tú. Pero es diferente a ti.

—Hablas como si me conocieras y no me conoces de nada. En los casi nueve meses que hace que nos conocemos, lo máximo que hemos podido hablar sin que me ataques fueron cinco minutos.

—Suficiente para saber que lo único que quieres de una mujer es sexo y nada más.

—¿Y qué debo de querer según tú?

—Me da igual, no seré una de ellas.

—Muros más fuertes han caído —digo en su oído, dejándola descolocada.

Pero ella es dura, se recompone enseguida e ignora mi comentario.

Dedica su atención a mi sobrina. Saca varios juguetes de construcciones y se sienta en el suelo para empezar a jugar con la niña. Es como si yo fuera invisible, no me mira ni un solo segundo. Cansado de su desprecio me quito los patines y los calcetines, quedándome descalzo. Me siento entre ambas y empiezo a jugar con ellas, ignorando su mirada asesina. Es precioso ver cómo se lo pasan. Creo que, en todos estos meses, es la primera vez que estamos tanto tiempo juntos sin discutir. Rodrigo, al ver que no nos peleamos, se queda a lo lejos mirándonos.

El camino de vuelta a casa lo hacemos en silencio. María, nada más subirse al coche, se queda dormida. Y con la excusa de no despertarla, los tres nos mantenemos en silencio. Para todos fue raro las horas que pasamos en el parque. Conocí a una Paula que nunca había visto, risueña, con sentido del humor, bromista y, en algunos momentos, coqueta. Creo que se ha dado cuenta de que me enseñó un lado suyo que no deseaba y por eso nos obligó a mantener la boca cerrada.

Estamos a dos días del bautizo. Mi madre llega hoy. Daniel y Fátima la van a recoger en el aeropuerto. Yo quise irme a un hotel, pero ninguno de los dos me lo permitió bajo la amenaza de que no dejarían que me acercase a mi ahijada, así que tendré que estar esos días junto a ella.

Creo que va siendo hora de que tenga mi espacio para que, cuando venga, no le quite privacidad a la familia, aunque a ellos les encanta tener la casa llena. Daniel ya se contagió del espíritu brasileño, y disfruta del ir y venir de la gente en su espacio. Aquí, cuando crees que estás solo, se presenta alguien. Mi hermano, cuando algo le agobia, se retira a su despacho y listo.

Tania es otra a la que estoy evitando, pero a esa es más difícil quitármela de encima. Cada vez que la tengo cerca me es imposible evitar que me abrace y me bese. No deseo hacerle pasar un mal rato en público y le digo disimuladamente que me deje; por supuesto, no me hace caso. Y cuando tenemos a Paula delante, se comporta de manera posesiva.

Ha llegado el día del bautizo. Estamos todos en la iglesia Nuestra Señora del Carmo. Mi amiga me dice, de manera confidencial, que si un día se casa tendrá que ser aquí. Hay veces que me asusta mi amistad con Fátima, creo que ella me confunde con sus amigas. No ve que ese tipo de cosas, lejos de gustarme, me causan malestar. Yo no me voy a casar ni a tener hijos. Seré el tío guay, los malcriaré y les dejaré de herencia unas monedas más para aumentar sus huchas.

Mi madre, al verme, se queda mirándome desde lejos. Sus ojos brillan por las lágrimas. Por un momento siento el impulso de acercarme a ella. La encuentro mucho más delgada que la última vez, pero me viene a la mente lo ocurrido y me acuerdo de que sus últimos análisis dieron normales. Así que no me preocuparé. Desecho la ñoñería y me voy a la otra esquina.

Realmente somos solo la familia y los amigos más allegados. Me alegra ver a mis amigos aquí. Como dice Fátima, sus trajeados no podían faltar. Recuerdo cuando nos dijo que nos llamaba así; todos nos reímos y desde aquel día, siempre que estamos juntos, somos los trajeados; y nos encanta serlo. Ellos se han dado una buena paliza para estar aquí hoy: trabajaron el jueves hasta el mediodía, cogieron el vuelo por la tarde, llegaron el viernes por la mañana y regresan el domingo por la mañana; han hecho un viaje de once horas para estar aquí cuarenta y ocho, pero ninguno de ellos contempló la idea de no venir. El único que falta es Miguel. Esperemos que dentro de poco pueda estar junto a nosotros. Rafa está lejos de ser el tipo de siempre pero, aun así, está aquí; pendiente del teléfono, pero está.

Sonrío al ver a Tania entrar enfadada. No hace falta ser adivino para saber que Rodrigo, una vez más, la ha puesto en su sitio. Daniel, después de tantas quejas de su hermana, llegó a plantearse la idea de cambiar de chófer, pero Fátima se opuso y le dijo las cosas que Tania le hace al personal de servicio, indignando a Daniel. Él, que sabe perfectamente la hermana que tiene, le exigió que le pidiera disculpas al personal y les prohibió que la atendieran. Ella volvió de lo más dócil pidiendo que si, por favor, Rodrigo podía seguir atendiéndola. Fátima lo dejó a elección del chico que, con una sonrisa burlona, dijo que sí…

Me quedo hipnotizado al ver a Paula entrar del brazo de su pareja. Sí, ella y Yuri viven juntos. Fátima, que me escuchó hablar con Daniel sobre el encuentro del chico con María en el parque, se acercó y dijo que lo conocía, que es hijo de un reconocido médico y que viven juntos. La noticia me sentó como una patada en los huevos. Ella me rechazó, pero su novio está podrido de dinero. Desde ese día, paso de ella. Nunca me hizo falta correr detrás de ninguna mujer y ella no va a ser la primera.

Ambos se sientan en las primeras filas. Vaya suerte que tiene el tío. El vestido que lleva realza sus curvas de una manera espectacular, está informal pero muy elegante. Paula es una mujer a la que le gusta pasar desapercibida, o eso intenta, pero su carácter arrollador atrae miradas por donde pasa. Más de uno giró la cabeza para admirarla, sin que ella sea consciente del interés que despierta en los hombres.

Salimos de la iglesia y nos dirigimos todos a un salón de fiestas, cosa muy típica en Brasil. Aquí sí que hay más gente, es una cosa de locos. Hay un miniparquecito montado para los niños. La gente, esparcida en diversos grupos, charla y ríe. Los camareros no paran de pasar con bandejas de comidas y bebidas, todos comen y bailan al mismo tiempo. Nunca había visto nada igual.

Fátima arrastra a Paula y a Erica a la pista, y las tres empiezan a bailar de esa forma que… ¡Dios! Me pongo la mano en la cara y tiro el cuerpo hacia atrás, esos movimientos deberían de estar prohibidos. Daniel no quita el ojo de su mujer, y he de reconocer que yo tampoco lo quitaría, es demasiado para el corazón de un hombre enamorado. Erica va hasta Rubén y lo saca a bailar, arrastrándolo de la camisa. La pelirroja ha tenido que encapricharse justo del tío más enigmático del grupo. Es un tío cojonudo, pero sabemos poco o nada de su vida amorosa; las veces que compartimos fiesta, siempre terminamos viendo cómo él tiene que quitarse a las mujeres de encima. Creemos que le sucedió algo parecido a lo que le ocurrió a Rafa, pero la diferencia es que Rafa lo compartió conmigo y Rubén no dice ni una sola palabra.

A las once de la noche ya no quedaba nadie en el salón, pero todavía no tenía ganas de irme a casa. Voy en busca de la única persona que sabe dónde podemos ir a pasarlo bien. Busco por todo el salón, solo quedamos la familia. No veo a Rodrigo y a Paula por ningún lado.

Como un fantasma, Tania aparece delante de mí.

—Pedro, no he podido bailar contigo en todo el día, aunque con esa música no sé qué se podía hacer. Me niego a exhibirme como lo hacen.

—No es que te niegues, es que no sabes —dice Rodrigo a su espalda, haciéndola saltar por el susto. Estallo en una carcajada.

Él, desde luego, no tiene noción del peligro, este tío está jugando con fuego. Tania, desde lo de Fátima, está más moderada, pero eso no quiere decir que haya dejado de ser Tania, y ella no lleva nada bien que la contradigan y que la avergüencen. Y él hace las dos cosas.

—Daniel —grita desencajada. Todos la miran asustados. Su hermano se acerca corriendo.

—¿Qué pasa? —pregunta visiblemente preocupado.

—Exijo que despidas ahora mismo a este individuo.

No doy crédito a lo que oigo. Hace tan solo un par de días no salía de casa porque el personal tenía prohibido atenderla, y ahora sale con esas.

—Tania, Rodrigo es mi empleado. La única que puede prescindir de sus servicios soy yo. Y antes de que digas algo, te comunico que él seguirá donde está —afirma Fátima, que ha llegado detrás de mi hermano a causa del grito de Tania. Daniel mira a su pareja con mala cara por haberle desautorizado delante de los demás, pero la morena ni se inmuta; le da un beso y se va.

—A mí no me mires. ¿Estás seguro de que quieres casarte con ella? —pregunto a mi hermano, guasón.

—Más que nada en el mundo —contesta con brillo en los ojos. Su enfado está olvidado. Ya nada tiene que ver con aquel Daniel que tenía la necesidad de quedar por encima de ella en todo. El tema quedó totalmente olvidado por todos, para disgusto de Tania.

—Rodrigo, no me apetece irme a la cama como los niños. ¿Dónde podemos ir a tomar algo?

—También voy —dice Tania.

—No —contesta Rodrigo. No pude contenerme y me reí de la cara que puso.

# Capítulo 10

Paula

Deseo de todo corazón que este día termine cuanto antes. Desde aquella tarde que pasé junto a Pedro en el parque entre nosotros fluye otra energía. Ahora podemos compartir el mismo espacio sin que el uno se meta con el otro. Bueno, no era así la cosa. Él era el que siempre se metía conmigo, pero desde aquel día algo cambió, ahora la atmósfera solo se tensa cuando Tania está cerca. Y es por su culpa que deseo que el día pase lo más rápido posible. Ella nos encontró a Pedro y a mí riéndonos de las payasadas de María que, en un momento que me ausenté para prepararle el baño, cogió mi barra de labios y se puso perdida. Su tío fue el primero en verla y, rápidamente, tomó su móvil, le hizo fotos y se las envió a sus padres, que pidieron que inmortalizáramos el momento. La niña, al ver que su tío se reía, lo llamó con su manita y, sin que él se lo esperara, le pintó a él también, dejándolo con una perfecta boca de payaso. Cuando lo vi, me desternillé de la risa, y bromeando, dije que se le había corrido el maquillaje y me puse a contornear sus labios con el dedo; él cerró los ojos y posó su mano sobre la mía; sentí una descarga atravesar mi cuerpo, me quedé prendida en sus labios, nuestras respiraciones se aceleraron y, justo en ese momento, ella apareció. No dijo nada; sin embargo, su mirada dejó muy claro que no le gustaba lo que veía. Cuando Pedro abrió los ojos y la vio, tuve miedo de que la tomara conmigo por haberle metido en problemas, pero él siguió como si nada. Ella, con mucho aplomo, bromeó diciendo que estaba guapísimo; se acercó y me apartó, ocupando mi sitio a su lado, y me mandó que me fuera. Desde aquel momento, mis días fueron de mal en peor. Me la encontraba en cada rincón de la casa y para mi desesperación no decía nada, solo se dedicaba a echarme miradas asesinas.

En la ceremonia no fue diferente. Yuri, que por hacerme un favor vino como mi acompañante, tuvo problemas con su flamante novia y llegamos tarde a la iglesia, donde hicimos una entrada triunfal y, por consiguiente, recibimos la mirada reprobatoria de Pedro, que me observó muy serio durante varios minutos. Tanto que Tania se giró para ver a quién miraba de aquella manera y se encontró conmigo. Esta vez sí que no se calló y gesticuló algo que no pude comprender por la distancia, pero que supe enseguida que no era nada bueno. Me trago la vergüenza y atravieso el pasillo para ocupar el asiento que me fue asignado. Crucé los dedos para que terminara todo cuanto antes. Y que el lunes, cuando vuelva a trabajar, estos dos se hayan ido.

Nada más terminar la ceremonia de bautismo, discretamente me despido de Fátima, y me voy evitando que me arresten a la celebración.

Fuimos a casa para cambiarme, yo no puedo ir vestida así hasta mi casa, la gente en el transporte público seguro que pensaría que estoy loca. Y mi amigo se fue con su novia.

Al ser un viernes por la tarde, el metro está hasta arriba. Solo cruzo los dedos para que, después de veinte minutos como sardinas enlatadas, pueda ir sentada en el autobús. No creo que soporte un viaje de casi hora y media de pie.

Nada más llegar a la estación Central de Brasil, que es mi parada, no me hace falta moverme para salir, el gentío me saca en volandas de dentro del vagón del metro. Todos tienen prisa para llegar a sus casas y empezar sus dos merecidos días de descanso. Sigo el flujo de gente en dirección a la estación de autobuses y ya lo lejos veo la enorme cola que hay en la dársena que corresponde a mi ómnibus. Las pocas esperanzas que tenía de ir sentada se esfumaron. Ahora solo queda rezar para que no se ponga detrás de mí ningún descarado y se dedique a frotarse con la excusa de la falta de espacio y el movimiento del autobús. ¿Sabes aquellos videos de risas del pantalón con pinchos? Pues en algunas ocasiones desearía uno…

Después de más de dos horas, cortesía del enorme atasco que me encontré en la avenida Brasil y línea roja, estoy sudando como un pollo, solo deseo entrar en casa y pegarme una ducha. Bajo en la calle de mi casa y miro la enorme recta que tengo que cruzar hasta llegar a mi hogar. No es el mejor sitio del mundo, pero es donde crecí y tengo bonitos recuerdos de mi infancia. La recorría de arriba abajo jugando al pilla pilla, al balón prisionero y al escondite, juego que siempre aprovechábamos para besuquearnos con el chico que nos gustaba. Eran tiempos difíciles, pero felices, no teníamos nada, pero mis padres se amaban. Y no nos hacía falta más. Pero todo cambió con la llegada de Suelen; el primer cambio fue apenas perceptible a los ojos de los de afuera, pero mi madre y yo, que lo sentimos y vivimos, lo pasamos muy mal. Mi padre la adoraba, era la niña de sus ojos, pero provocó un distanciamiento grande entre mis progenitores. Y la llegada de Tiago fue el detonante para que todo se rompiera definitivamente. Mi padre —después de decir que no deseaba nada de aquello, que no deseaba una casa llena de niños y sí poder viajar y presumir de que me había dado lo mejor ante toda su familia y amigos—un día, sin el menor remordimiento y destrozando a mi madre, mí hermana y a mí, asumió que estaba enamorado de otra. Nos lo confesó como si estuviera confesando que no era vegetariano y de un día para otro se fue con ella. No le importo nada. No contento con el dolor que nos había causado, vendió la casa en la que vivíamos, obligándome a tener que alquilarla para no irme del lugar en el que nací y crecí. Los ahorros que tenía de los años en los que estuve estudiando y trabajando desaparecieron en cuestión de meses. Suelen, que tenía doce años cuando ocurrió, se negó a irse del barrio, aunque se moría de la vergüenza porque su padre se había marchado con la prima de su madre, de tan solo veinticinco años, y nos había dejado en la más completa ruina.

Nuestra vida había mejorado, podíamos darnos caprichos, hacer algún que otro viaje, yo era la niña consentida de papá. Él tenía un buen empleo, mi madre también. La llegada de Suelen frenó un poco los planes que tenía para nosotras; aunque contrariado, se resignó y la aceptó. Pero la llegada de Tiago fue el detonante para que todo se viniera abajo. Cuando él se fue mi madre quedó destrozada. Acababa de perderlo todo, tuvo que dejar el trabajo para cuidar al niño y yo fui la que tuvo que asumir la responsabilidad de sacar la casa adelante. Vendimos todo lo que pudimos; primero fue el coche de mi madre, seguido de cosas que no nos hacían falta. Pasamos verdaderas penalidades, pero aquí estamos, y seguiremos adelante. De mi padre no hemos vuelto a saber nada. Todos saben que es un tema tabú, porque mi madre, aun habiendo pasado cuatro años desde que se fue, sigue llorando su partida. No logro entender ese tipo de amor, pero no estoy en posición de juzgarla. Estuvieron veinticinco años casados, ellos sabrán.

Camino hasta el final de la calle. Me río al escuchar la música alta, seguro que algún vecino está organizando una fiesta. Aquí casi todos los fines de semana hay fiesta en la casa de alguien. A medida que voy acercándome a mi casa, la sonrisa que tenía en el rostro se me va borrando.

¡No puede ser!, me digo a mí misma. ¿Cómo narices hay una fiesta en mi casa y no sé nada? Allí hay un niño de tan solo tres años. Aprieto el paso, abro la puerta y entro en la finca. Hay gente por todos los lados. Entro por la puerta de casa y lo que veo me rompe el corazón: hay botellas de cerveza por toda la casa, la parrilla está prendida, hay una piscina de plástico gigantesca montada en la parte trasera del jardín, pero lo que más me destroza es ver cómo mi hermana se deja meter mano por su novio delante de todos. Nuestras miradas se encuentran. Ella, lejos de avergonzarse, se ríe y le mete la mano dentro del pantalón. Sus amigos la vitorean. Doy media vuelta y salgo por donde entré. No me da tiempo a razonar sobre lo ocurrido.

—Paula —grita mi hermana detrás de mí—. ¿A dónde vas?

La miro con tristeza, el olor a alcohol se siente a lo lejos.

—¿Dónde están mamá y Tiago? —pregunto conteniendo las ganas de gritarle.

—Siempre lo mismo, a nadie le interesa cómo estoy. Siempre ese maldito niño y la loca depresiva.

—¿Cómo puedes ser tan egoísta? —le pregunto dolida—. Todo el sacrificio que hago es por vosotros.

—¿Por mí? —responde riéndose—. Tú me tienes envidia, porque tengo lo que tú nunca tuviste. Tanto esfuerzo para ser la mejor y ahora eres una simple canguro —dice con desprecio.

Me trago las lágrimas. Sus palabras me están destrozando, pero ha llegado la hora de ponerle fin a todo esto.

—¡Tienes razón! Soy una canguro, pero esta canguro es la que paga la casa donde vivís tú y tu novio, es la que te da de comer y te compra la ropa. Pero ¿sabes qué? Se acabó.

—¿Que se acabó? ¿Ya no eres canguro? —pregunta con sarcasmo.

Mi sangre se calienta. Ahora mismo le echaría un buen sermón, pero veo venir a su novio. Al darse cuenta de que tengo la mirada fija detrás de ella, se gira a comprobar qué es lo que ha llamado mi atención. Al verlo le sonríe y le tiende la mano.

—¿Qué pasa, nena? —le pregunta.

—Mi hermanita, que ha venido a hacernos una visita.

—No me lo puedo creer, habla como si esa no fuera mi casa.

—Solo dos preguntas. La primera es de dónde habéis sacado el dinero para la fiesta.

—Lo cogí de la cuenta. —Abro los ojos como platos. ¿Mi hermana ha sacado de mis ahorros para hacer una fiesta? Si hace solo unos meses no teníamos ni para el transporte público.

—Se acabó, Suelen, la canguro ha llegado a su límite. —Meto la mano en el bolso, cojo el móvil y llamo al banco, bajo su despectiva mirada.

—Quiero bloquear todas las tarjetas de crédito y la cuenta, acabo de ser asaltada y se han llevado todas las contraseñas.

—¿Qué haces, Paula? —pregunta asustada al ver que iba en serio.

—Cortarte el rollo, ya no tienes acceso al dinero de la canguro. A ver hasta cuándo dura el amor de tu novio por ti sin dinero y sin casa, ya que desde hoy no volveré a pagar el alquiler.

—No puedes hacer eso. ¿A dónde van a ir mamá y el mocoso?

—No te preocupes, eso es problema mío. —Le doy la espalda para marcharme, me está rompiendo el corazón hacerle eso, pero necesito que espabile, mi hermana no es así. Y ya la dejé ir demasiado lejos con esto.

—Paula, por favor, no me hagas esto —implora llorando.

—Cuando vuelvas a ser la Suelen de antes, hablaremos.

—Aquella ha muerto —grita furiosa.

—Entonces ya no tengo hermana. —Nada más decir esas palabras, las lágrimas que llevaba rato conteniendo salen a borbotones.

Corro hasta la casa de mi prima, que está solo unos metros más arriba. Mi familia, nada más verme entrar, viene a mí y me abraza.

—No puedo más San, estoy agotada, no sé qué hacer.

—Shhhhh, tranquilízate, tu madre subió con la mía a Petrópolis a visitar al tío.

—Gracias por decírmelo. Me voy. —Me seco las lágrimas y salgo, haciendo oídos sordos a la llamada de mi prima.

Y sin darle tiempo a que me diga nada más, echo a correr para llegar a tiempo de coger el autobús que veo venir a toda velocidad. Me meto dentro sin saber qué línea es. Solo cuando ya he pagado el billete pregunto su destino; me da igual dónde me lleve, solo necesito alejarme. Para mi suerte va para Central de Brasil; me siento y dejo a que las lágrimas salgan. Estoy cansada de hacerme la fuerte.

Llego de vuelta a la Central de Brasil a las diez de la noche. Cojo el móvil y llamo a Yuri para saber por dónde anda, pero la llamada va a para al buzón de voz. Sin saber qué hacer, me voy a casa. Intentaré tranquilizarme y llamar a mi madre, seguro que está destrozada. Llevamos una temporada muy estresante. Y con su historial clínico, los últimos acontecimientos no la ayudan.

No soy capaz de dejar de pensar en todo lo que le he dicho a mi hermana, que ni siquiera me ha llamado. Seguro que el alcohol no le ha permitido darse cuenta de todo que le viene encima a partir de ahora.

Cojo el móvil y llamo a mi madre, que me atiende con voz normal, como si no hubiera pasado nada. La dejo que siga, me cuenta dónde está, que fueron de visita al palacio de Cristal y que mañana tienen planeado ir de visita al Museo de Cera. Está como siempre, no, quizás hasta más relajada, cosa que me sorprende. Ella no comenta nada sobre lo que está pasando en nuestra casa. Llamo su atención, pero no me deja que prosiga y comienza a contarme cosas de Tiago, que empezó el colegio infantil. Obviamente, despierta mi curiosidad. La alegría con la que relata lo feliz que lo encuentra cuando lo va a recoger, me llena el corazón de alegría. Me arrepiento de no haberlo matriculado a principio de curso. Es un gasto más pero ahora, oyendo a mi madre, sé que es acertado. La dejo que me cuente con entusiasmo toda la semana del niño. Superada la euforia inicial le pregunto qué hizo durante el tiempo que el niño estaba en el colegio. El mutismo en el otro lado de la línea fue total. Desapareció toda la alegría de hace unos segundos. Me arrepiento de haber abierto la boca. Ella lo intentó todo para no hablar de mi hermana y yo lo he estropeado. Se le escapa un sollozo. Una solitaria lágrima escurre por mi rostro y tomo la decisión de que ya no podemos vivir engañándonos de esa manera, y le digo que tenemos que hablar. Mi madre se derrumba, sabía que todo era una fachada.

Creo que si hubiera estado en casa cuando mi madre me contó que Suelen la había echado, y que lo hace todas las mañanas, la hubiera estrangulado. Indignada le pregunto que cómo consiente eso. Aunque la respuesta la conozco perfectamente: ellos no la respetan. Ambas lloramos de tristeza y dolor. Le explico cómo actúe con Suelen y que la dejaré darse cuenta por sí misma. Mi hermana no va a seguir tiranizándonos de esta manera. Sé que la puedo perder definitivamente pero, si no hago nada, la perderé igualmente.

Charlamos durante varios minutos. Mi madre llora al conocer lo que voy a hacer, pero me apoya. Me despido de ella prometiéndole que todo se va a solucionar.

Camino de un lado a otro sintiéndome enjaulada. Necesito ocupar mi mente con algo que no sea toda esta porquería que me rodea.

# Capítulo 11

Pedro

Voy hasta la cocina en busca de Rodrigo y oigo que Tania y él discuten. La curiosidad me puede y me oculto pegado a la pared para escuchar lo que se dicen.

—Dime a dónde vas —exige una colérica Tania.

—No —contesta de manera burlona.

—¿Por qué no quieres decírmelo? ¿Pedro ha quedado con alguien?

—Quizás. —¡Qué cabrón es este Rodrigo!, me digo a mí mismo.

—¡Dímelo de una vez, insolente! —Él se carcajea por haber conseguido su objetivo, que no es otro que desquiciarla—. Encontraré una manera de echarte de esta casa.

—Suerte.

—Te veo muy seguro. La jefa te defiende como nadie. ¿Qué hay entre vosotros dos?

—Cuidado con lo que insinúas, que la que puede salir de esa casa para no volver más a lo mejor eres tú. —Al escuchar el comentario de Tania entro corriendo. Lo último que necesitamos es que Daniel empiece a ver cosas donde no las hay.

Encuentro a Rodrigo por primera vez desfigurado y a escasos centímetros del rostro de Tania.

—Pedro, este bruto me está amedrentando. —La miro negando con la cabeza.

¿Cómo se puede ser tan sumamente manipuladora?

—Te espero abajo —me dice Rodrigo. Y sale por la puerta sin mirarla a la cara.

—Acabarás sola. Tú fuiste testigo de cómo lo pasó de mal nuestro hermano cuando Fátima lo dejó. Y ahora que las cosas van bien, las quieres fastidiar. —Le doy la espalda y me voy. Oigo cómo me grita, pero la ignoro.

Entro en el coche y Rodrigo ya ha vuelto a ser el de siempre.

—¿Listo para ver a las mujeres más bellas, escuchar buena música y pillar una buena borrachera?

—Tengo que devolverte sobrio. ¿Quieres que mi hermano y mi cuñada me maten? —Rodrigo se ríe y arranca el coche.

No tengo la menor idea de dónde me lleva. Conduce unos veinte minutos hasta que llegamos a unas calles abarrotadas de gente. Solo entonces descubro dónde estoy. Una vez pasamos por aquí y le pregunté qué sitio era este. Y me dijo que es el barrio bohemio por excelencia de Río de Janeiro, y que se llama Arcos da Lapa. Dimos muchas vueltas hasta que un gorrilla nos indicó un sitio para aparcar. Rodrigo le pagó y le pidió que nos cuidara el coche. Miro a nuestro alrededor y descubro una gran variedad de vehículos, los hay de lujo y de gama baja, por no decir listos para el desguace. Nos metemos por una calle llena de bares repletos de vida.

Me paro en mitad del camino y admiro la singular escalera que surge delante de mis ojos, que está toda decorada con mosaicos de ladrillo. Rodrigo, al ver lo que ha llamado mi atención, empieza a explicarme la historia del decorado:

—Se hizo conocida internacionalmente por la decoración que le hizo el artista chileno Jorge Selarón, que inició el trabajo en 1990 con la idea de terminarlo para el Mundial de fútbol de 1994. El artista tomó amor por su obra y la población abrazó su idea. Por ello siguió alineando los azulejos y hoy allí hay más de dos mil venidos de más de sesenta países, muchos de ellos traídos por famosos y extranjeros que se enamoraron de su trabajo. —Mi colega relata la historia del artista con tanta pasión que acabo de hacerme un fan más de su trabajo. Me entristeció conocer la noticia de que el artista falleció en el año 2013. Pero su obra está protegida, es patrimonio de Río de Janeiro y nadie puede hacer ninguna modificación sin la autorización del ayuntamiento. Dejamos eso atrás y vamos de encuentro a la fiesta. Parezco un niño en un parque de atracciones, no por las exuberantes mujeres, que las hay; las hay muy guapas y otras no tanto y alguna que otra no tan agraciada, pero la belleza es muy subjetiva. Lo que de verdad me llama la atención es la mezcla de clases sociales; no es que estén todos en un mismo local, pero en las calles se ve a ricos y pobres disfrutando de la música, bebiendo cerveza, bailando y riéndose. Creo que en el tiempo que llevo viniendo a este país, es la primera vez que veo al rico y al pobre divirtiéndose en el mismo espacio sin la preocupación de dejar claro quién es quién.

Rodrigo pasa de largo de los bares más distinguidos, por llamarlos de alguna manera. Llegamos a un grupo de gente con vasos de cerveza en la mano, que cantan al son de la batucada, lo que ellos, los cariocas, llaman *pagode*. Eso lo conozco, mi viaje de Carnaval con Fátima dio para mucho.

Rodrigo va abriendo camino hasta que llegamos al centro. Con la mano saluda a todos los que están tocando los instrumentos. Y con un apretón de manos y dos besos a muchos de los que tenemos a nuestro alrededor. Como por arte de magia aparecen en nuestras manos dos vasos de cerveza; Rodrigo la rechaza porque tiene que conducir; yo desde luego que no.

Me dejo contagiar por la música y me muevo. Porque para aprender a bailar como lo hacen ellos serían necesarias tres vidas.

A la hora del descanso de los percusionistas todos vinieron a saludar a mi colega, que los saluda de manera muy particular: se toman la mano, la suben a la altura del corazón y chocan el uno contra el otro. Con la mano libre se palmean la espalda.

—Ven aquí —me llama Rodrigo—. Este el cuñado de mi jefa, el tipo que os comenté. Es muy buena gente. No es uno de esos estirados que mira a los demás por encima del hombro. —Lo miro con una fingida cara de asco, arrancando de todos una carcajada. De uno en uno, me saludan de manera amigable y hacen que me sienta muy cómodo entre ellos. Me dicen que Rodrigo habla mucho de mí con ellos; otra de las sorpresas de la noche. El descanso se termina y veo cómo mi colega se sienta y toma un instrumento, del que no conozco el nombre, pero que toca con maestría. Una morena se me acerca y me tira para bailar; como dice mi cuñada, con mi perfecto portuñol le digo que no sé bailar. Ella, que habla español, me responde que no pasa nada, que me enseña. Al final terminé bailando con una y con otra. Era uno más entre ellos. Rodrigo tuvo que quitarse a unas cuantas de encima. Con su piel naturalmente bronceada y sus ojos verdes no pasa desapercibido entre las mujeres, que le dicen directamente qué quieren de él. Mis pies empiezan a pedir auxilio, no he parado de bailar y no puedo más. Pero si sigo aquí seguirán invitándome a bailar. Creo que soy la atracción de la noche, porque reírse se están riendo bastante a mi costa, porque les piso todo el tiempo. Allá ellas, no engaño a nadie, le digo a todas que no sé bailar y me sacan igual; que se aguanten. Sin que se den cuenta salgo a dar un paseo. Por señas le explico a mi colega que voy a dar una vuelta, y él me contesta con el dedo que afirmativo. La curiosidad me hace entrar y salir en todos los bares que veo, muy próximos unos de otros. En casi todos tocan el mismo tipo de música, la samba; los hay que tocan MPB y en otros *bossa nova*. Lo único en común entre ellos es la pluralidad y naturalidad de la gente, que se divierte sin importar quién tiene al lado, son libres.

Después de entrar y salir de unos cuantos bares, la naturaleza me llama con urgencia, obligándome a tener que ir al baño. Cruzo el abarrotado bar en busca del aseo. En mitad de la pista una melena morena que se mueve sensualmente me llama la atención. Me paro a mirarla. Es una mujer entregada a la música, que canta y baila. La poca claridad del local no me deja admirar sus rasgos. Hay melancolía en sus movimientos, me quedo hipnotizado mirándola. Deseoso por contemplarla de cerca, me abro paso entre el gentío. Me atrae como si de un imán se tratara. Intento aproximarme más pero la multitud no me lo permite. En el estribillo de la canción la mujer eleva los brazos hacia arriba y parece cantar a voz en grito. Daría todo por saber qué dice la letra de la canción. Con el puño apretado expresa su dolor; siento deseos de abrazarla. Con elegancia retira su pelo de la cara y me enseña el rostro que me visita por las noches: es Paula. Mi corazón parece querer salirse de mi pecho. Me encantaría poder ir hasta ella, abrazarla y decirle al oído que sea lo que sea que le aflige que yo estaré a su lado. «déjate de tonterías, ella tiene pareja» me digo a mí mismo. Miro a los lados en busca de Yuri y no lo veo por ningún sitio. Escudriño el bar, seguro que estará por aquí, no dejaría a su bella novia sola. Yo, desde luego, no lo haría. ¡Igual está en el baño! Sigo mi camino, no sin antes echar una última ojeada a la bella imagen de Paula bailando. Está espectacular con ese pantalón blanco y un top rojo. Entro y me olvido de mi necesidad fisiológica, busco a Yuri y no lo veo por ningún lado. ¡Está sola!

Doy alivio a mi cuerpo y salgo corriendo en su búsqueda; la encuentro en el mismo sitio, bailando y cantando sola. Por increíble que parezca, aunque son muchos los hombres que la miran, ninguno se atreve a interrumpir el bello espectáculo de sensualidad y nostalgia que está ofreciendo. La veo como en trance. No hay mesas libres, por lo que me recuesto en la barra y pido una cerveza, la bebida por excelencia en Río de Janeiro; y me quedo disfrutando del maravilloso espectáculo que está dando la morena de mis sueños. La burbuja se explota y todo se nubla en mi mente cuando un hombre, que aparece de la nada, la arranca de mi vista de mala manera. Todo ha sido tan rápido que no logro ubicarla. Busco entre el gentío hasta que veo que la lleva medio a rastras a la calle. Salgo corriendo detrás de ellos y me llevo a unos cuantos por el camino. No me gusta la manera en la que la tiene cogida del brazo y se ve claramente que ella no quiere seguirlo, pero nadie hace nada para impedírselo. ¿Cómo es posible que un hombre trate a una mujer así y nadie haga nada? Ella da un tirón, desasiéndose de su agarre, planta los pies de manera firme en el suelo, dificultando que él pueda arrastrarla sin hacerle daño.

—¿Qué quieres? —pregunta autoritaria, volviendo ser la Paula que conozco.

—Deberías estar en casa.

—No tengo que darte explicaciones.

—No juegues con fuego. ¿Dónde está el idiota enamorado que no se atreve a declararse y que se mata a pajas pensando en ti?

A pesar de la música los oigo con claridad. No sé qué hacer, si intervenir o dejar que aclaren lo que sea que tengan que aclarar entre ellos. Por lo que veo se conocen y hablan como si tuvieran cuentas pendientes. Por supuesto que quiero saber quién es el que está interesado en ella. Estoy vigilante, si ese hombre le pone la mano encima le parto la cara.

—No sabes lo que dices, Yuri. Lo único que siente por mí es cariño y amistad.

—Dices eso porque necesitas creértelo para seguir viviendo de su dinero sin sentirte como lo que eres, una cazafortunas. Lo intentaste conmigo y casi te salió bien, pero lo estropeaste al querer agarrarme por la vía rápida.

—Te crees un oasis en el desierto, pero fuiste el mayor error de mi vida. Tres años perdidos, pero de todo se aprende. No vales nada.

—Cuidado, puedo destrozar tu asquerosa familia y tú sabes cómo. —Paula pierde el color. Es hora de intervenir, no voy a permitir que la amenace.

—Paula, ¿pasa algo? —pregunto solícito.

—No. —Es lo único que sale de su boca. Y por lo que veo está un poco achispada.

—¿Nos vamos? —pregunto echándole un capote en caso de que lo quiera coger.

—Sí.

—Paulita, ¡no pierdes tiempo! Saltas de un riquito a otro. ¿Quién es el guiri? ¿Qué, está más forrado que yo?

—Payaso. Calla esa boca y deja a mi chica en paz —digo sin saber muy bien por qué, pero mi actitud siguiente lo desconcierta. Me acerco a ella y le doy un tierno beso en los labios que, para mi alegría, es correspondido. Sin dar la menor oportunidad a que aquel hombre siga importunándola, aunque quisiera seguir con el beso, la cojo de la mano y salgo caminando con ella como si de verdad fuéramos una pareja.

—Gracias —susurra en mi oído y rompe mi nube—. ¿Por qué has hecho eso? Dice apoyando su mano en mi pecho.

—¿Eso qué? —pregunto quitándole importancia al asunto.

—Todo, defenderme, besarme. No deberías haberlo hecho. Yo me porto muy mal contigo, no merezco que me ayudes.

—¿Estás borracha? —pregunto divertido. Ella arruga la nariz de manera cómica.

—Quizás un poquito —me dice con lengua de trapo y enseñando con el dedo la cantidad que se cree borracha.

—Anda, ven, que te llevo a casa. —Vuelve a arrugar la nariz.

—Tengo que confesarte una cosa —dice de manera graciosa—. Yo no tengo casa.

—¿Cómo que no tienes casa? Estás demasiado borracha. Dame el número de tu novio para que lo llame. —Se echa a reír en mi cara.

—¿De verdad crees que Yuri es mi novio? ¿Pues sabes qué? —dice apoyando el dedo en mi pecho—. Te he engañado. Él es solo mi amigo y tiene una novia que me odia. —Ya lo sabía, se lo escuché decir al cabrón, pero oírlo de su boca es mejor, pienso para mí.

—¿A dónde te llevo?

—A donde quieras, ya te he dicho que no tengo casa —afirma encogiéndose de hombros.

—Ya veo que no vas a cooperar, así que te llevaré a casa de Fátima.

—No —me dice meneando el dedo índice delante de mi rostro—. Este es mi fin de semana libre. Y no quiero que la arpía me vea así. —Me entra la risa, me imagino a quién se refiere como la arpía. Estoy teniendo una especie de *déjà vu*. Fátima también la llamaba por un apelativo despectivo.

—¡Entonces no sé a dónde llevarte!

—¡Pues… llévame a un motel! —Me atraganto con mi propia saliva. Esta mujer está loca, no me puede decir eso así, sin más.

—No creo que sea una buena idea. —La veo poner los ojos en blanco.

—Hoy no voy a follar contigo, estoy demasiado borracha. Pero quiero estar en un sitio en donde nada ni nadie pueda encontrarme, solo tú. —Y nuevamente me apunta con el dedo, y lo deja apoyado en mi pecho.

¿Qué carajo pasó con esa mujer? Visto que no me va a decir dónde vive, no me queda otra que claudicar.

Le envío un mensaje a Rodrigo diciéndole que no se preocupe, que mañana lo llamo. Y me voy con Paula a una parada de taxis.

# Capítulo 12



Paula

Me despierto por la luz que entra a raudales por el ventanal. Me muevo y me descubro en una mullida cama. Miró a los lados intentando ubicarme. No reconozco este espacio. Estoy completamente sola. Levanto la sábana y compruebo que llevo solamente el tanga.

Ahora la pregunta es: ¿Cómo he venido a parar aquí? ¿Quién me ha quitado la ropa? ¿En qué momento? Un rápido *flash* pasa por mi cabeza. Tomo la sábana y me tapo el rostro. ¡No puede ser! ¿Cómo pude…? Ahora me acuerdo de todo. Fui yo quien le pedí a Pedro que me trajera a un motel. Mierda. Ojalá él sea uno de esos hombres a los que le gusta tener algo con una mujer consciente, que no les gusta la necrofilia y todos los rollos que quiera soltar, pero que no hayamos tenido sexo. Porque me acuerdo del momento en que le dije, muy cerca de su boca, que me iba a apoyar en su duro pecho para dormir. Él me llamó provocadora, y yo le respondí que no sabía cuánto. Después de eso, el mundo dejó de existir. Hasta ahora.

—¿Qué te pasa, bella durmiente? Y antes de que preguntes, no, no follamos. Y sí, me deleité quitándote la ropa y mirando tu bello cuerpo. —Me relamo los labios.

—Eres un cerdo —digo riéndome.

—Y tú una provocadora, no me lo pusiste nada fácil. «Pedro, hazme el amor; Pedro, demuéstrame cómo lo hacen los españoles; Pedro, déjame descubrir cómo la tienes» —contesta imitando mi voz.

—¿Y tú me negaste? ¡Eres gay! —digo poniendo la mano en el corazón de forma teatral.

—Me diste una noche de perros, tuve que darme dos… —Acerca sus dedos a mi rostro mostrando el número—. Dos duchas frías por tu culpa.

Me carcajeo en su cara. Echo la sábana a un lado, me levanto y camino en dirección al baño, dejando mis firmes senos a la vista y mi sexo tapado solamente por un minúsculo tanga que se pierde entre mis nalgas.

—Tengo hambre —digo apoyada en la puerta del baño como si nada—. Pedro… —Muevo la mano, llamando su atención—. Mi cara está más arriba.

—Joder, Paula, tú crees que soy de piedra, mujer. Mira cómo estoy. —Apunta a su virilidad.

—Lo siento, no era mi intensión —digo con cara de niña buena.

No lo veo venir. Cuando quiero darme cuenta, él ya me tiene aplastada contra la pared, con mis brazos sujetos en alto.

—Te voy a besar —dice mirándome a los ojos—. Después te voy a follar. —Muerde mi cuello—. Y después te haré el amor tal y como me pediste. —El calor que desprende su cuerpo me enciende. E, involuntariamente, froto mi sexo contra el suyo, arrancándole un jadeo—. Pequeña provocadora del demonio —responde entre gemidos.

Pedro muerde mi labio y, seguidamente, su lengua invade mi boca. Frota su erección en mi cuerpo. Me muevo intentado soltarme. En un ágil movimiento abre mis piernas y se posiciona en medio.

—Si quieres que pare, este es el momento para pedirlo —dice al mismo tiempo que embiste la dureza de su miembro contra mi sexo.

Miro dentro de sus lindos ojos azules. Sé que es una locura, pero ya habrá tiempo para arrepentirse más adelante. De un fuerte tirón libero mis manos, las llevo a su pantalón y lo desabrocho.

—Me encanta que lleves la voz cantante.

—Hablas demasiado, gringo —digo y doy un mordisco en su pezón.

Pedro me arranca el tanga, me empuja dentro del baño y, en un rápido movimiento, me sienta en el lavabo; separa mis piernas y, de manera provocativa, pasa su dedo muy lentamente por mi clítoris.

—Déjame ver si ya tengo mi desayuno listo. —De una manera muy erótica, lleva su dedo a la nariz, lo huele y se lo lleva a la boca—. Eres deliciosa.

Se agacha, hunde su cabeza entre mis piernas y se dedica a pasar la lengua de manera lenta y dolorosamente placentera. Muevo mi cuerpo, buscando su contacto, y él me da un golpe. Si se cree que va a dominar solito la situación está muy engañado. Lo empujo y se cae sentado. Doy un salto y me pongo encima de su cuerpo. Con las piernas abiertas, coloqué mi sexo en su rostro, tomo su verga en mi mano y la meneo de arriba abajo lentamente, arrancándole jadeos. Paso la lengua por su brillante capullo, lo torturo dando suaves mordiscos hasta que la meto en mi boca y le hago una felación, al mismo tiempo que muevo mi sexo en su cara.

—Aquí mandamos en igualdad de condiciones —digo mordiendo la punta de su pene.

—Eres una diablilla y te voy a follar duro y rápido; después prometo que seré todo lo caballeroso que te mereces, pero ahora me urge sentir tu calor.

Pedro se dedica a comerse mi sexo, me folla con el dedo y embiste en mi boca de manera salvaje, estamos sin control. Mi cuerpo se rinde a él y exploto en su boca. Intensifico mi mamada, quiero probarlo como él ha hecho conmigo. Pero no está en sus planes hacerlo. Ignorando mis quejas se incorpora, me coge en brazos y me lleva para la cama, en donde me tumba de espaldas.

—Nunca he estado con una mujer como tú. Eres maravillosa. Tengo que tener cuidado porque eres adictiva.

Sus palabras me encienden más. Pedro sube por mi cuerpo repartiendo besos, poniéndome la piel de gallina; llega a mis glúteos y deja un mordisco que seguro dejará la marca; descaradamente los separa y se dedica a acariciar mi ano, el sitio que nunca nadie había tocado antes. ¡Dios mío, qué placer! Elevo mi culo, ofreciéndoselo. Pedro es un torturador del sexo. Cuando estoy a punto de implorar que me haga lo que quiera, me gira, eleva mis piernas y las apoya en su hombro, toma su pene y se dedica a frotarlo por mi sexo de arriba abajo. Cada vez que pasa por encima de mi clítoris deja una descarga de placer en mi cuerpo que me hace gritar.

—¡Por favor, poséame! —ruego entre jadeos.

—No, todavía no.

Sigue con su tortura. Encaja su pene en la entrada de mi vagina, yo muevo mis caderas buscando la penetración. Él, jugando conmigo, deja que encaje la cabeza de su sexo, pero cuando yo busco más, se sale. Una lágrima escurre de mi ojo, no sé si es fruto de la frustración o del deseo; él la recoge con la lengua y me besa voraz. De una sola embestida me penetra, grito de placer. No me mintió cuando dijo que sería duro y rápido. El ruido que hace al entrar y salir de mi cuerpo es lo más excitante que he sentido en mi vida. Sin quitar la mirada del espejo que tenemos detrás, agarra mis piernas, abriéndolas más, y entra y sale de mi cuerpo como nunca nadie lo había hecho.

—Eres deliciosa, te voy a follar hasta que pierdas el sentido. —Sus palabras me enloquecen. Entierro mis uñas en su espalda, haciéndolo gritar.

—Delicia, córrete, porque ya no puedo más, me tienes loco. —Empieza a masajear mi clítoris. Le muerdo en el hombro buscando contenerme; siento cómo su pene va engordando dentro de mi cuerpo, cómo tiembla de placer—. Córrete —me ordena, y mi cuerpo atiende su orden. Llevada por el maravilloso orgasmo que me regala, grito su nombre con todas mis fuerzas. Pedro sigue embistiéndome como un animal descontrolado, cada vez con más velocidad. De repente sale de mi cuerpo.

—Joder —farfulla.

—¿Qué pasa? —le pregunto al ver su cara desencajada.

—No es nada, preciosa, es solo que me dejé llevar por la pasión del momento y me olvidé del preservativo.

—Estoy limpia, si quieres puedo enseñarte mis análisis.

—Una ETS sería el menor de mis problemas, prefiero eso a tener un…

Levanto la mano para que se calle, no quiero arrepentirme tan rápido de ese maravilloso momento que estamos pasando. No soy ninguna niña para ahora empezar a decir que no sé qué me dio, que no quería. Sé perfectamente que lo he provocado, que le seguí la corriente, y sabía perfectamente que terminaríamos teniendo sexo. ¿Y por qué? Porque ambos lo quisimos. Teníamos una tensión sexual no resuelta desde el primer día en que nos vimos.

Eso sí que jamás se lo confesaré a nadie, pero cuando me vi delante de aquella sonrisa fácil me volví loca. Y eso que Pedro es todo lo que no me gusta en un hombre. Es extremadamente guapo, siempre se está riendo y bromeando, y tiene alergia a los niños. Bueno, eso último es irrelevante. Lo que quiero con él no es más de lo que tuvimos ahora, un revolcón.

—Vamos a desayunar, tengo hambre —digo intentando levantarme de la cama.

—Me parece una idea estupenda. ¡No interrumpas mi desayuno!

Lo veo perderse entre mis piernas nuevamente, y así pasamos toda la mañana. Nos revolcamos entre las sábanas una y otra vez, en el suelo, lo hicimos por toda la habitación. Pedro es un excelente amante. Es detallista, considerado, cariñoso y muy… fogoso. Por la tarde salimos del hotel y solo entonces fui consciente de dónde estaba hospedada: nada menos que en el Windsor Leme Hotel.

—¿Cómo lo has conseguido? Este no es un motel picadero.

—Tenemos hasta mañana al mediodía. El taxista, después de hacer un *tour* por la ciudad, nos dejó aquí. Y digamos que tenías demasiado sueño —dice tocando con el índice la punta de mi nariz. Llevo mi mano a la boca y le dio un beso. Este hombre debe de estar loco, el alojamiento en este hotel es carísimo. Y lo dice como si nada.

Paseamos por la playa. Me habla un poco de su trabajo, de cuánto le apasiona lo que hace. Me pregunta sobre el mío, siempre evitando hacerlo sobre mi familia, sabe mejor que nadie que odio hablar de ellos.

Me entra un mensaje. Pienso en ignorarlo, pero al final lo miro. Es de Suelen:

«Paula, ¿de verdad me has dejado en la calle y sin nada?».

Ni un hola ni un buenos días, ni nada parecido a un saludo.

¿Dónde está mi hermana, la niña educada y cariñosa que me decía cada minuto cuánto me quería? Ignoro su mensaje. Que se coma la cabeza, le vendrá bien para a pensar un poco. Ya sabe que vi su mensaje, ella está en línea.

—Sea lo que sea que puso esa arruguita aquí —posa sus labios en mi frente—, deséchalo.

—No es nada —digo sin mucha convicción.

Pedro toma mi mano; me sobresalto e instintivamente la quito. Él vuelve a cogérmela y la sujeta fuerte, y empieza a caminar por el paseo marítimo como si nada.

—¿Qué estás haciendo?

—Presumir de novia guapa.

—¿Qué? ¿De qué coño hablas? ¿«Novia»? Si solo nos conocemos de dos días. Eso es un compromiso muy serio.

Pedro me mira perplejo.

—¿Tan malo sería ser mi novia? —pregunta indignado, como si fuera lo más normal del mundo.

—Pedro, creo que para asumir tal compromiso, hay que conocerse un poco. Y nos conocemos de dos minutos. Mi prima llevaba saliendo con el que ahora es su novio siete años antes de dar el paso.

—Perdón, ahora entiendo. Lo que vosotros aquí llamáis salir, o *namorar,* como he escuchado decir a Rodrigo en varias ocasiones, en España se dice novios; y a lo que os referís como novios, allí es prometidos.

Tierra trágame, por favor, trágame y escúpeme en medio de un arrozal en Japón. ¡Qué vergüenza acabo de pasar! Debe de estar creyendo que lo quiero atrapar.

El cabrón, al ver mi azoramiento, estalla en una carcajada.

—¿Sabes, diablilla? Me gustas. —Me coge entre sus brazos—. Me gustas mucho, y no me importaría ser tu *namorado* novio.

—Quiero volver al hotel —digo seria. Con lo bien que íbamos ha tenido que salir con esas.

—No.

—¿Cómo que no?

—Quiero conocerte, saber más de ti, ir al cine, y presentarte a mi familia y amigos como mi novia.

—Estás loco.

—Quizás, pero soy un hombre que no se anda con rodeos y, por lo que conozco de las brasileñas, vosotras tampoco. Y tú también te sientes atraída por mi escultural cuerpo y belleza. Entonces, ¿para qué vamos a andar como adolescentes viéndonos a escondidas?

—Tonto. —Su frescura y naturalidad me hace relajarme. Disfrutaré de estos dos días y después ya buscaré una manera de salir de este embrollo en el que yo solita me estoy metiendo.

—Prométeme que lo vas a pensar.

Junto mis dos dedos, índice y pulgar, y doy un beso en la punta como señal de juramento.

Y como si de un niño se tratara, empieza a saltar en los dibujos de la acera, y me anima a seguirle en el juego. Intento negarme, pero sus lindos ojos azules me convencen y me veo saltando los dibujos.

—Te propongo un juego.

—Sorpréndeme —digo con la ceja alzada.

—Propongo que cada vez que pisemos la parte negra, tenemos que darnos un beso.

—Creo que ya estamos mayorcitos para eso, ¿no? —ignorando mi comentario, Pedro salta y pisa aposta el dibujo.

—¡Pisé, qué torpe soy! —Tira de mi mano y nuestros cuerpos se chocan. Me besa. ¡Y que beso!—. Ahora te toca.

Salto, con toda la intención de no pisar, pero el muy tramposo tira de mi mano hacia atrás, provocando que caiga con los dos pies sobre la parte negra.

—Eres un tramposo —digo entre risas.

—Señorita, me debes un beso muy grande. Eres muy torpe.

# Capítulo 13



Esta mujer estuvo a punto de hacer que me comporte como un animal. Todo el viaje en el taxi estuvo metiéndome mano, hablando muy cerca de mi oído de manera sensual. Hasta ahí mi lado cuerdo, aunque excitado, dominaba la situación. Pero maldita la hora en que entré en la habitación con ella.

Paula nunca me había parecido una damisela en apuros, pero lo que me hizo no es de derecho. La puedo denunciar por acoso, maltrato psicológico y atentado al pudor. Yo, como todo un caballero, dejé el albornoz encima de la cama y me fui a la salita, dejándole privacidad para que se cambiase. Estoy sentado buscando el canal internacional cuando la siento detrás, llamándome. Me giro y la encuentro con el zapato en las manos. De manera provocadora, la muy descarada, me pide, riéndose, que la ayude a desabrochar su top. Sin embargo, el top no tenía nada que desabrochar y se lo hago saber. Me pone morritos y dice que no puede quitárselo sola. Y que, aunque le estuviera molestando, iba a tener que dormir vestida por no ser capaz de desvestirse. Me rio de su descaro y accedo a ayudarla. La muy provocadora agarra mi camisa y me arrastra hasta la cama, se tira en ella y me dice que ahora tocaba el pantalón. Sentí ganas de salir corriendo. Mi primera reacción fue decirle que no con la cabeza. Fue entonces cuando comenzó la verdadera tortura. Empezó a masajearse sus pequeños y firmes senos de manera sensual y provocativa. Todo eso sin dejar de insistir en que le quitara el pantalón. Toda mi sangre se concentró en un solo sitio. Su voz fue como apagándose. E, inocente de mí, creyendo que se estaba quedando dormida por culpa del alcohol, accedo a quitarle el pantalón para que durmiera cómoda. Ya despojada de la prenda que ocultaba su precioso cuerpo, me incorporo para salir de allí lo más rápido posible. Pero ella, con una agilidad y rapidez pasmosas, tomó mi mano, la posó encima de su sexo y me ordenó —sí, ordenó— que mirara lo caliente que estaba. Aparté mi mano como si estuviera a punto de cortármela. Uno tiene límites. La muy descarada empezó a pedirme toda clase de cosas, que hubiera estado encantado de hacerle si no estuviera en las condiciones que estaba. Fue ahí cuando me di la primera ducha fría; la segunda fue cuando, después de algún tiempo y de haberme asegurado que estaba dormida, me acosté a su lado para dormir. Me puse de espaldas a ella, manteniendo una considerable distancia; estaba a punto de quedarme dormido cuando, sin que lo esperara, metió la mano en mis bóxers y empezó a acariciar mi pene. Confieso que no salí corriendo a la primera, que disfruté un par de minutos de sus caricias. Pero cuando ella empezó a buscar más, llegó la hora de volver a enfriar la cabeza nuevamente y dormir en el sofá. Cuando ella, ya consciente, siguió jugando con mi cordura, le hice todo lo que tenía ganas de hacerle desde el primer día en que la vi, y que se habían incrementado después de lo de anoche. Me hace sentir maravillosamente bien, como nunca me he sentido con nadie. Ella, sin hacer esfuerzo, consiguió lo que muchas llevan intentando a años.

No me arrepiento de haberle revelado mis sentimientos. Sé que le provocó un tremendo *shock* pero, por lo menos, no me giró la cara y sigue aquí conmigo. Me encanta todo de ella: sus redondas piernas, su poca estatura, su larga melena negra, su mal genio, no hay nada de ella que no me guste. Está decidido: es ella; ella es la mujer que deseo en mi vida. Será mi pareja, mi compañera, mi amiga, solo ella y yo viajando por el mundo y disfrutando el uno del otro.

Voy a tirarme a la piscina y ampliaré el alquiler de la habitación hasta el lunes. Aunque sé que saldremos a primera hora, no sé a qué hora tiene que presentarse Paula. Pero pienso estar encerrado con ella en esta habitación todo el tiempo que pueda.

Todo lo bueno se acaba. A las nueve de la mañana llegamos a casa. Entramos entre risas y nos encontramos de frente con mi hermano que nos mira con aire divertido. Paula, al ver la sonrisa de Daniel, fija sus ojos en el suelo y se va a por María, que está en brazos de su abuela postiza. Voy detrás de ella a saludar a mi sobrina, que nos recibe con una sonrisa. Unos brazos me abrazan por detrás. Me tenso al ver la manera en que me mira Paula. Cuando me giro para descubrir quién es, unos labios se estampan contra los míos.

—Mi amor, durante la noche fui a hacerte una visita —y con voz melosa dice que me buscó porque yo no fui a ella, como hago habitualmente. ¿A qué coño está jugando? No me dio tiempo a verificar, ya que veo a Paula desaparecer por el pasillo con mi sobrina.

—¿Qué crees que estás haciendo? —pregunto a Tania con ganas de ahorcarla.

Por fin deja su máscara caer y le demuestra a Daniel lo mala persona que es.

—Te lo dije —no la dejo terminar y voy detrás de Paula—. Nada de lo que pueda decir me interesa.

—Lejos de mí eres igual que todos. ¿A qué venía aquella pantomima en la playa? No hacía falta portarte como un cabrón. Me acosté contigo porque quise, y no me arrepiento, pero no volverá a ocurrir.

—No mentía, todo lo que dije es verdad. Déjame que aclare todo eso —imploro acojonado por el miedo a perderla.

—Cállate y sal de mi habitación. Y si no quieres que deje a tu familia sin canguro, no te acerques a mí nunca más.

No insistiré, ahora mismo no entrará en razón, no me queda otra que atender a su pedido. Daniel y Fátima no me perdonarían si ella se fuera por mi culpa.

Salgo furioso en busca de Tania. Paso por delante de Daniel, que con mala cara se marchaba a trabajar. Al verme cómo paso a su lado, me agarra del brazo y me pide calma. Le contesto que estoy bien, me libero de su agarre y me voy en busca de mi objetivo.

La encuentro en su habitación, parada delante del armario esperando un alumbramiento.

—Tania. —Ella se gira como si nada.

—Hola, mi amor. —Camina en mi dirección, pero antes de que me alcance doy dos pasos atrás con las manos en alto.

—Se acabó, estás despedida. Y, de hoy en adelante, no quiero ni un hola tuyo.

Salgo de su habitación en dirección a la mía sin darle tiempo a que, con sus artimañas, intente convencerme de lo contrario. Cojo mi maleta, la tiro encima de la cama, meto unas pocas pertenencias dentro y salgo en busca de Rodrigo. Paso de decirle nada más a Tania, es una pérdida de tiempo, así que me voy cuanto antes, es lo mejor para todos. En el salón encuentro a mi madre, que me encara como no hacía desde hace más de un año.

—¿Qué te aflige, hijo?

—Escoges un mal momento para querer ejercer de madre —contesto entre dientes

—Soy tu madre y sé que algo te perturba —dice acercándose.

—Todo me perturba, todos los que me rodean quieren manipularme, soy el monigote del mundo. Rodrigo, ¿puedes llevarme al aeropuerto? —le pregunto antes de que ella me alcance. No quiero pagar con ella la rabia que va dirigida a otros.

Rodrigo no hace preguntas y se acerca a coger mi pequeña maleta. No se lo permito, no soy esa clase de persona. Salimos dejando a mi madre en medio del salón mirándome con tristeza. En otros tiempos me hubiera desahogado con ella, pero ya no es digna de mi confianza.

El principio del trayecto lo hacemos en silencio, hasta que un atasco nos retiene.

—¿Tienes el billete? —pregunta Rodrigo.

—No.

—Sé que no es de mi incumbencia, pero me pareces un tío legal y ella una gran mujer. Y por eso me atreveré a darte un consejo. —Tengo ganas de pedirle que se calle, pero la curiosidad me puede—. Si te gusta tanto como parece, no tires la toalla. Ella merece la pena.

—No puedo insistir, ella amenazó con irse y mi familia no me lo perdonaría —digo derrotado.

—Estás cometiendo un gran error yéndote de esa manera. Pero no te preocupes, mantendré a Tania alejada de ella.

—¿Cómo piensas hacer eso? —Rodrigo se encoge de hombros.

—No lo sé, algo se me ocurrirá. Me temo que la tendré aquí por una larga temporada ahora que está en el paro.

—¿Cómo sabes eso? —pregunto sorprendido. Yo había cerrado la puerta para que nadie nos oyera.

—Digamos que, sin querer, la oí llorar con su hermano. —Me carcajeo.

—¿Andas espiándola?

—No, la busco para meterme con ella. Me encanta sacarla de quicio. Llevo trabajando con niñas ricas desde hace muchos años, pero ella es de otra pasta. Se cree por encima del bien y del mal, y descubrir que ella no puede conmigo me encanta. —Se ríe.

—No te enamores de ella, no es buena persona. Es muy guapa, pero tiene mal corazón.

—No soy tonto, Pedro, jamás apunto a un blanco que sé que no voy a acertar. Tengo una amiga especial que si se entera que ando con otra me arranca… —Apunta de forma teatral a sus genitales—. Y se hace un bonito collar con ellas.

Llegamos al aeropuerto y me dirijo al mostrador en busca de un billete. No tengo suerte, no encuentro vuelo directo con plaza disponible. Tendré que hacer dos escalas, una en San Paulo y otra en Londres, pero no me importa. Deseo salir de aquí cuanto antes, porque sé que si me quedo cerca de Paula soy capaz de secuestrarla y no soltarla hasta que consiga hacerle entender que no hay nada entre Tania y yo. Algo que será muy difícil porque en todos estos meses consentí que Tania me usara como novio de escaparate.

Necesito poner mis pensamientos en orden. Durante treinta años de mi vida tuve sexo con muchas mujeres. Sería muy pretencioso de mi parte decir que nunca me dieron calabazas; no soy la última Pepsi del desierto, como dice mi querida Fátima. Y nunca me fastidió que me mandaran a la mierda; yo me despedía de la chica y me iba a por otra. Pero el rechazo de Paula me volvió loco; sé que eso fue lo que me ha hecho obsesionarme con ella de esta manera. Me he estado engañando durante meses diciendo que me daba igual y cuando, por fin, la tuve entre mis brazos supe que ella es la mujer que buscaba. Ella, que es todo lo contrario a lo que me gusta, pero es ella la que ocupa mi mente. Y la maldad de Tania la ha alejado de mí. Como siempre ha hecho, pero nunca le di importancia; ninguna de las mujeres que ella ahuyentó me interesaba lo suficiente como para enfrentarme a ella.

Pero con Paula es diferente y no puedo hacer nada para reconquistarla, porque, no puedo reconquistar aquello que nunca lo tuve. Cuando surgió la pequeña posibilidad de empezar algo no me dio tiempo a saborearlo. Atesoraré los recuerdos de este precioso fin de semana junto a los demás recuerdos bonitos de mi vida. Y me resignaré, no estoy en este mundo para ser feliz.

Pero eso sí, Tania de mí solo tendrá desprecio, cosa que no tuvo ni cuando me hundió sin piedad.

# Capítulo 14



¡No lo soporto! Este chófer de pacotilla no sabe con quién se está metiendo. Ya me estoy cansando de sus juegos. Puede que en algún momento fuese divertido, pero que se interponga entre Pedro y yo no lo voy a consentir. Me arrepiento del comentario que hice, sé que mi cuñada está loca por mi hermano, que no tiene ojos para nadie más que no sea él. Y, desgraciadamente, también tiene demasiada consideración con sus subalternos. No los pone en su lugar. Y ahora, por culpa de la confianza que ella da a esa gente, tengo que encontrar una manera de solucionar con Pedro lo de mi desafortunado comentario y todo lo que vino después. Lo conozco y no me va a perdonar, la cosa ya estaba tensa por lo de Fátima y ahora el motorista ha hecho piña con él, poniéndome las cosas más difíciles todavía.

Miro a la puerta a cada minuto y por ella no aparece nadie.

Me quede en el salón hasta las siete de la mañana y no llegó. Me fui a mi habitación muy cabreada. ¿Dónde narices se habían metido? Sé que está buscando un piso en esta asquerosa ciudad, pero no ha comprado nada todavía. Porque si lo hubiera hecho, habría sido la primera en saberlo. Y me encargaría de decorarlo, como he hecho con los demás que tiene.

No podía conciliar el sueño. Salí de la cama, me duché, me maquillé para tapar las grandes ojeras que tengo y fui a reunirme con mi familia, que estaba en el salón desayunando. Llego al salón y encuentro a todos en la mesa, excepto a Pedro. Me pongo roja de la rabia.

—Buenos días –saludo con poca gana—. ¿Pedro todavía está durmiendo? —pregunto como el que no quiere la cosa.

—No ha venido a dormir —contesta mi cuñada con una visible satisfacción en el rostro.

—Tania, ¿no te sientas a desayunar? —pregunta mi hermano.

—No, no tengo hambre. ¿Está el chófer? Necesito sus servicios —contesto con ganas de gritar.

Mi cuñada tira la servilleta sobre la mesa. Mi hermano posa la mano sobre la de ella y le pide calma.

—Si quieres salir, llamas a un taxi. Rodrigo no trabaja para ti —me dice Daniel como si nada.

—¿Cómo podéis hacerme eso? —pregunto con las lágrimas a punto de salir. Les di la espalda y salí del salón.

Sin saber a dónde ir, porque desde luego en taxi no iba a ningún sitio, me dirigí a mi habitación. Llamé a Pedro una y otra vez, y siempre con la misma respuesta, directo al buzón de voz.

Y así pasé mi tedioso fin de semana. Todos salieron a comer fuera el domingo, me invitaron a ir, pero me negué. Quise quedarme en casa por si Pedro llegaba poder recibirlo. Pero el día dio paso a la noche y no aparecieron ni el chófer, ni la canguro, ni Pedro. Mis nervios estaban a flor de piel. Intenté llamar al número del chófer que encontré en la agenda y tampoco me cogió la llamada.

A la tercera noche sin poder dormir, a las seis de la mañana estaba en el salón caminando de un lado a otro. Las paredes del piso me estaban asfixiando, llevaba todo el fin de semana allí encerrada, no había visto a Rodrigo ni una sola vez. No entendía nada. Cuando no quiero verlo, me lo encuentro hasta en la sopa. Siempre está deambulando por aquí y por primera vez no es así. Hasta el miserable del chófer decidió desaparecer.

A las nueve de la mañana siento las llaves en la puerta. Corro a mi habitación para que no viera en mi rostro lo desesperada que estoy. Me echo colonia y reviso el maquillaje para ver si oculta bien mis horribles ojeras. Al comprobar que está todo en orden, abro la puerta y me quedo congelada con lo que oigo. Pedro se está riendo, de manera cómplice y confiada, con la canguro. Mi cuerpo empieza a temblar. Pedro tiene una espléndida sonrisa en la cara que nunca he visto, y delante de él encuentro el mismo gesto en la horrible cara de la canguro. Tuve que sujetarme para no caerme. No me hace falta ser un genio para saber que estaban juntos.

Pedro es mío.

Sin que le diera tiempo a reaccionar, y aprovechando mi anonimato, me acerco a él por detrás y lo abrazo. No contaba con que el hombre que quiero en mi vida reaccionara así por una don nadie. Siempre le he hecho esto y nunca se ha enfrentado a mí. Él no puede estar hablando en serio; no puede echarme, no puede dejar de hablarme. Esto es una pesadilla, mi mundo se está viniendo abajo.

¿Qué voy a hacer?

Salí detrás de él, pero me quedé petrificada al verlo haciendo la maleta. Preferí dejarle su espacio, lo conozco muy bien, es la persona más cabezona que hay en la tierra.

Y si insisto en hablarle, solo empeoraré mi situación. Lo que tengo que hacer ahora es buscar una manera de mantener a esa lejos de él. Una vez solucione eso ya encontraré la manera de que Pedro me readmita, porque Daniel ha dicho que no iba a interceder por mí.

Voy a la habitación de Paula para dejarle las cosas claras. Pero está junto a Rodrigo, que la tiene entre sus brazos. No me gusta nada verlos en esa actitud. Es una zorra, se tira a todo lo que se le pone delante. Yo que mi cuñada la tendría muy vigilada.

Sin saber qué hacer. Me encierro en mi habitación y camino de un lado a otro. La partida de Pedro es inminente. Esa desgraciada tiene el apoyo de mi cuñada, del chófer y de las viejas. ¿Y yo qué? ¿A mí quién me apoya?

# Capítulo 15

Paula

Sabía que pasaría, pero no me imaginé que fuera a ser tan rápido. Ahora que lo pienso, yo no lo cuestione en ningún momento. Él me dijo que no tenía nada con ella y yo lo acepte así, sin más. ¿Cómo pude bajar la guardia de esta manera? ¿Cómo pude caer nuevamente en ese cuento? Se supone que había aprendido la lección. ¿En qué estaba pensado? Los hombres como Pedro siempre van a buscar sexo con mujeres como yo: libres, resueltas e independientes. Y una relación seria con mujeres como la arpía de Tania, refinada y superficial, y que le permite todo con tal de no ser menos delante de los demás. Y demostrar lo perfectos que son juntos.

Yo jamás permitiré que mi hombre me engañe como ella se lo permite. El muy descarado ni intentó justificarse o desmentirlo, simplemente se quedó callado. Y ella tampoco es que le haya exigido una satisfacción. No soy capaz de entender qué tipo de relación es esa. Lo dejó ir sin más, aunque vio cómo venía detrás de mí.

No, conmigo no…

Encima, el muy cobarde, al ver que había sido descubierto y que no le permitiría tomarme el pelo nuevamente, huyó como una rata, con el rabo entre las piernas; y la dejó aquí para hacerme la vida más difícil. ¡Y encima tiene el descaro de decir que le gusto! Mirarla a la cara y saber que me acosté con su novio me destroza. Yo no soy así. Pedro me hizo perder la cordura. Y ahora, una vez más, tendré que recoger mis pedazos y volver a empezar. ¿De qué me valieron ocho meses de rechazo para que tan solo en cuarenta y ocho horas lo echara todo por tierra, llegando a fantasear que podíamos pasar momentos de pasión en sus fugaces visitas? Suelen tiene razón. Soy una fracasada, nada me sale bien.

—Tú, no te acerques a Pedro, él es mío, y no voy a permitir que lo prendas entre tus asquerosas piernas. Conozco a las que son como tú. —Me giro despacio sin dar crédito. ¿Esta mujer está insultándome en la habitación de su sobrina?

—Me he cansado de callarme ante tus ataques, tu novio es muy bueno en la cama. Eso lo sabemos muy bien tú y yo. Pero yo, a diferencia de ti. —digo apuntando a ambas con el dedo— No acepto compartir, mucho menos ser el segundo plato de nadie. Así que todo tuyo y de las que pasan por su cama. —Ella se queda mirándome, está acostumbrada a que me quede callada, pero eso se acabó.

—Esto no quedará así —me amenaza a falta de saber qué decir.

—Lo que tú digas —le contesto encogiéndome de hombros. Estoy harta de ella y sus insultos. Por favor, que se vaya detrás del cobarde de su novio y me deje en paz.

Mi vida es una porquería. Hace mucho que no sé nada de Suelen. La última vez que hablamos fue hace dos meses y fue muy duro. La evité todo lo que pude hasta que contesté su mensaje. Fue todo tan frío y doloroso que solo de recordarlo me entran ganas de llorar.

Yo: «¿Qué quieres, Suelen?».
Suelen: «El casero me ha pedido la casa».
Yo: «Ya lo sé».
Suelen: «Paula, no tenemos a dónde ir, no tengo qué comer».

Mi corazón se encogió al leer la última frase. Pero no podía flaquear. Mi hermana tiene que sentir en sus carnes lo dura que es la vida real.
Yo: «Te dije que ya no iba a manteneros».
Suelen: «¿Puedo llamarte para que hablemos?».
Yo: «No, estoy trabajando».
Suelen: «Paula, ayúdame. Lo amo y, si no lo soluciono, se va a ir».

Quise decirle que ese sentimiento solo le traería problemas, pero sabía que todo lo que dijera en contra de su novio únicamente empeoraría nuestra relación.

Yo: «Cuando él se vaya, nosotras volveremos y todo será como antes».
Suelen: «Eres una puta egoísta, por eso te pasan las cosas que te pasan. Me iré con él y nunca más volverás a saber de mí».
Yo: «Adiós, Suelen».

Me despedí de ella con el corazón encogido, rogándole a Dios que no cayera en la droga. Cerré los ojos y pedí en silencio por miedo a poner sonido a las cosas horribles que pasaron por mi cabeza. Es mi niña, solo tiene dieciséis años.

Entre mi situación familiar y la apatía por lo que me pasó con Pedro, del que no he sabido nada desde que se marchó, mi sonrisa ha desaparecido. Mi carácter ha cambiado visiblemente, hasta tal punto que Fátima me invitó a tomar algo y casi me obligó a contarle qué me pasa. Como lo de mi familia no quiero revelárselo a nadie, le cuento que me he enamorado de la persona equivocada; le relato lo que sucedió, evitando nombrar al sujeto. Sin embargo, algo me dice que ella sabe perfectamente a quién me refiero. En todos estos meses ella no lo ha nombrado delante de mí ni una sola vez, y las veces que él la llama, si estoy delante, se marcha para hablar. Su cuñada me ha dejado en paz, aunque casi que la prefiero detrás tocándome las narices que ese sospechoso silencio después de todas las amenazas que me hizo; algo me dice que no debo bajar la guardia con ella. Rodrigo siempre me dice que no debo preocuparme, que la tiene controlada, pero no me fío de ella.

Dentro de poco será la boda e, inevitablemente, tendré que verlo. Hace tres meses desde la última vez que lo vi. Cuando viene a ver a su sobrina, consigo escabullirme con la ayuda de Rodrigo y de María, la madre de Marco, el marido del mejor amigo de mi jefa. Ella se niega a jubilarse, ya nadie la deja hacer nada en casa, ella simplemente nos coordina y, siempre que se entera de que él viene, me ayuda a evitar el incómodo encuentro. Una de las veces en que pasó más tempo aquí, me pedí unos días libres con la excusa de que mi madre estaba mala. Todos los días pido perdón por esa mentira, pero era necesario, no tengo fuerzas para fingir que no me afecta. Estoy un poco cansada de hacerme la fuerte.

Tengo el corazón oprimido, un mal presentimiento, lo siento presionar dentro de mi pecho, tengo ganas de llorar. Sin poder contenerme más, voy a la habitación de Mari y le pido que cuide a María un momento; y me encierro en mi habitación para desahogarme. Muerdo el puño para no gritar; no sé qué es lo que me duele tanto, pero duele. Doy vueltas y más vueltas por la habitación intentando mitigar la sensación de ahogo que tengo. Dos personas vienen a mi mente: Pedro, que está bien, porque si le hubiera pasado algo su familia lo sabría; solo queda Suelen; cada vez que la llamo me salta el mensaje de que el número no existe. Seguro que le cortaron la línea por falta de pago, y me siento una mierda de hermana por haberle hecho eso. Nunca creí que ella pudiera aguantar tanto tiempo lejos de las comodidades de su casa. Sé que algo malo le está pasando. No sé dónde encontrarla. ¿Será que hice lo correcto?

Llaman a la puerta. Me recompongo como puedo, tragándome las lágrimas, respiro hondo y voy a ver quién llama.

—¡Tú, canguro!

—La que me faltaba. —Apoyo el brazo en la puerta y la cabeza en el brazo, para que no vea que he llorado—. ¿Qué quieres? —pregunto con voz cansada.

—Pedro estará aquí dentro de unos días. Si no quieres problemas conmigo, mantente lejos de él.

—Ya te dije que no me gustan las sobras, las dejo para ti. ¿O crees que estos meses lejos de ti ha estado de celibato? —Disfruto viendo su cara desencajada.

—Sé que estoy cerca, y cuando te tenga en mis manos, tú solita te irás de esta casa para no volver nunca más.

—Estoy temblando de miedo —digo con burla—. Ahora no voy a poder dormir por el miedo que siento. Fuera de mi habitación para que me esconda debajo de la cama.

Tania siente la voz de su cuñada en el pasillo y sale corriendo para que no la descubra. Las cosas entre las dos están muy tensas y, por lo que veo, la rubia no quiere dar más motivos a su cuñada, y delante de Fátima parece hasta que tiene corazón.

Me meto en el baño para lavarme la cara con agua fría. Me pongo un poco de maquillaje para ocultar que he estado llorando. No quiero pasar por otro interrogatorio de mi jefa, que es peor que un sabueso; una vez que dice «tenemos que hablar», no te escapas. Aun sabiendo que no voy a tener éxito, antes de salir de la habitación llamo al número de Suelen, pero recibo el mismo mensaje. No sé cuánto tiempo más voy a poder ocultarle a mi madre que no sé nada de ella. Dentro de tres meses será el cuarto cumpleaños de Tiago y, aunque ella sabe que Suelen no quiere al niño, lo normal es que esté presente en la celebración. Y no sé qué hacer, será una situación muy difícil de explicar.

# Capítulo 16



Se terminó lo de ocultarme. Ya le he dado tiempo suficiente para tranquilizarse. Sé por Fátima que ella también lo está pasando mal. Y no hice nada malo; al contrario, me he enamorado de una mujer estupenda. Así que se acabó, voy a por ella, y Tania que no se cruce en mi camino. Lo único que siento por ella es desprecio. Nunca imaginé que llegaría el día en que de solo pensar en su nombre sentiría rechazo; pero ha llegado y no hay vuelta atrás.

Para todos será una sorpresa verme aparecer. Me esperan para dentro de dos días. Lo he hecho conscientemente. Sé que si Paula se entera del día de mi llegada, intentará por todos los medios no estar. Así no podrá salir corriendo.

Nada más desembarcar, me recibe Rodrigo con su habitual buen humor.

—¿Cómo te va, colega? —me saluda chocando su mano contra la mía, el saludo típico que hace con los suyos, cosa que me alegra.

—Voy. La echo de menos. ¿Está más tranquila? —Rodrigo arruga la cara y mira a un lado poniendo los ojos en blanco. Si no fuera porque me siento una mierda, me hubiera reído de su careta.

—¿Mentira o verdad? —pregunta.

—Siempre la verdad, odio que me mientan o que me oculten las cosas —le digo serio.

—Ella no quiere ni oír tu nombre, y Tania no ayuda a que eso cambie. —Tania… Me pregunto hasta cuándo seguirá condicionando mi vida ese nombre.

—No me hables de esa. Y en cuanto a Paula, eso va a cambiar como que me llamo Pedro.

Entramos en el coche, ponemos música y nos adentramos en el caótico tráfico de la salida de la Isla del Gobernador. Cogemos la línea roja con destino a casa para enfrentar a la fiera. No me voy a rendirme.

Nuestra llegada tiene un gran recibimiento. Toda la familia está reunida en el salón, parece hasta que me esperaban. Mi sobrina, al verme, dibuja una preciosa sonrisa que me derrite el cerebro; esta niña va a hacer de mí lo que quiera. Fátima viene hacia mí para saludarme. Pero Tania pasa a su lado como un rayo, adelantándola; percibo su intención a tiempo y estiro el brazo, interponiendo una barrera entre nosotros; ella intenta sortearla. Todos, excepto Fátima, nos miran sin entender lo que está pasando.

Pero antes de que empiecen a hacer cábalas o preguntas, empiezo a hablar.

—No te acerques a mí y no me dirijas la palabra. Para mí has muerto.

—Pedro, ¿todavía con eso? Te lo puedo explicar —no la dejo proseguir.

—Te prohíbo pronunciar mi nombre.

—¿Qué está pasando aquí? —interroga Daniel.

—Dan, vamos, esto es algo que tienen que solucionarlo entre los dos. Y cuando Pedro quiera, te lo contará.

—Por tu manera de hablar deduzco que tú sí que lo sabes, ¿no? —pregunta Daniel visiblemente molesto.

—Sí, sí que lo sé. Y si él no te lo ha contado es porque no te ganaste el derecho a saberlo. Si no puedes vivir con ello, lo siento. Yo no te lo voy a contar. —Se gira y se va.

—Si no te amara tanto, te cortaría esa lengua viperina —afirma Daniel.

Pero no creo que mi cuñada haya llegado a oírlo, parecía realmente molesta. Lo último que deseo es despertar nuevamente los celos de mi hermano hacia mí, pero todavía no consigo hablar con él sobre mis cosas como lo hacíamos antes.

—Pedro, si quieres… —No la dejo terminar lo que iba a decir. Nada que salga de su boca tiene valor. Tania siempre va a pensar en ella.

Mi estancia en España sin ella fue muy esclarecedora y, por qué no decirlo, tranquila. Tengo más claro que nunca que no la quiero en mi vida. Y de todos es sabido que cuando digo algo lo cumplo; prueba de ello es mi madre, a quien adoro.

—No existo para ti y, por tu bien, no te acerques a ella —no menciono el nombre de Paula porque mi hermano está parado observándonos.

Tania sale del salón llorando. Daniel me mira y niego con la cabeza para quitarle de la mente la idea de hacer cualquier tipo de comentario o interrogarme. Él sabe a la perfección el tipo de hermana que tiene, y por ello respeta mi petición y sale detrás de ella, que lo echa a gritos de su habitación. Las únicas que se atreven a quedarse en el salón son las dos madres de Fátima, las M, que me miran con una mezcla de alegría y enfado.

¿Qué siento? Alegría porque por fin le planté cara a Tania y la puse en su sitio; y enfado porque por mi culpa casi seguro que mi hermano pasará la noche en el sofá. Su prometida no le pasa ni media; en el pasado él era el que llevaba los pantalones en la relación; pero eso quedo allí, en el pasado.

Miro a los lados en busca de la mujer que mi quita el sueño, el aire y, puestos a ser dramáticos, las ganas de vivir. Escudriño toda la habitación y no la veo. Mari me llama, pero antes de que pueda decirme nada siento su linda y aterciopelada voz a mi espalda. Cuando me giro a mirarla y nuestros ojos se encuentran, la linda sonrisa que había en sus labios da paso a una mueca de disgusto, y en sus ojos se reflejan el dolor y la aflicción. ¿Tanto le molesta mi presencia? Desearía poder correr hasta ella y decirle que la quiero, pero sé que no es el momento. Tengo que conquistarla y ganarme su confianza, tal como me gustaría que hiciera conmigo. Pero no me rendiré. Le demostraré que soy digno de sus sentimientos.

—Hola, Paula, cuánto tiempo. —Mira a los lados buscando una vía de escape, pero se encuentra con tres pares de ojos observándola.

—Bien —contesta por educación—. Mari, María, ¿me ayudáis a bañar a la pequeñaja? Estuvimos jugando en el parque y se ha puesto perdida. —Y con esta excusa la veo desaparecer por el pasillo con mi sobrina en brazos. Ambas mujeres me miran y la siguen, pero María, con quien apenas hablo, vuelve y posa su regordeta mano sobre mi hombro.

—Hijo, Paula es una mujer especial, tiene mucho encima. Si la quieres de verdad, lucha por ella; pero si no es así, déjala en paz —me aconseja con voz fraternal.

—La quiero —afirmo sin titubear.

—Entonces tienes que saber que te resultará difícil, pero que si la conquistas tendrás a una gran mujer al lado. —Me da la espalda y se va.

No hace falta que nadie me diga que ella es una gran mujer, lo sé. No fui yo quien la escogió, fue mi corazón el que se rindió a su frescura, naturalidad y carácter. Y será mía cueste lo que cueste.

Ella pasó lo que quedaba de día evitándome, pero ahora sus aliadas también son las mías, y estamos trabajando de manera coordinada para que pueda llegar a ella. Llevo demasiado tiempo de amistad con una brasileña cabezona para no saber que lo peor que puedo hacer es presionarla. Así que la iré ganando poco a poco, sin que ella se vea agobiada por mi presencia.

Al día siguiente, antes de que huyera, me planté delante de la puerta a esperarla hasta que apareció con mi sobrina para el paseo mañanero de todos los días.

La veo venir con su bella sonrisa, pero no trae las mallas para patinar. Rápidamente tiro la bolsa de los patines que había comprado en la esquina del salón y les abro la puerta.

—¿A dónde vas? —me pregunta seria. Le sonrío.

—A acompañar a dos bellas mujeres al parque.

—¿A qué estás jugando? Tu novia se va a poner hecha una fiera.

—Ella… —no me deja que termine la frase.

—No quiero saber nada, vete con ella.

—Iré con vosotras, quieras o no, pero te aseguro que no te vas a enterar de mi presencia. —digo poniendo cara de santo.

Sabía que no tenía nada que hacer. Bien sabe ella que me tiene en sus manos. Si me hubiera dicho que no le apetecía mi presencia, muy probablemente me hubiera quedado. Lo último que deseo es enfadarla.

Nuestra llegada al parque es en silencio.

Entre los dos sacamos las cosas de María y empezamos a jugar con la niña, que es toda sonrisas. Pero en ningún momento hay interactuación entre nosotros. Las mamás y las canguros con las que antes yo coqueteaba descaradamente, ahora son como si no existieran para mí; antes las utilizaba para engañarme a mí mismo diciendo que lo que sentía por ella era lo mismo que sentía por las otras. Mas de una se acercó a saludarme y a invitarme a dar un paseo con las niñas; educadamente las rechacé a una tras otra, solo tengo ojos para las dos mujeres de mi vida.

A Paula le sorprende tanto mi actitud que no puede contenerse y me pregunta si me pasa algo. Me alegro por la pequeña victoria lograda, es una clara señal de que ella también está pendiente de mí. Tengo un mes y quince días para conquistarla y, por segunda vez en mi vida, tener una novia, que pienso hacerla mi mujer.

Después de casi dos horas en el parque, recogemos las cosas y volvemos a casa, pero su semblante ya no es tan serio, ya hay una sombra de sonrisa.

—¿Puedo ayudarte con el aseo de María? —pregunto.

—¿Qué dices? —responde riéndose—. Si tú no sabes ni qué es un pañal, menos dónde está —bromea conmigo por primera vez en lo que va de día.

—Claro que lo sé. —Mierda, me ha pillado. Amo a mi sobrina, pero cuando se pone mal oliente salgo corriendo en busca de ayuda.

—¿Dónde está entonces? —Me pongo la mano en la frente de forma teatral, como si estuviera pensando, y disfruto de su risa, que solo había oído dirigida a mí cuando estuvimos los dos solos en aquel hotel.

Ella se reía abiertamente, pero todo cambió cuando Tania apareció en el salón hablando con María y, sin mediar palabra, cogió a la niña de sus brazos, la mira y le dice que no se preocupe, que ella se ocupa del aseo de su sobrina. Paula, sin mirarme, se va a la zona del personal de servicio. Salgo detrás de ella, pero las M no me dejan pasar. Contrariado, salgo dando un portazo.

¿Hasta cuándo me va a joder la vida Tania? ¿No ha tenido suficiente?

Sin ganas de volver a casa por la desdicha de saber que todo el avance que había logrado Tania lo tiró por tierra, voy a visitar el piso que me he comprado a pocos metros de distancia del de mi cuñada y mi hermano. Menos mal que ellos viven en la Barra de Tijuca, que es una zona en crecimiento, y no me fue difícil conseguir un buen piso.

El jefe de obra dice que dentro de un par de semanas, como mucho, ya estará listo para que me entreguen las llaves. Espero estar ya con mi cabezota para esa fecha, y poder amueblarlo con ella y, por supuesto, estrenarlo en el sentido más amplio de la palabra. Porque tengo muy claro que cuando ella sea mía se acabó el vivir en casa de su amigo; él es un buen tío, pero solo un tonto no ve que está loco por ella; y no la dejaré debajo del techo de un hombre que quiere lo que me pertenece.

No cambié la rutina que tenía trazada. Los siguientes días las acompañaba al parque, pero a la tercera tentativa de acercamiento que hice y que me cortó, decidí cambiar de estrategia. Solo estaba a su lado, no la miraba siquiera, jugaba con mi sobrina e ignoraba todo lo demás. ¡Qué mujer más difícil! Ya llevamos así una semana y empiezo a impacientarme. La bella sonrisa que vi en su rostro el segundo día ha desaparecido por completo. Cada vez que llego y ella está, se excusa y se va. Y en cuanto a Tania, mejor ni hablar, esa mujer no sabe lo que significa la palabra no. Ella siempre que puede intenta hablarme, pero me da igual si estamos solos o acompañados, simplemente la ignoro.

Cada vez que me acuerdo de que todo esto es por su culpa, más me reafirmo en mi decisión.

Llegó el tan soñado día de mi hermano y de la loca de mi amiga.

Está todo precioso. Es como una boda de Estado, llena de celebridades. Soy el padrino de Fátima, que está radiante. Paula está aquí en calidad de invitada, no de enfermera, y está espectacular. Ella y Rodrigo están junto a las M, que están que flotan de alegría al ver a su niña casarse. La ceremonia fue larga, pero preciosa y muy emotiva.

Ya en la recepción no puedo quitarle el ojo de encima, me pone enfermo que muchos hombres la miren con deseo. Más de uno la saca a bailar, lo que hace que la sangre me hierva. Si pudiera la sacaría de la pista y no permitiría que ningún hombre se le acercara mas, desgraciadamente, me toca mirar cómo ahora baila con Rodrigo. Ella le dice algo al oído y se aparta; coge el teléfono, y nadie a su alrededor se percata cuando ella se lleva la mano a la boca y se aleja de la multitud. Me excuso con Pelayo, que no deja de presumir de su numerosa familia, y voy detrás de ella. La encuentro en una zona apartada del jardín, hipando a causa del fuerte llanto. Me olvido que no quiere saber de mí, me acerco a ella, la abrazo y la dejo que llore. Me preocupa más todavía, ese tipo de actitud no es propio de ella. Paula es una mujer peleona y que me deje acunarla de esa manera me inquieta muchísimo.

—¿Qué te pasa, nena? —pregunto después de posar un beso en su cabeza.

—Tengo que irme. —Me oprime el corazón.

—Si es por mí, prometo mantenerme lejos. Pero no te vayas —digo dolido.

—Mi mamá está camino al hospital —es lo único que logra decir.

El llanto le embarga la voz y las piernas le fallan.

Busco con la mirada a Rodrigo, no lo veo, pero no la dejaré sola. Me siento impotente. Tengo que encontrarlo para llevarla hasta su madre, no sé qué ha pasado y temo preguntar, ella está rota. Sigo mirando a ver si encuentro a mi colega, que no aparece por ningún lado. Las únicas personas conocidas que tengo a la vista son Rafa —que no pierde de vista al hombre que acompaña a la loca que le trae de cabeza, y ahora nos tiene a todos descolocados, ya que creíamos que ellos estaban dándose una oportunidad— y Tania, que pasa a nuestro lado refunfuñando; tal es su cabreo que no nos ve. Doy gracias por haber dado ya mi discurso y no dejar a mi familia en la estacada. Porque bien sabe Dios que si tuviera que hacerlo no lo dudaría ni un segundo. Jamás la dejaría sola en este momento.

Respiro aliviado cuando veo a Rodrigo venir riéndose de la misma dirección de la que había venido Tania.

Al avistarnos su sonrisa se desdibuja al ver el estado en el que se encuentra Paula.

—Te aprecio, pero si llora por tu culpa, te partiré la cara —dice enfurecido.

—No es por mi culpa. Y ahora no tengo tiempo para explicártelo. Solo dame las llaves de tu coche. —Rodrigo me mira sin entender nada. Puedo hasta imaginar lo que le está pasando por la cabeza. ¿Dónde va este loco si no conoce la ciudad? Y tiene razón, pero la llevaré con su madre cueste lo que cueste. En cuestión de minutos la tengo acomodada en el asiento del copiloto, con el cinturón puesto. Ahora viene lo complicado. ¿Cómo puede indicarte el camino una persona en estado de *shock*? Insisto una y otra vez, hasta que consigo que me diga el nombre del hospital al que han llevado a su madre. Cruzo los dedos para que el GPS no nos juegue una mala pasada y nos lleve a sitios donde no debemos de entrar, y arranco lo más rápido que puedo. Después de no sé cuánto tiempo, llegamos al hospital de Piabeta. Solo con mirar el edificio supe que la señora no tendrá la atención que se merece. Pero no digo nada, la tomo de la mano y entramos.

# Capítulo 17



Pedro está guapísimo. No me ha pasado desapercibido que ya no coquetea con las mujeres, ni las mira. Ahora que las ignora por completo se volvieron como abejas en la miel, a cada minuto aparece una intentando ganar su atención. Pero no hay manera de separarlo de su sobrina; tiene una paciencia con ella que quien no lo conozca no se imaginaría la alergia que le tiene a los pequeños.

Gracias a los cielos, llegó el día de la boda, y espero que mañana mismo coja el primer avión y vuelva a España; y que, de paso, se lleve con él a su querida novia. La muy orgullosa se lo está poniendo difícil, todavía no le ha perdonado la infidelidad y no le habla delante de mí. Pero por las noches la oigo con él, la muy p… hace todo lo posible para que la oigamos. Jamás lo comentaré con nadie, pero me llama la atención lo apasionada que es la tía.

Desgraciadamente, tendré que asistir al enlace sola, esta vez Yuri no puede acompañarme, su padre está ofreciendo una cena y exigió su presencia. No le comenté nada de la boda porque lo conozco; si se lo hubiera dicho se habría inventado una excusa para acompañarme y no quiero causarle problemas.

Me siento incómoda a la hora de marcharnos al banquete. Fátima ha contratado chóferes para que nos llevaran y no me gustó. Rodrigo ya se pasa todo el tiempo bromeando sobre lo bien que se siente al otro lado. Creo que si no fuera por él ya me hubiera vuelto loca en medio de toda esta gente rica. Las únicas medianamente normales son las amigas de Fátima. La que mejor me cae es la más loca y la más privilegiada; tiene a dos bombonazos de acompañantes y ambos se pasan el tiempo intentando captar su atención y agradarla, y ella como si nada. Lo que me sorprende es que uno de ellos es Rafa, uno de los amigos de Pedro; lo había visto varias veces y me parecía un tío superserio y formal, pero no soy nadie para juzgar a la gente.

En la ceremonia estoy en la mesa de las amigas internacionales de Fátima; cada una es de una parte del mundo, la mesa parece una reunión de la ONU, y ninguna de ellas es normal. Pero estoy a gusto en su compañía. Rodrigo intenta ligar con ellas descaradamente, pero la única que le da cancha es la que está acompañada de Rafa y el moreno cañón; todos vemos claramente que ella se está riendo en su cara, ¡pero si él es feliz! La que le fulmina con la mirada es Tania.

No paro de bailar, aunque muerta de vergüenza; por más que lo intento no soy capaz de que me dejen sentada. Sonrío de alegría cuando Rodrigo, al ver que un tío se estaba pasando, sale en mi rescate y me saca a bailar, bajo la vigilante mirada de Pedro, que no se pierde ni uno de mis movimientos. No sé a qué juega. Me llama la atención que él y su novia, aun estando en la mesa matrimonial, cada uno esté en una punta, de manera que casi no pueden verse.

Estoy con los brazos apoyados en el cuello de mi amigo, disfrutando de la música, y siento mi móvil vibrar en mi minibolso. Me disculpo con Rodrigo y me aparto para coger la llamada. Las dos únicas personas que me llamarían serían mi madre y Yuri, pero este último está de fiesta, y mi madre sabe que estoy en el enlace de mi jefa, por lo tanto, no me llamaría si no fuera urgente.

—¿Sí?

No oigo bien lo que me dicen y salgo al jardín; ya en una zona más tranquila acerco el móvil al oído y me quedo congelada con lo que escucho. Las lágrimas empiezan a bajar sin control, me pongo la mano delante de la boca para impedir que salga el grito que tengo en la garganta. ¡Esto no me puede estar pasando! Mi cuerpo tiembla por los hipidos. Todo a mi alrededor deja de existir, no puede ser.

Siento unos fuertes brazos arroparme. Reconozco el olor, me agarro a él y dejo que salga por mis ojos el dolor que siento en mi corazón. No me lo merezco. ¡Dios, que no le haya pasado nada! Mis piernas me fallan y los fuertes brazos de Pedro me sostienen.

—¿Qué te pasa, nena? —me pregunta con su profunda voz.

—Tengo que irme —es lo único que logro decir.

—Si es por mí, prometo mantenerme lejos. Pero no te vayas. —Tengo ganas de gritarle que lo que me mantiene de pie es él. Pero no me salen las palabras, solo lloro.

—Mi mamá está de camino al hospital.

Veo que aparece mi amigo y que entre ellos se dicen algo, pero no los oigo. Lo único que deseo es llegar hasta mi madre. Lo dejo en manos del hombre que tiene mi corazón.

Le digo el hospital al que han llevado a mi madre y permito que las lágrimas salgan sin reparos. Cojo el móvil para llamar a mi prima y pedirle noticias; está apagado. Intento encenderlo y no prende; empiezo a hipar, la impotencia me va a matar. Pedro, como puede, saca su móvil del bolsillo y me lo pasa. La impotencia me puede, no me acuerdo de su número y me golpeo la cabeza por inútil. Pedro con una mano sujeta el volante y con la otra mi mano, para impedir que siga pegándome.

—Nena, sé que es difícil. Pero intenta tranquilizarse un poco y te acordarás —me dice con voz suave. Me apena ver cómo alterna la vista entre la carretera y yo.

Tiene razón. Hago ejercicios de respiración, y poco a poco voy consiguiendo controlar los espasmos de mi cuerpo. Pedro me da un beso en la mano y se centra en la carretera, que es totalmente desconocida para él. El silencio se apodera del automóvil, lo único que se oye es el ruido del motor. Con voz suave me pregunta:

—¿Te encuentras mejor? Si quieres que pare a por agua o cualquier otra cosa dímelo. —En su voz se refleja la preocupación que siente por mí en este momento. Deseo tirarme en sus brazos, pero él no es mi refugio. Me centro en la carretera, ya estamos entrando en la línea Roja, la autovía que nos lleva a Duque de Caxias, zona fluminense de Río de Janeiro, la parte hacia donde nadie mira. Pedro no comenta el cambio de paisaje, solo conduce.

—Nena —me llama.

Lo miro y, como por arte de magia, me viene a la mente el número de mi prima; lo marco rápidamente. Pero no hay suerte, el móvil de ella da apagado o fuera de área. Intento mantenerme fuerte, no puedo derrumbarme, mi madre y Tiago me necesitan. Ojalá no le haya pasado nada grave al niño.

Llegamos al hospital y Pedro aparca en la primera plaza que encuentra libre. Ni siquiera se preocupó de que sea el sitio más apartado de todos; quizás otra persona hubiera tenido miedo de que le robaran su coche, pero allí lo dejó de mala manera.

Me agarra de la mano y entra conmigo en el hospital.

Preguntamos en información. La amable chica me dice que no puede decirme nada, pero que iba avisar al médico que está atendiendo a mi madre. Ahora a esperar a que aparezca alguien a decirnos algo.

Veinte minutos después, un médico de mediana edad viene a vernos y nos comunica que mi madre se encuentra en observación, y que quieren hacerle un escáner craneal para descartar lesiones. Mi mundo se viene abajo. Pedro se hace dueño de la situación preguntando las posibilidades y los procedimientos que llevarían a cabo con mi madre.

—¿Y el niño? —pregunto con un gran apretó en el corazón. Ambos me miran desconcertados.

—Ella llegó sola, y los paramédicos no dijeron nada de un niño ni tampoco de otro paciente —contesta el medico preocupado.

Vuelvo a derrumbarme. Pedro me abraza.

—¿De qué niño hablas? —pregunta Pedro.

—De Tiago, tiene tres anitos. — Vuelvo a llorar desconsolada.

Su móvil suena, sin apartarse de mí, lo mira y me lo pasa. Desconcertada y sin saber por qué me da su móvil.

—Pau, Tiago está bien, voy de camino, lo he dejado al cuidado de mi madre. —Empiezo a hipar, pero de alegría. Me despido de mi prima y les aclaro que el pequeño está bien.

Cuando intenta seguir con la conversación, niego con la cabeza. Él sabe perfectamente que nunca hablo de mi familia.

Las horas pasan lentamente, los médicos siempre nos dicen lo mismo, que están a la espera de una plaza para hacerle el escáner. Yo sé que podemos estar aquí hasta que mi madre se sienta algo mejor y que nos vayamos a casa sin que le hayan hecho el escáner; solo le pido a Dios que no haya ninguna fractura o traumatismo. Tendré fe en que las cosas irán bien; ya llevamos aquí casi siete horas y no ha habido ningún sobresalto. Pedro solo se dedica a abrazarme, no dice ni pregunta nada, solo me hace compañía, lo cual agradezco. No tengo fuerzas para nada que no sea pensar en mi madre, en cómo está. Cada vez que paso a verla y la encuentro encima de aquella cama, pálida y dormida, se me parte el alma; menos mal que él reaccionó rápido diciendo que es mi pareja y así le permiten acompañarme a verla. Un enfermero no quiso permitir que me acompañara, y hubo unos segundos tensos en los que él estuvo dispuesto a todo con tal de no dejarme sola; por eso dijo que yo estaba en *shock* y que es mi pareja. Me encantó la manera en que se posicionó de mi lado; es la segunda vez que intercede por mí.

Salgo al pasillo y encuentro a Pedro al teléfono. Mantengo la distancia, por si está hablando con su novia. Sé que no tengo derecho, pero prefiero la fantasiosa idea de que él prefiere estar aquí conmigo que con ella, y no tener que oír cómo él se disculpa con ella y le cuenta que está en un barrio perdido de la mano de Dios acompañando a la canguro de su sobrina, que estaba descontrolada.

—Paula —me llama con una sonrisa en el rostro.

—¿Qué pasa? —pregunto molesta al verlo sonreír, no sé qué le puede hacer tanta gracia.

—Dentro de unos minutos tu madre pasará para hacerse el escáner.

—Eso no va a ocurrir. Estamos en un hospital público en la zona fluminense de Río de Janeiro. Sería todo un milagro que el aparato funcionara. —Pedro me indica con el dedo para que mire.

Sigo su indicación y veo que están sacando a mi madre del box donde la tenían en observación, ya que no hay habitación disponible. Corro detrás del celador y le pregunto a dónde la lleva. El hombre me confirma lo que me dijo. Me giro y me doy contra su fuerte pecho, lo tengo detrás; me tiro hacia él y lo abrazo.

—¿Cómo lo has conseguido?

—Yo no he hecho nada. Fue Pablo el que hizo unas llamadas y nos echó una mano.

—No sé cómo voy a poder pagártelo.

—Con que sonrías, ya estoy contento. —En ese momento mi corazón se enamoró un poco más de él. ¿Cómo no me voy a derretir por un hombre que lleva dos semanas siendo ignorado por mí y no dice nada, y cuando peor lo estoy pasando está a mi lado sin hacer preguntas?

Pedro me da un beso en la frente y me conduce a la sala de espera. Tengo ganas de gritar, de tirarme en sus brazos y besarlo por estar a mi lado, por preocuparse de ayudarme. Mi minuto de alegría se esfuma al ver a Suelen entrar corriendo en la sala de espera.

—Paula, por favor, dime que está bien. Dime que no le ha pasado nada malo — suplica entre hipidos.

—Tranquila, mamá está bien. —Es imposible no sentir el hedor que desprende su delgado y maltratado cuerpo.

—¿Y el enano? ¿Cómo está el enano? —La miro como si hubiera visto un fantasma, desde la revelación de la llegada de Tiago ella siempre se refiere a él como mocoso—. ¡Anda, Paula! Dime cómo está el mocoso.

Me rio. Esta es mi hermana, la Suelen que siempre nos sacaba una sonrisa con sus ocurrencias, la que no sabe esperar y nos vuelve locas con sus caprichos; y la niña más dulce y tierna que he conocido.

—Tiago está bien. ¿La noticia te alegra? —pregunto para meterme con ella.

—No mucho, solo sabe llorar y comerse mis galletas favoritas. — Aun con toda la preocupación que tengo, tenerla aquí junto a mí, interesándose por el estado de salud de las personas más importantes de mi vida, me alegra enormemente, y no puedo evitar sonreír. Sin esperarlo, mi hermana se tira en mis brazos. Lo siento Paula, yo no quería…

Pedro, intuyendo que mi hermana va a decirme cosas íntimas se aclara la garganta llamando mi atención. Este hombre es de lo que no hay. Lo miro a los ojos y se lo agradezco con admiración por su respetuoso gesto

—Nena, estaré en la cafetería atendiendo unos asuntos, cualquier cosa, llámame. —Y sin más, besa mis labios y se va. Mi hermana me mira riéndose.

—¿Nena?

—Cállate la boca, Suelen —digo autoritaria. No entiendo el porqué del beso. Pero me encanta.

—No me puedes pedir eso, ya has visto cómo está ese tío. —Apunta en la dirección por la que se ha ido—. ¿Dónde lo has encontrado?

—Suelen Rodríguez da Silva. —Mi hermana pone las manos en alto en señal de rendición y se pone seria.

Me dedico a mirarla. Está sucia, con el pelo muy corto y cortado a trasquilones. Jamás creí que iba a verla sin su orgullosa y larga melena, mi hermana amaba su pelo, siempre estaba presumiendo de él. Y no tuvo el menor cuidado a la hora de cortárselo. Tiene ojeras y está extremadamente delgada. Al darse cuenta de mi escrutinio empieza a frotarse las manos y fija su mirada en el suelo. No digo nada, que sea ella quien diga lo que quiera decir. Ambas permanecemos de pie, yo la miro a ella, y ella al suelo.

—¡Perdóname! —dice tan suave que casi no la oigo—. Perdona, por haberte hecho llorar, por todo lo que les hice pasar a mamá y al enano. Me arrepiento. Me arrepiento mucho.

—No tienes que pedirme perdón de nada, mi niña. —La abrazo—. Vuelve a casa, es lo único que deseo en el mundo.

—No puedo. —La sonrisa que tenía en los labios se me borra. ¿A qué está jugando? ¿De qué sirve arrepentirse y no hacer nada para cambiar? ¿Será que le gusta vivir así?

—¿No puedes o no quieres? No logro comprender.

—Paula, lo quiero.

—Solo tienes diecisiete años. Pasaste tu cumpleaños lejos de mí y de mamá. ¿Sabes que ella te hizo tu tarta preferida? ¿Sabes que ella me tuvo hasta las doce de la noche, sentada en la cocina, delante de la maldita tarta, esperando a que llegaras? Puedo seguir enumerando muchas cosas que hizo por ti. Pero nada de eso importa si no lo valoras.

—Paula, lo quiero, pero no quiero estar con él, solo que no es tan fácil. Está enganchado a la droga y a mí. Nos necesita a las dos y hace lo que sea por tenernos. En estos meses he pasado un verdadero infierno. Deseo volver más que nada en el mundo, pero soy su salvavidas.

—¿Cómo? —No puedo creer que ella lo esté justificando.

—No es culpa de él, sino mía, que no escuché a nadie y me tiré a vivir su vida. ¿Y sabes qué? De una manera u otra iba ocurrir, era la única manera de que yo me diera cuenta de que estaba haciéndolo todo mal. Solo que, cuando lo descubrí, ya era demasiado tarde, ya estaba demasiado metida en su mundo. —Siento ganas de agarrarla de la mano y salir corriendo bien lejos de allí.

—¿Dónde vives? —pregunto con las lágrimas corriendo por mi rostro. Tengo miedo a hacer las preguntas, su aspecto es horrible.

—Donde podemos, normalmente en una casa de okupas, pero todo depende de cómo va el consumo del día o de si tiene dinero para comprar la siguiente dosis porque, de lo contrario, es capaz de todo para conseguirla.

Aprieto mi abrazo, no la quiero soltar. No debería de estar pasando por eso. Paso la mano por su cabeza y mi corazón se encoge. La aparto de mi cuerpo, la miro de arriba abajo, ella rehúsa mi mirada.

—¿Fue él quien te cortó el pelo? —Ella mira hacia el suelo—. Dime —le pido con voz suave. Lo último que necesita ahora es que le griten.

—Sí. Llevaba dos días sin conseguir dinero para comprar… —Las palabras se atascaron en su garganta. Le doy un beso en la frente y la animo a que siga; pronuncio la palabra que a ella le cuesta tanto pronunciar.

—Drogas.

—Eso, no tenía dinero para comprar y le hicieron varias ofertas y todas se referían a mí. Él estaba loco. No sabía qué hacer. Salió y me dejó sola en aquel lugar. Estuvo varias horas fuera, tuve miedo y salí en su búsqueda, pero no lo encontré por ningún lado. Cansada de tanto andar por la ciudad, volví a donde estábamos a esperarlo. Es un acuerdo táctico que tenemos: en caso de que nos perdamos, siempre volvemos a donde estuvimos por última vez. —Aprieto el puño tan fuerte que las uñas se me clavan en la mano. ¿Cómo puede aguantar todo eso?—. Las horas pasaron y me quedé dormida. No sentí cuándo llegó. Me desperté con dos de sus colegas sujetándome y él cortándome el pelo con un cuchillo.

—¡Mi niña! Vamos a la policía ahora mismo.

—No, no haré nada en su contra. ¿De todo lo que te he contado solo te has quedado con que él me robó el pelo? El pelo vuelve a crecer, Paula. Es lo que menos me importa. Eso no es nada comparado con todo lo que me pasó. —Me sorprende la entereza con la que me habla.

—Déjame ayudarte. —¡Dios...! ¿Cómo le pregunto esto a mi hermana de diecisiete años? Pero soy una profesional del área de la salud y conozco los riesgos de su modo de vida—. Suelen, ¿alguna vez él te cambió por droga? —Esta fue la manera menos dolorosa que encontré para abordar el tema.

Mi hermana se aparta de mí, frota las manos contra su sucio pantalón, preparo mi corazón para lo peor, y rezo para que no haya contraído nada.

—En el último momento atendió mis súplicas y me quitó al tío de encima, y evitó que me violara. Pasó toda la noche llorando y pidiéndome perdón. —Llevo mi mano al corazón y respiro aliviada. Si tengo a ese desgraciado delante, lo mato con mis propias manos.

—¿Hasta cuándo crees que él va a poder aguantar sin venderte? Él es un adicto, Suelen, esta gente no atiende a razones.

—Ya lo sé, Paula, pero confía en mí. Volveré a casa antes de lo que piensas, pero ahora no puedo —dice con lágrimas en los ojos, librándose de mis brazos y apartándose de mí—. Tengo que irme antes de que me eche de menos. Estaré tranquila durante un tiempo; atracó a alguien que llevaba mucho dinero encima y tenemos para, por lo menos, una semana.

Corro hasta ella y la vuelvo a abrazar.

—¿Y tu móvil?

—Lo vendió. —Qué iluminada soy, ¿cómo no lo iba a vender?—. Tengo que irme, confía en mí.

—Prométeme que me llamarás en cualquier momento si me necesitas. Ve a una cabina.

—Paula. —Mi hermana se ríe—. Las pocas cabinas que hay no funcionan. ¿Quien hoy en día no tiene un móvil? —¿Cómo narices puede reírse con todo lo que le está pasando?

—Suelen, no bromees, estoy a punto de cogerte y llevarte bien lejos de aquí y tú te ríes.

—Tranquila, hermanita, tengo todo controlado. Ahora tengo que irme. —Me da un beso y se va corriendo.

# Capítulo 18



No podía verla sufrir y quedarme quieto sin hacer nada, su mirada perdida me estaba matando. Cuando un profesional pasaba por delante de nosotros ella se aferraba fuerte a mi mano con la esperanza de que viniera a traernos noticias sobre su madre. Ninguno la miraba, ni a ella ni a ninguno de los que estaba en nuestra misma situación en aquella abarrotada sala de espera. Me sentía inútil. Para lo único que servía era para ser su paño de lágrimas. Deseaba poder hacer algo. No quería que ella llorara. En más de una ocasión tuve ganas de ir detrás de los médicos y exigirles información, pero se cuentan por docenas las personas que estamos aquí. Y vi a más de una exaltarse sin éxito. Sin embargo, no me pasó desapercibida una chica que llegó y —al ver la cantidad de gente que había, sin cortarse y delante de todos— sacó el teléfono móvil, llamó a alguien y fue atendida de inmediato, antes que personas que llevan aquí horas.

Fue entonces cuando se me encendió la bombilla y llamé a Pablo, que tiene clientes influyentes en Brasil. Por respeto a los presentes me aparté para hacerlo. No me hizo falta explicar mucho; con solo decir que la madre de Paula estaba ingresada y tenía pendiente un análisis, me cortó y no me dejó seguir con el relato. Me preguntó en qué hospital estábamos, obligándome a buscar algo en lo que se pudiera leer el nombre del centro hospitalario. Cuando le dije el nombre, Pablo resopló:

—Pedro, hay que trasladarla a otro hospital.

—¿Crees que no me lo he planteado? Pero estamos hablando de Paula, la mujer más cabezota y orgullosa que conozco.

—¿Tan enamorado estás que te has olvidado de Fátima? —bromeó mi amigo.

—No, pero a ella ya le tengo pillado el punto.

—Vale, hagamos una cosa. Pediré que la exploren y, si el cuadro de ella necesita cuidados especiales, la sacamos de ahí cagando leches.

—De acuerdo. —Qué más podía decir—. Ahora solo queda rezar para no tener que enfrentarme a ella para convencerla de sacar a su madre de aquí y llevarla a un centro privado.

A los cinco minutos me llamo diciendo que le harían la prueba. Antes de que hubiera terminado de leer el mensaje, la madre de Paula ya estaba siendo trasladada y yo recibiendo mi recompensa. «La sonrisa de mi amor».

En las cuatro horas que llevamos aquí ha sido la primera vez que la he visto sonreír. Ni cuando su prima le garantizó que su hermano estaba bien la vi sonreír; se alegró, pero la preocupación por el estado de su progenitora la tenía fuera de combate.

Sin embargo, su sonrisa volvió a desaparecer cuando llegó aquella criatura sucia, desgarbada y se arrojó en sus brazos. Mi primera reacción fue querer apartarla, tuve miedo de que le hiciera algo a mi mujer. «Ya parezco mi hermano hablando». Pero al ver cómo la abrazaba, llorando, supe que se conocían. Me quedé un rato, pero me pareció que tenían mucho que decirse y yo sobraba en aquella ecuación. Por eso les di espacio, aunque en este lugar es difícil estar solo.

Miro una y otra vez la hora, quiero darles privacidad, pero él no saber cómo se encuentra me causa agonía. Ahora que estoy aquí junto a ella no quiero apartarme. Ver solo una pequeña parte de su realidad me ayuda a entender el porqué de la amenaza de Rodrigo. Tendré que decirle a mi colega que no se preocupe, que su situación no me asusta, más bien al contrario. Me hace quererla más y hacerle las cosas más fáciles.

«Ya no aguanto más».

Me levanto y voy detrás de ella. En mitad del pasillo me cruzó con la chica que dejé junto a Paula; está llorando. Me reconoce, se recompone como puede, se limpia las lágrimas y al pasar a mi lado, sin mediar palabra, me agarra por el brazo.

—Mi hermana es buena persona. Si le haces daño, como le hizo aquel desgraciado… —Se mira de arriba abajo—. Esta vez no tengo nada que perder, así que iré a por ti y te arrancaré los huevos.

Aunque me estaba amenazando, me gustó que defendiera a su hermana.

—Créeme, lo último que quiero es hacerla sufrir —digo mirándola serio para demostrarle que no me intimida. Aunque sea la hermana de la mujer que amo, no sé qué tipo de vida lleva—. Y que sepas que yo me llevaré por delante a todo aquel que piense en hacerle daño. ¡A todos! —enfatizo bien la frase.

Suelto mi brazo y me voy. No voy a ponerme a discutir con una cría que todavía no sabe qué lugar ocupa en el mundo.

Sigo mi camino y me viene a la mente mi hermano. Por él y mis sobrinos, yo haría lo mismo. Ojalá que el que viene de camino sea un niño y que su carácter se parezca al mío, porque estará rodeado de las hormonas brasileñas a las que tanto amo, pero que tienen una mala leche del copón que acabará conmigo.

Voy en busca de Paula y la encuentro llorando. Corro a abrazarla.

—No te preocupes, lloro de alegría —se apresura en decirme. Sus palabras son bálsamo para mis oídos.

Y sin que me dé tiempo a formular palabra, me besa. Ya sé que no suena muy masculino lo que voy a decir pero no me importa, soy un hombre enamorado: «Me siento como si estuviera flotando al recibir sus besos». Un carraspeo detrás de nosotros nos tras de vuelta al cruel mundo real. Pero no la dejo volver a poner distancia entre nosotros, ahora ya no se escapará. Pasó mi brazo por su hombro y la acerco a mi cuerpo.

—El escáner de tu madre no revela nada. Está muy medicada, pero se encuentra bien. Lo ideal sería que estuviera en observación pero, siéndote sincero, estará mejor rodeada del cariño familiar que aquí. —Nos señala todo lo que hay a nuestro alrededor, para que veamos la precariedad que nos rodea—. Si estáis de acuerdo, le daré el alta. —El médico nos mira aguardando una respuesta.

El rostro de Paula cambia.

—¿Qué te pasa? —pregunto de manera cauta.

—Nada, estoy bien. Doctor, ¿puede firmar el alta?

El médico nos da algunas instrucciones y se va. La giro hacia mí.

—¿Qué te pasa? ¿Qué te preocupa ahora?

—Nada —contesta sin mirarme.

—Paula, todavía no entiendes que estoy aquí por ti. Te quiero y deseo ayudarte.

Ella se queda paralizada, mirándome como si nunca me hubiera visto.

—¡No hace falta que me mientas! —No permito que siga. Pongo el dedo en sus labios. Mi deseo es acallarlos con los míos, pero no es el momento. Intenta volver a levantar el muro que nos separaba al uno del otro y no lo voy a permitir.

—¿Tanto te asusta que un hombre te diga te quiero? —Ella huye dando un paso hacia atrás. Yo doy uno hacía adelante, recuperando la distancia que habíamos perdido—. Te quiero, Paula, y te lo repetiré tantas veces que me oirás decirlo aun cuando no esté a tu lado. Nunca he amado a una mujer y no sabía que, cuando este sentimiento calienta el corazón, ser correspondido te da la vida. —Ella arquea una ceja—. Sí, digas lo que digas sé que soy correspondido. Sé que me quieres tanto como yo a ti. Pero eres una maldita cabezota que no es capaz de reconocerlo.

—Mentira. —Es lo único que sale de sus labios después de todo lo que acabo de decir.

—No sé lo que te hicieron, tampoco voy a presionarte para que me lo digas. Pero deja de huir.

—No me hagas esto. No me mientas.

—¿Por qué no crees en mis sentimientos hacia ti?

—¿Y Tania? Tienes novia, llevas con ella desde los dieciséis años.

La apartó un poco de mi cuerpo y la miró a los ojos. ¿Quién diablos le ha contado que fui novio de Tania con esa edad? ¿Cuánto conoce de esa historia que llego demasiado lejos?

—¿Crees de verdad que si Tania fuera mi novia la hubiera abandonado en la boda de nuestro hermano y estaría aquí contigo? ¿Crees que ella hubiera permitido que me fuera contigo? ¿Tan poco hombre me consideras? —Doy dos pasos hacia atrás, apartándome de ella.

—No, no te alejes. —Me agarra por la camisa—. Explícame qué pasa entre vosotros dos.

—Entre Tania y yo hace doce años que no hay nada. Ella se comporta como si fuera mi novia, pero no lo es. Reconozco mi culpa por habérselo consentido, pero eso se acabó —digo mirándola a los ojos.

Mi corazón está a punto de salirse de mi pecho. No me puedo creer que todo ese dolor podía haberse evitado.

—Yo te quiero, pero no quiero quererte. No debo quererte, esa es la frase correcta, pero ya es demasiado tarde. Sé que esto —nos apunta a ambos— no va a funcionar. Ella no lo permitirá, me lo ha repetido cientos de veces. Siempre estuvo claro que no estabais juntos, pero mi miedo a quererte no me dejó verlo.

Recupero la distancia que había entre nosotros.

—No toleraré que ella arruine mi vida por segunda vez. —Me arrepiento nada más completar la frase—. Ahora que ya eres oficialmente mi *namorada* —digo con mi acento de guiri, como me llama—, dime qué es lo que tanto te preocupa. —Cambio de tema para que no me haga preguntas. No le voy a ocultar mi historia con Tania, pero no es el momento de contársela.

—¿Cómo harás para que esto funcione? No creo en las relaciones a distancia.

—Paula, somos una pareja, los problemas de uno en uno.

—Hablas como si tuviéramos una relación consolidada.

—Soy así. —Me encojo de hombros—. No pierdo tiempo con postureo y falsas apariencias. Me gustan las cosas claras.

—Vale. Me preocupa dejar a mi madre convaleciente sola con Tiago.

—Simple, los llevamos a mi piso.

Ella se aparta de mí y me mira.

—¿Desde cuándo tienes un piso aquí?

—Desde hace unos meses, pero no iba perder la oportunidad de estar cerca de ti. Me juré que lo estrenaría contigo.

—Estás loco.

—Por ti. Ahora recogeremos a mi suegra para ir a por mi cuñado y nos vamos para casa. —Paula se para y suelta mi mano.

—Primero: yo voy a recoger a mi madre. Segundo: Tiago no es tu cuñado. Tercero: nosotros no tenemos casa.

—Lo que tú digas.

—Me estás dando la razón como a los tontos. Mi madre no irá a tu casa, te presentaré como mi amigo y te comportarás como tal. —Sus palabras y su expresión corporal me dejaron claro que no era el momento de insistir. Agradezco el máster intensivo que tuve con mi cuñada, ahora sabré cómo negociar con mi mujer.

—Vale, no voy a discutir contigo. Pero tendrás que escoger o lo uno o lo otro, si no, yo tomaré la decisión y voy a ir por el camino más fácil. O contrato una enfermera…

—No… —me interrumpe.

—Déjame terminar. O llevo a tu madre a nuestra casa. —Al ver su cara pongo los ojos en blanco—. O la llevo a nuestra casa o contrato a una enfermera.

—Eres un troglodita mandón ¡La enfermera! Hablaré yo y tú no estarás cerca. Todavía me acuerdo de la entrevista con Fátima y de tu «ayuda». Llamaré a una amiga que está en paro.

# Capítulo 19



Salimos del hospital con mi madre, que me mira medio adormilada pero, aun así, no deja de preguntar quién es este que me acompaña. Con voz seria le digo que es un amigo, dejando claro que no quiero seguir con el tema. Muy contrariada le indico mi dirección. Era eso o llevarla a su piso, y esta opción está totalmente descartada. La dejamos en casa al cuidado de mi amiga, que al ver cómo Pedro me besaba, me machacó a preguntas, la primera de las cuales fue que si tenía hermanos solteros. Me escabullí como pude con la excusa de que tengo que volver a mi trabajo. Pedro es un descarado. Le pedí que se hiciera pasar por mi amigo, y él hizo todo lo contrario. Si mi madre no se ha enterado de que entre nosotros hay algo es por culpa de las medicinas, que la tienen sedada. Rogué a mi prima que no se lo dijera; si esto funciona quiero ser yo la que se lo diga. Sé que no se lo tomará muy bien debido a mis antecedentes con Santiago.

Nos marchamos una vez que dejé a mi madre instalada. Ahora más que nunca no puedo permitirme el lujo de tener descuentos en mi sueldo. Por culpa de Pedro tuve que contratar a Sandra, cosa que jamás hubiera hecho. Si no hubiera sido por su insistencia en llevarla a su casa, me hubiera apañado con mi prima y mi tía para cuidarla.

Llegamos justo a tiempo de despedirnos de Fátima y el señor Daniel, que se van de viaje de luna de miel. En un intento de no revelar nuestra incipiente relación, después de mucho insistir conseguí convencerlo de que llegáramos por separado.

Nuestra farsa no fue muy lejos. Las miradas cómplices que nos echábamos nos delataron. Y la despedida de mis jefes pasó a un segundo plano cuando el señor se percató de que Pedro, disimuladamente, me sujetó la mano creyendo que nadie se daría cuenta. Nos miró con una sonrisa burlona, arqueó una ceja y bromeó:

—Hermanito, ya veo que te has rendido. Siempre he pensado que entre vosotros había algo, pero mi querida mujer siempre lo negaba. Solo te digo que te van a salir canas de colores —concluye riéndose.

Pedro, con una enorme sonrisa, me besa delante de todos, sacándome los colores.

Me da a mí que este hombre el tema de la discreción no lo contempla. El fin de semana que pasamos juntos no quitaba sus manos de encima de mí, en el hospital igual y en los pocos minutos que llevamos aquí lo mismo. Todos se ríen y bromean; yo, sin ofrecerme voluntaria, me convertí en el blanco de todas las bromas. Se lo están pasando en grande viéndome ruborizada. El único presente que es de mi liga es Rodrigo que, por supuesto, está del lado de ellos. La que no está nada contenta con los comentarios y risas es la arpía de Tania, que no nos quita los ojos de encima. Pedro se comporta como si ella no estuviera presente. Por momentos llego a sentir pena de ella, que lo mira implorando que la mire, y para él es como si estuviera delante de una pared. Son como dos extraños. Claro, que por parte de él. Porque ahora soy consciente de las innumerables veces que ella ha ido detrás de él para hablarle y la ignoró. Fátima se acerca a mí, me da un abrazo y me felicita diciendo bien alto:

—¡Deja bien claro desde el principio quién lleva los pantalones en la relación!

—No hace falta que se lo digas, cuñadita, eso está más claro que el agua. Ella me tiene a sus pies.

Tania, al oírlo, sale corriendo del salón. La única persona que demuestra preocupación e interés por su reacción es su hermano, que va detrás de ella. Los demás seguimos charlando como si nada. La madre de Pedro nos mira de lejos, sin acercarse besa la punta de sus dedos y sopla en mi dirección. Al ver su bonito gesto, estiro la mano y la llamo, pero ella dice que no con la cabeza. Yo insisto, miro al maravilloso hombre que tengo al lado y veo que él es testigo de todo lo que está ocurriendo.

—Mamá, ¿no vas a venir a darnos uno de esos tediosos e inútiles consejos de madre? —Los ojos de la mujer brillan de la emoción y la alegría. Vale que sobraba el comentario final, pero no sé qué es lo que sucedió entre ellos para haber ese distanciamiento. Así que, hasta que no conozca toda la historia, no lo juzgaré. Con pasos dudosos se acerca a mí y me da un tierno abrazo.

—Ten paciencia con mi hijo, él es un cabezota orgulloso, pero es un hombre maravilloso y merece ser feliz. Y si hoy está aquí contigo de la mano es porque le importas de verdad. Mis hijos no son hombres mentirosos, aun teniendo genes en la familia. —Su mirada pierde el brillo y mira al suelo—. Son personas íntegras y no juegan con los demás. Hazlo feliz. —Las palabras de Ángela nos emocionan; Fátima, debido a las hormonas, llora a moco tendido en brazos de su marido, que ya está de vuelta.

—Ángela, ten por seguro —respiro para contener la emoción— que la que más puede salir dañada de esta relación soy yo. Pero llevo demasiado tiempo negando lo evidente y lucharé para que seamos una familia.

—Sin hijos —apostilla Pedro.

—Eres un idiota, ojalá te dé un puntapié en el culo por tus idioteces —dice Fátima enfadada. Yo me quedo parada sin saber qué decir, el clima se ha tensado. Me había olvidado de que Pedro siempre deja claro que no quiere hijos y esto es algo en lo que no le puedo complacer. Ya veré cómo abordar el asunto.

La alegría que sentía desapareció, pero seguí fingiendo para no estropear la despedida de Fátima, ya que Pedro y yo les habíamos robado el protagonismo. Y tampoco quiero quitarle la alegría a él, que nos sorprende a todos pidiéndole un abrazo a su madre, que corre hacia él y llora de la emoción.

Los días siguientes son de ensueño, no nos despegamos; Pedro no me deja sola ni un segundo, quiere compartir cada momento de su estancia aquí conmigo.

Sin importarle lo que iba a decir la gente, trasladó mis cosas de la habitación de empleados a la suya. Yo las llevé de vuelta y él volvió a trasladarlas. Cansada de mover tres veces en un mismo día mis cosas de lugar, las dejé en la suya, ya que su madre, sin que él se enterara, me comentó que no iba a parar hasta salirse con la suya.

Por la noche fue otra odisea. Insistía en que durmiera en su habitación y yo decía que no. Ya estaba dormida cuando él se tumbó en mi cama. Lo empujé y le pedí que se fuera. Lo eché de todas las maneras posibles y nada. A la cuarta noche sin poder dormir en condiciones, porque él se adueñaba de la cama y cada vez que rechazaba hacer el amor con él me hacía cosquillas que me provocaban carcajadas, lo que molestaba el sueño de Rodrigo, que nos mandaba ir a un motel, y yo me moría de la vergüenza.

Lo único que me tranquilizaba un poco, y daba gracias a Dios por ello, era que María ya no vivía en la casa; ella iba y venía todos los días. Su hijo y su yerno no querían que siguiera trabajando, pero ella se niega a dejar a Fátima y a su nieta, así que tenía menos horas, y entre ella y Mari cuidan de todo lo referente a la casa. Se opone rotundamente a que contraten otra persona para ayudarlas; una vez que Fátima lo hizo, se arrepintió. La pobre chica solo duro cinco días, y Fátima le pagó como si hubiera trabajado un año. Entre las dos le hicieron la vida imposible y la pobre no soportó la presión y presentó su carta de renuncia entre lágrimas. En resumen, a la cuarta noche, con unos tremendos morros, dejando ver que no estaba contenta con la situación pero que necesitaba descansar, me instalé en la habitación de Pedro, que como enfatizo su madre, siempre se sale con la suya.

Tania pasa el día evitándonos, algo que agradecemos. Sin embargo, en las pocas ocasiones en que me encuentra sola no pierde la oportunidad de meterse conmigo, pero no hago caso a sus absurdas amenazas; es solo una niña mimada acostumbrada a que el mundo girara a su alrededor y de la noche a la mañana se ha quedado sin nada. No me gusta estar restregándole en la cara lo bien que nos va, y siempre que la veo paro a Pedro. Ella vio en Rodrigo su bote salvavidas y no le da tregua; lo tiene loco. Está todo el día de un lado a otro, se mete hasta con el aire que él respira. Pero mi amigo no le da importancia y siempre busca una manera de revertir sus comentarios en su contra, sacándola de sus casillas.

La primera discusión que tuve con Pedro fue cuando descubrí que le había pagado a mi amiga tres meses por adelantado por cuidar de mi madre. Eso me enfureció, de mi familia cuido yo. Pero, como siempre, él dio una vuelta de tuerca. Para cambiar de tema, me preguntó qué había pasado con mi madre. Dijo que esperaba a que yo le dijera qué tan grave ocurrió que la llevo al hospital con aquel fuerte golpe en la cabeza. Deseé salir corriendo, contarle implicaba tener que explicar toda la historia de mi hermana, y no estaba preparada para ello. Mi madre me reveló que el que le había atacado fue el novio de Suelen, y que cuando la vio en el suelo se asustó y se fue corriendo, pero no sin antes llevarse todo el dinero que había acabado de sacar para cubrir las facturas y el alquiler de casa, y amenazarla con que, si le contaba a mi hermana, volvería. Y que se calló por miedo a que hiciera algo a su niña. Yo, para evitar contestar su pregunta, empecé a besarle, dejando el tema olvidado.

Se puede decir que soy una mujer feliz, lo único que me falta para que mi felicidad sea completa es que Suelen vuelva a casa. Ya han pasado diez días desde que la vi en el hospital y todavía no tengo noticias suyas. Pensé en ir en su búsqueda, pero me controlé; ella me pidió que confiara en ella y dejara que solucionase sus problemas. Puede que me arrepienta durante el resto de mi vida. Sin embargo, es lo más acertado ahora mismo. Así valorará todo lo que tiene y aprenderá a no confiar en las personas con los ojos cerrados. El mundo está lleno de gente mala y cruel; también la hay buena, pero esa es más difícil de encontrar.


Quedan pocos días para que tenga que despedirme de Pedro y ya estoy sufriendo. Después de pasar veinticinco días de ensueño siento una enorme angustia en mi pecho solo en pensar en la hora de la despedida. En estos días juntos me ha hecho sentir que soy lo más importante de su vida. Entre risas, le digo que habíamos intercambiado las tuercas; que el soñador de la relación es él, y que no deja de hacer planes todo el tiempo. Su única restricción es el tema hijos; por lo demás tenemos toda nuestra vida organizada. No le discuto, solo me rio, estoy viviendo un sueño y no quiero despertar. Él, en estos pocos días, me hizo sentir especial, algo que Santiago no fue capaz de hacer en los tres años que estuvimos junto. Uno es atento, cariñoso y amigo; el otro es ególatra, egoísta y mala persona. En estos pocos días, mi novio me ha demostrado el gran hombre que es. Si antes ya había dejado de coquetear con las mujeres del parque, ahora ni las mira. Nada más asumir nuestra relación ante su familia, lo primero que hizo al llegar al parque les reveló a todas que yo era su novia. Las miradas no fueron de alegría, pero, aun así, me felicitaron, y algunas, más descaradas, dijeron que tengo suerte y que vaya braguetazo; ahí fue cuando, una vez más, mi novio demostró cuánto me quiere, y salió en mi defensa. Dijo que la suerte la tiene él por haberme conocido y que haya aceptado ser la novia de semejante hombre. Una de ellas quiso contestar, pero él no le dio pie y le dijo que es un hombre muy difícil y extremadamente celoso. Al decir esto se acercó a mí y me abrazó por detrás, apresándonos a mí y a María entre sus brazos. Y así cortó todo tipo de argumento, dejándolas sin saber cómo comportarse. Desde ese día las malas miradas son una constante, pero no me importa.


Las M fueron a pasar el día con Pablo, Marco y el pequeño Luca. Quise acompañarlas, pero no me dejaron. Pablo envió a su chófer para recogerlas. Pedro quiso salir, pero decliné su propuesta. Estábamos solos, la arpía últimamente sale a primera hora de la mañana y no vuelve hasta bien entrada la noche. Hace dos días la hubiera tirado desde el ático; ella, aprovechando que Pedro había salido para trabajar en el despacho de su hermano, me agarró por el brazo, me insultó y me ordenó que lo dejara, y me echó de la habitación de María a empujones. Cuando iba a entrar para darle su merecido, Pedro entró por la puerta. No me quedó otra que dejarlo pasar, no quiero que él tenga más problemas con ella.

Pedí la comida para nosotros. Vamos a comer en la habitación en plan gocho total. Dejaré que él escoja la película esta vez; esta semana ya le he hecho tragarse dos películas románticas, así que le daré una tregua.

¿Qué quiere este hombre? ¿Por qué me grita de esa manera?

—Dime, ¿qué quieres?

—Me he olvidado la toalla.

—Estás de broma. ¿Cómo has podido hacerlo? Este baño no es de uso exclusivo tuyo. Aunque esté al lado de tu habitación, vive más gente en la casa.

—¿Estás celosa de que vean mi lindo cuerpo? —Pasa la mano por su cuerpo escurriendo el agua, lo que me hace babear.

—Más quisieras —le contesto altanera.

—Anda, puedes confesarlo. Te mueres de celos. —Tengo que reírme. Es verdad, la idea de que salga del baño y Tania lo vea desnudo me mata. Pero ni bajo tortura se lo diré, ya es demasiado presuntuoso.

Voy a su habitación, que hasta dentro de cuatro días también es la mía, y recojo la toalla que está encima de la cama.

—Toma, aquí la tienes.

—Acercarte más, no llego.

Me acerco y estiro el brazo para entregarle la toalla. Pedro tira de mí y me mete debajo de la ducha con él. Abrió el grifo y me empapó entera.

—¿Qué estás haciendo?

—Ducharme contigo.

—Puede llegar alguien.

—Estamos solos. Y si llegan, ¿qué más da?

Empieza a tirar mi ropa, que está pegada a mi cuerpo. Cuando me tiene totalmente desnuda, me pone contra la pared y estira mis brazos en alto.

—Sé una niña buena y no muevas esos preciosos bracitos de ahí.

Tira de mi cadera hacia atrás, dejando mi culo empinado hacia él. Ardo de deseo por la excitación que me está causando.

—¿Y si llega alguien?

—Que se casque una paja oyendo cómo le hago el amor a mi mujer. —Sus manos recorren mi cuerpo de manera suave, excitándome cada vez más—. Esos pequeños pechos son míos. Eso… —Entierra su dedo en mi sexo—. Eso es mío. El único hombre que tocará, entrará y disfrutará de este lindo, rugoso y apretado coño soy yo. —Muerde mi hombro—. Toda tú eres mía.

—Pedro…

—¿Qué quieres?

—Que me folles —grito de susto y de una sensación desconocida. Pedro acaba de introducir el dedo en mi ano.

—Aunque me muero por darte lo que me pides, no lo haré. Están pasando por mi mente mil y una maneras de follarte, cosas muy sucias y ricas que hacerte. Pero lo dejaré para cuando estemos en nuestra casa. Ahora entraré bien despacio en esa apretada vagina, tan despacio que implorarás que vaya más rápido; y cada vez que me pidas que vaya más rápido, iré más despacio; mis pelotas van a querer explotar. Cuando deje que te corras bañando mi pene, entregándome tu placer, nunca más vas a querer estar lejos de mí, porque eres mía y yo soy tuyo. Te amo, Paula.

—Te amo, Pedro—contesto entre gemidos.

Su pene va entrando en mi cuerpo milímetro a milímetro. Muevo mi cintura para buscarlo, me da una nalgada y sale.

—Quieta —ordena con voz sexi.

Imploro por más. Pedro es implacable, me está enloqueciendo, me muero por tenerlo dentro. Nuestros gemidos inundan el baño, nuestras voces se acompasan al decirnos que nos amamos.

Me giro para besarlo y me quedo paralizada con lo que veo. Tania está parada en la puerta del baño llorando, con la mano en su sexo.

—No permitas que ella estropee nuestro momento. —No me puedo creer, ¿Desde cuándo sabe él que ella está ahí? ¿Será que me está haciendo el amor de esa manera para hacerla de rabiar?—. No te comas la cabeza con tonterías. Ella lleva tiempo ahí, pero todo lo que te dije e hice es porque lo siento. ¿Quieres que pare?

—No —respondo tan rápido que no soy consciente de que las palabras salen de mi boca.

Pedro sujeta mi cintura, inmovilizándome, y toda la delicadeza y cuidado desaparecen dando paso a mi amante salvaje. De una fuerte embestida se entierra en mi cuerpo, nuestros gemidos vuelven a adueñarse de la habitación. Imploro por más. Ambos nos olvidamos de Tania, ella no nos importa. Él agarra mi pelo, gira mi cara y me besa, mientras sus envites se hacen cada vez más salvajes su mano estruja mi pequeño seno. Yo grito de placer. Pedro descontrolado me da una nalgada, abandona mi sexo y derrama su leche sobre mi cuerpo. Mi cuerpo se rinde al suyo y me corro justo después de él.

Agotada, dejo que él me bañe, me saque de la ducha y me lleve en dirección a su habitación.

—La próxima vez cobraré por el espectáculo.

—Vete al infierno.

—Ya viví allí cuando estuve contigo, ahora estoy en el paraíso.

—Ya te darás cuenta de que ella no es lo que necesitas. Y soy tan tonta que te aceptaré de vuelta.

—Sueñas.

Entra conmigo en su habitación, dejándola en mitad del pasillo. En otras circunstancias la hubiera defendido, no permito que nadie le hable así a nadie, menos un hombre a una mujer, pero Tania es mala persona. Me ha estado amenazando todo el tiempo y estoy agotada; disfrutaré de los últimos momentos con él sin discusiones y menos por ella. Pasamos toda la tarde encerrados en la habitación viendo películas, jugando al Monopoly y a las damas, algo que no hacía desde hacía años; volví a ser una niña. Pedro no me dejaba moverme de allí ni para ir a por agua. La única vez que salí de la habitación fue cuando la madre naturaleza me llamó y pasé mi primer momento bochornoso con él, que me llevó en brazos hasta el baño y me obligó a mear delante de él, es asqueroso. Pero me dejó muy claro que era eso o hacérmelo encima. Y como ya lo conozco un poco, sé que no lo decía en broma. Riéndose me dijo que no tiene problemas por ver a las mujeres orinar; no me hizo nada de gracia su comentario. Pero al ver mi cara se carcajeó y me mandó que le preguntara a Fátima sobre el pis. No entendía nada. El muy capullo solo se carcajeaba y decía que ella lo iba matar. Pero me hizo prometer que le iba preguntar. Algo me dice que voy a arrepentirme, pero una promesa es una promesa.

Nos vamos de compras, las M han vuelto a darme el día libre. Mi flamante novio me aseguró que fue cosa de ellas, pero ni él se lo cree. Tengo la certeza de que les ha pedido colaboración para convencerme a dejar mi puesto de trabajo para salir por ahí. Solo acepté porque se le ve muy ilusionado con que yo lo ayude a escoger los muebles para su piso. Entramos en una exclusiva tienda de decoración del Barra Shopping, es la primera vez que entro en una tienda de esas. Entro y voy directa a mirar un cojín que me encantó; nada más verlo me llamó la atención, pero, cuando lo tuve en las manos y vi su precio, lo tiré encima del sofá como si me hubiera dado una descarga; su precio es más del quince por ciento de mi sueldo. Pedro no opina en nada. El muy… me presentó como su prometida. Dijo que yo era la que tomaba las decisiones y se dedicó a caminar detrás de mí y la vendedora como si aquello no fuera con él; y siempre que tiene oportunidad me mete mano o me besa. La vendedora no deja de preguntarme por mis gustos, si tengo en mente algo en concreto o especial, cuántos metros tiene el piso. Y yo no sé nada de eso, ni siquiera conozco el piso. Pedro había dicho que solo me llevaría cuando hubiera una cama. Y yo compro mis muebles en las Casas Bahías y si están en promoción, mejor. Solo el dichoso cojín ya me tiene traumatizada: tiene el mismo precio que mi nevera.

Después de no sé cuántas horas dentro de la tienda, un dolor de cabeza del demonio, y una mala leche tremenda por la fortuna que se ha gastado Pedro allí, nos vamos con todos los muebles comprados y la garantía de que nos entregarán la cama hoy mismo. Esa fue la única vez que abrió la boca, lo único que le importaba era tener la cama en el piso hoy. Los miles de reales que se gastó allí eran como si estuviera pagando el menú del día en un bar cualquiera.

# Capítulo 20



No lo soporto. Lo he perdido. Pedro me odia y ya no puedo hacer nada para remediarlo. Lo conozco y, desgraciadamente, ya no hay nada más que pueda hacer. Daniel me prohibió acercarme a ellos, por lo que tengo que andar esquivándolos. Me cuesta creer que las cosas estén de esta manera, pero es lo que hay y no tengo nada que hacer. Mi cuñada me odia, solo me traga por mi hermano. No la culpo, me gané su desprecio y odio a pulso, pero no tener su cariño no es que me afecte, lo que me sobresalta es que ella quiera más a esa que a mí, que soy su cuñada.

¿Dónde está ese motorista inútil?

Tengo que estar dentro de cuarenta minutos en el despacho del detective que voy a contratar para investigarla. Con lo que me costó encontrar una empresa de detectives española, donde puedo tratar el asunto en mi idioma… No puedo llegar tarde y perder la cita. Ese inútil debe de haber bajado a ligar con las de su clase en el parque, porque las viejas no están. La puerta se abre y entra él, riéndose. No sé qué pasa con este hombre que está siempre enseñando los dientes. ¿Cómo se puede ser feliz en las condiciones en las que vive?

Cuando él tiene que llevarme durante trayectos largos y no está haciendo el tonto charlamos, y las cosas que me cuenta son para llorar. No tiene nada, vive en una casa hasta arriba de gente; en la misma finca viven más familias y un sinfín de precariedades. Y, sin embargo, él siempre está de buen humor, es exasperante. Yo, en su situación, ya me hubiera cortado las venas.

—¿Dónde estabas, inútil?

—Tania, si quieres te llevo a un club de alterne para que te desfogues un poco, conozco uno muy bueno. Allí trabaja un amigo mío que, según dicen, está muy bien dotado y sabe usarlo. Hablo con él y te hace un pase VIP. Necesitas un orgasmo con urgencia.

—Si quieres seguir con vida, que sea la última vez que me hables así. No soy como las de tu clase.

—Claro que no, las de mi clase, como tú dices, no son remilgadas y mal folladas como usted, señorita. —Se acerca, me da un beso en los labios y sale—. Si quieres ir a algún sitio, tendrás que ir en taxi. Tengo una cita.

—Pero ¿qué es esto? Vuelve aquí, llévame a Copacabana, es urgente.

—No, es mi día libre. Y, además, no estoy obligado a conducir para usted.

—No me trates de usted, soy mayor que tú por poco. Por favor, llévame —imploro tragándome el orgullo.

—¿Qué gano a cambio?

—Nada, es tu trabajo.

—Adiós.

Arggg no puede ser.

—Rodrigo…

—¿Qué, Tania? Tengo prisa,

—Por favor, llévame, sabes que odio ir en taxi en esta ciudad.

—¿Qué gano por trabajar en mi día libre?

—Te pagaré un extra.

—No quiero dinero.

—No me hagas decir una palabrota, no soy así. Pero me tienes a punto de soltar unas cuantas. Dime de una vez qué quieres. Sé que tienes muy claro lo que quieres pedirme.

—Maldito conductor, ¿por qué me hace esto? Odio deber favores y menos a gente inferior a mí. Pero, desafortunadamente, con la única persona que me siento segura en las calles de esta ciudad es con él.

—Lo coges o lo dejas. Si quieres que sea tu chófer hoy, tendrás que acompañarme a un sitio. Esta es la condición, en su momento te diré dónde vamos. Y tendrás que cumplir tu promesa.

—Vale, acepto. —Al final me saldré con la mía, seguro este inepto se olvidará de mí. Y en el caso de que se acuerde, ya encontraré una manera de no acompañarlo donde quiera que sea este sitio.

A la hora marcada estaba en el despacho del detective privado. Le expliqué lo que quería, le di todos los datos que tenía de la canguro y me marché con la promesa del hombre de que si ella tiene algún trapo sucio, lo descubrirá. No me apetecía estar dando vueltas por la calle. Hoy Rodrigo está especialmente insoportable y deseo perderlo de vista.

Sobre las doce y media de la mañana llego a casa. El maldito chófer, después de provocarme dolor de cabeza, me dejó en casa de mi hermano y se fue. Ojalá la parejita se haya ido por ahí; oí cómo las madres de mi cuñada decían que los dejarían disfrutar de sus últimos días juntos; esas dos son unas alcahuetas horribles. Entro en el ático y no veo a nadie. Voy a mi habitación, dejo mi bolso y voy al baño con la intención de refrescarme. Disfrutaré del momento de silencio y tranquilidad en esta casa en la que siempre hay ruido.

Me quedo petrificada con lo que veo. Pedro, mi Pedro, está detrás de la canguro venerándola, diciéndole cosas lindas y sucias, cosas que nunca me dijo a mí. Tiene la voz ronca por la excitación. Quiero salir corriendo, quiero gritar, pero mis pies y mi voz no me hacen caso. Las lágrimas surcan mi rostro. Pero mi cuerpo se excita con lo que ve. Cuando me doy cuenta mi mano ya está en mi sexo, lo peor es que al darme cuenta no deseo parar. Lloro, pero ya no sé si es por mis sentimientos o por el placer que me estoy dando; no puedo quitarles los ojos de encima. Paula me descubre. En sus ojos hay lujuria, daría lo que fuera por ocupar su lugar. Yo era quien debería estar siendo venerada por él. Pedro le dice algo, solo escucho cuando ella dice que no y Pedro la folla delante de mis ojos de manera tan salvaje que, en pocos segundos, me hace correrme. Salgo de allí, no puedo seguir viendo cómo se aman. Las piernas me fallan, me apoyo en la pared para no caerme. Me siento abochornada por lo que he hecho. Acabo de masturbarme viéndolos hacer el amor, por más salvaje que fuera el acto entre ellos hay amor. Soy patética.

Tengo las manos en la cara y no los veo venir, solo soy consciente de su presencia cuando siento la vibrante voz de Pedro detrás de mí, humillándome, nunca he pasado tanta vergüenza en mi vida.

¡Me las pagarán! ¡Juro por la memoria de mi madre que me las pagarán!

# Capítulo 21

Pedro

Este es mi último fin de semana junto a Paula. Todavía no me he ido y ya estoy sufriendo por estar allí sin ella. Ahora que se acerca la fecha de mi partida, ya no veo con tanta claridad esto de las relaciones a distancia, y no puedo cargarles a mis amigos todo el trabajo. Llevo más de un mes fuera. Dejé todo en manos de ellos; no se quejan, pero no es justo, tienen sus vidas. Rafa está atravesando un momento muy complicado y, no solo no le estoy apoyando, encima estoy dándole más trabajo, cuando no tiene la cabeza ni para centrarse en el suyo. ¿Cuándo podré volver? ¡No lo sé! No tengo respuesta para eso.

Voy a disfrutar del fin de semana que tenemos solo para nosotros y después ya veré. El trasladarme aquí no es una opción, Daniel ya se vino y se ocupa de lo que tenemos aquí, que más bien es nada. Solo tenemos pequeñas participaciones en la enorme empresa de Fátima.

Me olvido hasta de mi nombre cuando la veo venir con su frescura y alegría hacia mí. Su sola presencia me hace ser mejor persona y olvidarme del mundo.

—¿Nos vamos?

—¿De verdad tenías que ponerte tan guapa? Ahora mismo no te dejaría salir de nuestra casa en todo el fin de semana. —Me acerco a ella y la abrazo.

—Tira... —Me enseña la puerta de salida.

—A sus órdenes, mi capitana. —Le hago una señal de obediencia.

Vamos caminando, mi piso está a tan solo veinte minutos caminando del de mi hermano. En coche tardaríamos más en llegar, entre los semáforos y el atasco el tiempo del trayecto se duplicaría.

Le pido que me espere en medio del recibidor y voy hasta el puesto del conserje y autorizo su entrada sin la necesidad de ser anunciada. Vuelvo a su encuentro y subimos. Estamos en la octava planta, que nos da una perfecta vista de la playa. Ella, al entrar, se queda boquiabierta.

—¿Cómo y cuándo lo has hecho? ¿Cuándo han venido?

—Cuando fuiste al baño volví a la tienda y les dije que si al día siguiente no estaba todo aquí cancelaría la compra. Así que… Y las M se han encargado de supervisar la limpieza y colocación.

—Deja de llamarlas así. Tendré una conversación con ellas, tú las has vuelto en mi contra. Ahora ambas están de tu lado y contra mí.

—¿Qué dices? Esas dos tienen más peligro que el gobierno de Estados Unidos, me tienen bajo amenaza todo el tiempo.

Ella pasea por el piso mirando todo, admirando los muebles que escogió sin siquiera conocer el piso. Se basó solo en la planta que le envié al móvil y descubrió que lo tenía en la tienda. Pensé que me iba a matar; sin embargo, aguanto el tipo. Llegue a creer que aquella noche no iba a tener sexo.

—¿Contenta con el resultado de nuestra casa?

—No… Esta no es nuestra casa. Es tu casa.

—Paula, sí que es nuestra casa. Quiero tener un sitio que podamos sentir nuestro, mío y tuyo. En casa de mi hermano estamos bien, pero no es nuestro espacio, no puedo hacerte el amor donde y cuando quiera. Aquí puedo hacer esto. —Agarro su camisa y la paso por su cabeza, dejándola en sujetador—. Mira qué vista más linda tengo. —Tanteo y le desabrocho el sujetador y dejo sus preciosos senos al aire. Paso mi lengua por su contorno, arrancándole un jadeo. Me quito la camisa y dejo mi torso desnudo. Repartiendo besos por su rostro y su cuello, la conduzco hasta el sofá. La dejo caer sentada en el mullido mueble que tanto le costó elegir. Me agacho entre sus torneadas piernas. Beso su barriga y paso mi lengua por cada una de sus estrías, son las más sexis que he visto. Nunca había estado con una mujer tan natural como ella y amo cada centímetro de su cuerpo. Le desabrocho el pantalón y antes de bajarlo le quito sus preciosos zapatos, que poso al lado. Cuando la desnude se los volveré a poner, y le haré el amor con ellos puestos. La dejo solo con el tanga y los tacones. La pongo de pie y admiro su redondo cuerpo. ¡Es maravilloso! Y es mío. Me desnudo y pego mi cuerpo al suyo. Me dedico a mimarla. Acaricio su cuerpo con mi mirada. La tumbo y la baño con mi lengua, disfrutando de sus gemidos. Contorneo cada trazo de su cuerpo con mi dedo, dibujándolos en mi mente para recordarlos en los días que no la tenga a mi lado.

—No me tortures, te necesito.

—Me tendrás, mi amor. ¿Ves por qué quiero que tengamos nuestra casa, nuestro espacio, donde voy a poder hacerte esto? —Muerdo su monte de Venus, arrancándole un grito.

Y sin que lo esperase, aparto su tanga e introduzco el dedo en su delicioso y caliente canal; al sacarlo y volver a meterlo, introduzco dos; al repetir la acción meto un tercero y al mismo tiempo muerdo su redonda y gran aureola, haciéndola gritar. Estiro mi cuerpo sobre el de ella sin sacar mis dedos de su canal, y me muevo encima de ella como si estuviera haciéndole el amor. Al siguiente pinchazo de mis dientes ella grita y se tensa antes de correrse y bañar mis dedos con su precioso líquido. Y mirando a los ojos los retiro y los chupo uno a uno.

—Por favor…

—¿Por favor, qué, mi amor?

—Más, necesito más.

—¿Vivirás en nuestra casa? ¿Y andarás así vestida, solo con tanga y tacones? Seremos el esclavo sexual el uno del otro. —Entierro mi pene en ella, doy dos embestidas y lo saco.

—No… —grita y gime a la vez.

Me dedico a mover mis caderas en círculos con una tremenda lentitud. En cualquier momento explotaré, me muero por penetrarla hasta el fondo, sentir su sexo abrazando el mío en toda su longitud. Sentir cómo mi pene se endurece más y más dentro de ella, causándole la contracción de sus músculos para adaptarse a mí. Doy una estocada profunda gruñendo de placer.

—¿Dónde vivirás? Si me dices que aquí, te follaré tan fuerte que no podrás moverte. Eres mi mujer y te quiero en mi cama. —Vuelvo a moverme con lentitud y, cuando menos se lo espera, la penetro con fuerza.

—Sí.

—¿Sí qué, mi amor?

—Viviré aquí. Por favor, fóllame de una vez.

Dentro de mí se desata una bomba. La penetro una y otra vez sin parar, estoy a punto de correrme y no quiero que se termine todavía. Salgo de ella y la cambio de postura. La pongo de espadas a mí, con las piernas apoyadas en el sofá y el cuerpo en el respaldo, dejándome la maravillosa vista de su duro y redondo culo. Empiezo a dudar de si esta es la postura correcta para que esto dure más. Mi mujer me grita que la posea. Me olvido de todo y la penetro. Error, esta postura me va a dejar en ridículo; una mano la llevo a su pecho y la otra a su clítoris, y empiezo a estimular su inflamado botón del placer, que a causa de su excitación está tieso. Ella empieza a moverse en círculo de manera sexi.

—Te gusta cómo muevo mis caderas para ti. —Y sin que me lo esperara, mueve su cuerpo hacia adelante y lo impulsa hacia atrás con ganas. Repite la acción una y otra vez. Toma el mando de la situación, ella es la que me folla ahora.

—Me matas, mi amor. Córrete conmigo, mi vida. Sabes que adoro que bañes mi pene con tu miel.

Me vuelvo un animal, y entro y salgo de su cuerpo sin piedad, hasta que ambos explotamos en un maravilloso orgasmo. Mi cuerpo cae sobre el de ella, la abrazo y apoyo mi cabeza sobre la suya. No tengo fuerzas para nada.

—Me aplastas —dice con la voz ahogada.

—Me has matado, no tengo fuerzas. Es culpa tuya —digo jadeante.

Ella baja sus rodillas del sofá, apoyando sus preciosos tacones en el suelo, y flexiona su cuerpo sobre el mío y su redondo culo frota mi pene.

—Mujer, no seas pervertida, deja que me recupere un poco.

—¿Ves cómo eres un viejo? No vas a poder con una niña de veintisiete años, señor.

—Dame solo unos minutos y te enseñaré quién es el viejo.

Entre bromas recogemos nuestras ropas esparcidas por el suelo y vamos al baño, que está equipado con todas sus cosas y las mías. Llenamos la bañera y nos metemos dentro.

—Pedro, tenemos que hablar.

—¿De qué? —pregunto como si no supiera lo que viene ahora

—No voy a venirme a vivir aquí, ya tengo mi casa y no la dejaré para estar aquí sola. —Me enfurece saber que ella llama suya a la casa de Yuri. Él últimamente la llama más que nunca, y siempre que pasa cerca de casa de Fátima sube a verla. Me quedo callado y serio—. ¿No vas a decir nada?

—¿Qué quieres que diga? Me diste tu palabra y la vas a cumplir.

—Alto ahí… Tú has utilizado el sexo para conseguir que aceptara —dice apuntándome con el dedo de manera acusadora.

—Da igual los métodos que haya empleado, tu accediste por libre y espontánea voluntad.

—¿Cómo puedes decir eso? Estaba desesperada de deseo y tú, señor abogado, me engatusaste. —Su manera de hablar aligera mi enfado—. Di algo, no quiero pasar las últimas horas que tenemos para estar juntos discutiendo.

—No estoy discutiendo, solo es que no estoy de acuerdo con que sigas viviendo bajo el techo de un hombre que desea lo que es mío. Tú eres la única que no ve que Yuri te quiere, y mucho. Paula, tengo un piso cerca de tu trabajo, está todo equipado, lo mío contigo no es una aventura, ya te he dicho que te quiero, y que deseo pasar el resto de mi vida contigo. Confieso que todavía no sé cómo lo vamos a hacer, pero encontraré una solución; y lo más lógico es que estés aquí y no allí.

—Al contrario de lo que todos piensan, sé que Yuri me quiere. Y lo sé por él mismo. Él me lo confesó cuando estábamos en la universidad, cuando lo mío con Santiago era solo un rollo. ¿Pero sabes? Cuando me lo confesó no sabía que estaba saliendo con un chico, y cuando lo descubrió lo primero que hizo fue pedirme disculpas y prometerme que jamás intentaría nada conmigo si yo no daba el primer paso.

—¡Es idiota!, tu amigo no es normal. ¿Lleva años enamorado de ti, te tiene bajo su techo y nunca ha intentado nada?

—No vuelvas a insultarlo nunca más. Y sí, me tiene viviendo con él desde hace más de cuatro años y nunca ha intentado nada. Él quiere encontrar una chica que ocupe el lugar que yo ocupo en su corazón. Y ahora, porque estoy contigo, no puedo dejarlo así, sin más.

—¿Él gana?

—No, Pedro, mi amigo no gana nada, pero no quiero hacerle daño. Sabes que odio sentirme sola, se puede decir que tengo miedo a la soledad y al silencio. Y él conoce esa parte de mí. ¿Cómo le explico que voy a dejar de vivir en su casa para estar aquí entre estas cuatro paredes sola?

Me quedo sin argumentos. ¿Cómo puedo rebatir algo así?

—Creo que te equivocaste de profesión —digo para aligerar su preocupación—. Todo bien, ya no tocaré más este asunto.

—Cada vez que vengas, me encontrarás en nuestra casa. Solo tienes que avisarme antes y estaré aquí, esperándote.

¿Cómo no voy a estar perdidamente enamorado de esta mujer?

# Capítulo 22



La vida es el enigma más grande del mundo. Toda nuestra vida puede cambiar en una fracción de segundo. Me encuentro tumbada al lado del hombre que, en tan solo un mes, me ha hecho desear cosas que me había prohibido siquiera pensar.

En mi vida, desde hace cuatro años, la palabra relación quedó prohibida, y ahora no solo tengo una relación, encima será a distancia con un hombre que no quiere hijos y tiene una ex loca. Y para hacer las cosas más *fáciles* estamos haciendo miles de planes.

No tengo la menor idea de cómo vamos a hacer para que esto funcione. Por dos veces Pedro me ha hecho aceptar sus reglas a través del sexo, y eso no me gustó. Siento deseo, como todo ser humano, lo deseo como nunca he deseado a nadie, pero no soy solo un cuerpo que él puede manipular a su antojo. Puede que, entre sábanas y gemidos, yo diga y prometa muchas cosas, pero no dejaré que las decisiones sobre nuestra relación sean tomadas en el furor del momento de pasión. Yo manejo los hilos de mi vida y decido mi presente y mi futuro. En otras circunstancias le hubiera mandado a paseo, pero lo quiero, lo quiero mucho, y espero que no vuelva a hacerlo.

Nuestras vidas son diferentes, hay muchas cosas que no conocemos el uno del otro, seguro hay cosas que no nos van a gustar, y debemos conocernos y aprender a convivir con los defectos el uno del otro. No sé dónde llegaremos, no está en sus manos decidir por mí en ningún aspecto. Desde que asumimos la relación en aquella larga charla en el hospital —donde él me explicó todo sobre su no relación con Tania y le entregué mi corazón sin reservas—, no hace otra cosa que tomar decisiones por mí, pero no soy una persona que se deje manipular.

No será ahora, pero nos sentaremos los dos —vestidos y sentados bien lejos el uno del otro— y le diré todo lo que pienso que está mal y que no pienso aceptar bajo ningún concepto. ¿Cuál será su reacción? No quiero pensar en ello. Se nos acaba el tiempo, dentro de pocas horas él se irá y yo me quedare aquí. Volveré a mi verdadera vida, donde nada es fácil.

Me giro y lo admiro. Aquí, tumbado con su cuerpo desnudo y el rostro relajado, siento deseo de morder sus carnosos labios. Disfruto hasta de su suave ronquido. Es lindo. Ojalá fuera todo tan fácil como él lo ve.

—Saldré muy dañada de esto, pero no me iré hasta que tú lo digas. ¿Por qué no quieres una familia de verdad? Yo estaría encantada de tener docenas de niños contigo. —Paso la mano por su rostro y él se revuelve.

—¿Te gusta lo que ves? —me pregunta con voz adormilada.

—Sí, mucho. —Beso sus labios—. ¿Te he despertado?

—Sí, pero es lo que deseo para el resto de mi vida. —Una lágrima traicionera corre por mi rostro.

—No llores, cuando te des cuenta de que me he marchado, ya estaré de vuelta.

—Eso no es así y lo sabes, Pedro. Tengo miedo. La distancia, el no estar a la altura, el no poder darte lo que quieres.

—Nena, aunque trabaje para pagar el puente aéreo, no permitiré que la distancia nos separe. Y el único que no está a la altura aquí soy yo, eres maravillosa. Y ya me das todo lo que necesito, que… es tú.

—Pedro, la familia.

—Todo va a salir bien, confía en mí —me interrumpe sin permitir que siga con mi diálogo. —Se gira, poniéndose encima de mí, y empieza a besarme. Reparte besos por todo mi cuerpo. Me hace el amor dulce y lentamente, totalmente distinto del furor de horas antes. Mis lágrimas caen libremente, no tengo fuerzas ni ganas de retenerlas.

Después de dos días aislados del mundo, el lunes por la mañana volvemos al ático de Fátima para que se despida y recoja su equipaje. Nuestra llegada es recibida entre bromas, que se desvanecen al ver mi cara hinchada por culpa del llanto y la mirada triste. Pedro me tiene cogida de la mano y tampoco tiene el ánimo para fiestas. Al sentirme el centro de todas las miradas, me aferro a su cuerpo. Tania llega al salón y, al ver mi cara, me mira con una sonrisa burlona, que termina de destrozarme. Cojo a María de los brazos de su madre y huyo con ella a su habitación. Oigo cómo Pedro me llama a mis espaldas. Pero no me apetece montar un espectáculo delante de todos y no creo tener fuerzas para hacerme la fuerte. Así que lo mejor es que me quede unos minutos sola.

Siento a María en la mullida alfombra y me voy a su baño a por toallitas para limpiarle las manos, que están pringosas. A mi regreso me encuentro con la última persona que deseo ver ahora mismo.

—Pobrecita —dice con burla—. Está sufriendo porque el hombre que la sacará de la pobreza se va.

—Tania, déjame en paz.

—No, ahora será cuando tu paz se acabará. Tu vida, ahora que Pedro no va a estar, será un inferno. Me encargaré personalmente de ello.

—¿Por qué me odias? ¿Qué te he hecho?

—¿De verdad me estás preguntando eso? Pedro era mío. Te metiste por medio, lo embrujaste y ahora ni siquiera me mira. Y pagarás caro por ello.

No doy crédito a lo que me está diciendo.

—Estás loca. Evito estar con él delante de ti para no hacerte daño, no me alegro con la situación. Pero no me vengas con cuentos, lo sé todo. Conozco la historia de principio a fin. Sé hasta que, hace unos meses, él tuvo un momento de flaqueza y se acostó contigo, y se arrepintió al día siguiente.

—Sin que la viera venir, Tania se acerca y me pega.

—Apártate de ella —ruge una atronadora voz detrás de Tania, que se pone rígida—. Te dije que no te metieras con ella. Nos descuidamos un minuto y aquí estás, y encima le pegas. Vamos, Paula, vamos a contarle a Pedro lo que acaba de ocurrir.

—No me hagas esto, Rodrigo. ¡Por favor, tú también, no!

—Haberlo pensado antes. Vamos, Paula.

—No, Rodrigo. No le diremos nada. ¡Prométemelo! No quiero que se vaya de aquí preocupado. Yo no la tengo miedo.

—Pues deberías —dice amenazante—. Rodrigo —lo llama, y mi amigo levanta la mano para hacerla callar.

—No pronuncies mi nombre, para ti ya no existo. Te serviré cuando me lo ordenen. Pero no quiero oír tu voz.

Rodrigo se acerca a María, la coge del suelo y sale de la habitación. Voy hasta su camita, recojo su bolso y salgo detrás de mi amigo.

—Ahora me pagarás el doble —dice Tania cuando paso a su lado.

Para mi suerte, cuando llego al salón lo encuentro despejado. Corro a mi antigua habitación para aplicarme una capa de maquillaje y disimular la marca de los dedos de esa arpía. Pedro no tardaría ni dos segundos en darse cuenta de la marca en mi rostro. Me extrañó que no fuera detrás de mí, pero mi amigo me aclaró que María y Mari no lo dejaron. Algo que agradezco, no sé qué hubiera pasado si llega a presenciar la manera en la que Tania me agredió.

El trayecto de casa al aeropuerto lo hacemos agarrados. Debo de parecer tan patética que Fátima me ha autorizado a acompañarlo hasta el aeropuerto. Fui la única que lloró al despedirse. Y mi jefa, al ver mi estado, me pregunto si quería acompañarlo; yo, rápidamente, salí corriendo a por mi bolso, arrancando una carcajada a mi novio que me puso la piel de gallina. Me encanta su risa.

Ya en el aeropuerto Rodrigo, para darnos intimidad, dijo que me esperaba en el coche. Pedro se despide de él, toma su pequeña maleta con una mano y con la otra agarra la mía y caminamos a la zona de embarque. Como todavía quedaba una hora y media para que su vuelo despegase —y como él no tiene que hacer cola por viajar en primera— nos sentamos a tomar un café y aprovechar los últimos minutos juntos. Él, con su obsesión por controlarlo todo, pide por los dos. Pongo los ojos en blanco, odio esta manía suya, hoy no voy a decir nada porque no quiero que se vaya triste conmigo, pero hablaremos seriamente.

—Ahora no voy a exigir que me lo cuentes, porque sé que no va a gustarme la respuesta, pero cuando vuelva quiero saber qué le ha pasado a tu cara. Y no me digas que nada porque no me lo voy a creer. —Me tenso. Llevo una capa de maquillaje considerable y, aun así, se ha dado cuenta. Infierno…

—¿De qué estás hablando? —Me hago la tonta.

Pedro niega con la cabeza, mira la hora y se pone de pie.

—Si piensas tratarme como a un idiota, mejor me largo. ¿De verdad creías que pasándote con el maquillaje no me iba a dar cuenta de la marca que tienes en el rostro? Paula, la distancia no va a destruir nuestra relación, pero las mentiras y los engaños, sí.

Coge su maleta y me da la espalda. Se forma un nudo en mi garganta. ¿Tanto me conoce? No se lo conté no porque quisiera ocultárselo, es que no deseo que nuestros últimos minutos pasen hablando de esa arpía. Y que a él no le gustan ni las mentiras ni los engaños ya me quedó muy claro. En este mes que llevamos juntos me ha contado la mitad de su vida. Quizás, en algún caso, hasta demasiado. Y no sé cómo voy a poder lidiar con esto.

—Pedro, no te vayas. Te prometo que cuando vuelvas te lo contaré todo —digo alcanzándolo antes de que salga de la zona de cafetería.

—Vale. —Con la mano libre me abraza, pegándome a su cuerpo, y me besa en la frente—. Cuando vuelva quiero conocer todo lo que te aflige, y si alguien te importuna o te hace daño. No me dejes fuera.

Cambiamos de tema y empezamos a hacer planes para cuando regrese. Me promete que a finales de mes estará aquí. Aunque no me dice cuántos días.

La vuelta a la rutina no está siendo fácil. Aunque Fátima insistió que siguiera en la habitación de Pedro, rehusé quedarme allí. No quiero parecer una aprovechada y, además, allí todo me recuerda a él y no me ayuda a llevar mejor la distancia. Su olor está en el aire, sus ropas en el armario, sus pertenencias… toda la habitación me recuerda a él. Volví a la mía, en la zona de servicio, el mismo día.

Los días pasan muy despacio, en mi pecho parece que ya ha pasado una eternidad; sin embargo, tan solo hace cuatro días de su partida.

Después de quince días sin ir por casa, hoy por la tarde iré a pasar el fin de semana con mi familia. Aunque hablaba con mi madre y Tiago a diario, los fines de semana me quedaba con Pedro, y me muero de ganas de achuchar a mi gordo y ver cómo está mi madre. Sandra sigue en mi casa cuidando a mi madre, ya que le abonó el sueldo de tres meses, y me asegura que ella está bien, que no tiene ningún síntoma, que hace vida normal.

Salgo a mi paseo diario con María. Nuestro destino de hoy es el paseo del Aterro del Flamengo. Estoy poniéndome los patines cuando veo un coche que conozco muy bien parado en el semáforo. Pero no es eso lo que llama mi atención; lo que llama mi atención es quién va en el asiento del copiloto. Mi corazón se dispara. ¡No puede ser! ¿Cómo es posible que estas dos personas estén juntas? ¿Dónde y cuándo se han conocido? El universo no puede ser tan malo conmigo. Rodrigo nos alcanza y me pregunta si he visto a un fantasma. Tengo ganas de gritarle que sí, que he visto a dos fantasmas y de los muy malos. Sacudo la cabeza y procuro no pensar en el porqué de que esos dos estén juntos.

Después de pasar una buena tarde, volvemos al ático y la primera persona que me encuentro es a la arpía que, al pasar a su lado, me coge por el brazo.

—Tenemos que hablar.

—Dudo mucho que tenga algo de que hablar contigo y, si lo hay, tendrá que esperar hasta lunes. Me marcho a mi casa.

—Pues tiene que ser ahora.

—Será el lunes —digo entre dientes y arranco mi brazo de su agarre.

Salgo en busca de la madre de Fátima, le paso a María, me despido y voy a arreglarme y recoger mis cosas para marcharme a mi casa cuanto antes. Deseo perder a esta mujer de vista. —Tengo un mal presentimiento, algo me dice que Tania me va a poner las cosas muy difíciles.

Bajo del autobús y llamo a mi madre con la idea de llevarla a tomar algo. Me apetece hacer algo distinto con ella y Tiago, hace mucho que no nos divertimos los tres juntos. Se lo debo por no haber venido a verlos. Al tercer toque, mi madre me coge el teléfono y me dice que está en casa de mi tía y que vaya hasta allí. Doy la vuelta y voy a su encuentro. Ya había dejado la casa de mi tía atrás. Antes de que llame, la puerta se abre, y me quedo sorprendida al ver a Suelen.

—¡Has vuelto! —exclamo feliz. Mi hermana, sin decir nada, se hace a un lado y me da paso.

—Vamos al salón, están todos allí. —Tuerzo la nariz por la frialdad de su recibimiento.

Llego al salón y me encuentro una escena que me deja claro que algo va mal. Están todos sentados, mirándome con la cara seria.

—Sea lo que sea, decidlo de una vez —suelto para que dejen de mirarme con cara de pena.

—Hija…

—No, mamá, no me pidas tranquilidad. Suelen está contigo sin gritos de por medio, ambas estáis en casa de la tía, y tenéis la cara como si hubierais venido de un funeral. Así que suéltalo de una vez.

—Han robado todas nuestras cosas de valor. No tenemos nada.

—¿Qué? —Me dejo caer sentada sobre el sofá—. ¿Quién? ¿Cómo? ¿Cuándo?

—Tranquilízate —me dice mi madre. ¿Por qué la gente tiene la horrible manía de pedir tranquilidad después de darte una mala noticia? Déjame indignarme, enfadarme, tengo derecho. ¿Cuándo saldrá algo bien en mi vida?

—Que alguien me cuente de una vez, y con detalles, lo que ha pasado.

Maldita la hora en que formulé esa frase. Suelen fue la que dio un paso al frente y empezó a relatar todo lo ocurrido.

—Es culpa mía, fue… Él me siguió hasta el hospital y descubrió que tienes un novio rico. Y quería que yo os pidiera dinero. Como me negué, él se puso como una fiera. Y… —Vi en los ojos de mi hermana lo que iba decir. Corrí hasta ella y la acogí entre mis brazos.

—Dime que no, Suelen. —Mi hermana, con los ojos rojos, me mira confirmando mi mayor temor—. Lo pagará, te lo juro que haré que lo pague.

—Yo no quería que las cosas ocurriesen así. No volví a casa antes porque él me había amenazado con hacerle daño al enano. Pero cuando él me obligó a… —La interrumpo, no estoy preparada para oírlo.

—Lo material se conquista, no te preocupes. Compraré todo nuevamente. Lo importante es que estás aquí, sana y salva.

—Él vendrá a por mí. Yo lo agredí y nos amenazamos mutuamente.

—Ya no quiero oír nada más. Mamá, Suelen, coged vuestras cosas, nos vamos de aquí ya mismo. — Saber que mi familia está en peligro me aterra.

Camino de un lado a otro mientras ellas recogen las pocas pertenencias que habían traído a casa de mi tía.

Yuri, mi amigo, me ayudará. Cojo el móvil y lo llamo. Al segundo tono lo coge, pero no es él, es su novia, que no es nada amigable. Ella me pide que no les moleste. Veo cómo mi madre y mi hermana me miran a la espera de que les diga el siguiente paso que daremos. Es así desde el día que mi padre se fue. Tiago llora en brazos de mi madre; voy hasta él, lo cojo y lo tranquilizo un poco; el estado alterado de mi madre le está afectando. Doy un beso en su cabecita, buscando una salida para esta nueva encrucijada. Aparte de Yuri no tengo a nadie a quien pueda pedir ayuda. ¿A dónde puedo ir con una enferma mental, una chica que estuvo viviendo en la calle durante meses y un bebé?

Rodrigo…

Es la única persona que me puede ayudar ahora mismo. Lo llamo y le explico rápidamente lo ocurrido. Mi amigo acepta ayudarme y me dice que viene a por nosotros.

Como sé que tardará en llegar, voy hasta mi casa con Suelen para recoger ropa para Tiago y mamá. De momento los llevaré a un hostal y los dejaré allí hasta que encuentre dónde acomodarlos. No los dejaré en casa ni una sola noche; esos drogadictos en lo único que piensan es en la siguiente dosis. Y por ella son capaces de todo.

Al abrir la puerta, mi corazón se encoge. El sitio donde estaba la televisión ahora no es más que una mancha en la pintura; el portátil, el aparato de música… hasta el marco digital. Se llevaron todo que se podía vender y, lo que es peor, lo que no pudieron llevarse lo rompieron. Mi precioso sofá está hecho trizas. El cristal de mi mesa corrió la misma suerte, todas las fotos están esparcidas por el suelo. Recuerdos, adornos… no hay nada entero, lo han roto todo. Me llevo la mano a la boca para no empezar a llorar. ¿Hasta cuándo?, es lo único que me pregunto.

En la cocina la cosa no es diferente, todo está tirado por el suelo. No hay nada entero, las bolsas de los alimentos están rotas y desparramadas por el piso.

—Perdóname, Paula, yo nunca pensé… —Levanto la mano impidiendo que siga.

—Suelen, ahora no. Cojamos algo de ropa y vayámonos de aquí cuanto antes, no sabemos cuándo pueden volver.

—No volverá hasta que tenga dinero.

—Prefiero no arriesgarme —me arrepiento del tono con el que le hablo. Pero estoy destrozada. No puedo siempre ser la fuerte, necesito a Pedro a mi lado.

# Capítulo 23



Te tengo…

¡Cómo es el mundo de pequeño!

Paulita, me vas a pagar con creces todo lo que me estás haciendo pasar, cada lágrima que he derramado por tu culpa. Te lo advertí y no lo creíste. Voy a recuperar lo que es mío y regresaré a mi país para no volver a pisar estas tierras nunca más. Veré a mi hermano y a mi sobrina cuando vayan a visitarnos en España. Pedro y yo nos iremos de aquí para no volver jamás. Él la odiará cuando descubra quién eres. ¿Y quién estará ahí para consolarlo? Yo…

Estoy encantada con la eficiencia de este detective. Él no solo me ha ofrecido datos muy reveladores sobre esta embaucadora, a la que desenmascararé, sino que me ha dado un arma de destrucción masiva que la alejará de la vida de Pedro de una vez por todas. Y no tendré piedad a la hora de utilizarla, cada uno lucha con las armas que tiene. Con dinero y perspicacia, tengo un verdadero arsenal en su contra. Y la pobre desgraciada sin saber la que le viene encima.

Ahora tengo que sortear los impedimentos que tengo para acercarme a ella. El problema número uno y el más engorroso es el chófer. Se ha autoproclamado su guardián y no la deja ni a sol ni a sombra. Esta mujer es una encantadora de serpientes, lo tiene en sus manos como tiene a Pedro. Lo que más me enfada es que nadie dice nada. Daniel y Fátima los ven juntos todo el tiempo y no se lo prohíben. Intenté abrirle los ojos a mi hermano sobre la relación que mantienen ellos dos, y lo único que conseguí fue que me pusiera a trabajar con él. Sin darme opción a réplica dijo: «Tania, tienes demasiado tiempo libre y lo estás empleando mal viendo cosas donde no las hay. Es hora de que madures. No te voy a pedir que busques un piso, pero si quieres quedarte en mi casa tendrás que trabajar. Te espero mañana en mi oficina». Intenté protestar, pero no tuve oportunidad de decir ni tres frases seguidas.

«A las ocho en mi despacho. De lo contrario ya puedes buscar un sitio donde vivir, y con qué mantenerte». Tengo mis ahorros, pero no pienso gastarlos en este país tercermundista en el que no quiero quedarme más de lo necesario. No sé qué ven mi hermano y Pedro en este lugar.

Empecé a llorar; antes eso funcionaba con Daniel, sin embargo, esta vez ni se inmutó. Me dio la espalda y se fue con mi sobrina, que decidió llorar justo en ese momento para dejarme claro que la prioridad es ella.

Ahora tengo que cumplir un horario laboral de mierda. No sé cómo voy a poder quedarme a solas con esa pordiosera. En la única oportunidad que se me presento ella salió corriendo como la rata que es. Y delante de Rodrigo jamás me pondré a discutir con ella; lo necesito, es el único en quien confío para moverme por esta horrible ciudad. Y, aunque no lo admita, me lo hace pasar bien aquí; él es muy ocurrente, siempre tiene una contestación para todo.

# Capítulo 24



Todavía falta una eterna semana para coger el avión e ir al encuentro de mi amor. Ya no puedo más; la necesidad que siento de ella está influyendo en mi carácter y en mi trabajo. Parezco un adolescente. La primera semana la llamaba cada poco, pero tuve que dejar de hacerlo cuando ella me llamó la atención y dijo que tenía que trabajar; solo entonces me di cuenta de que no me estaba comportando como una persona responsable. Seguimos hablando a diario, pero solo dos veces al día; le deseo un buen día por las mañanas y por la noche hacemos videollamadas. Nos quedamos horas hablando delante de la pantalla, mi novia me cuenta todo su día con mi sobrina y la extraña relación que tiene Rodrigo con Tania —aunque nunca la nombra, siempre se refiere a ella por su apodo—; jugamos, ella es muy traviesa y está todo el tiempo provocándome, y al final siempre acabamos teniendo sexo virtual. Pero no creo que esto nos beneficie. Cada vez que corto la conferencia, me quedo peor que el día anterior; me siento fatal, muchas veces con las manos o la ropa pringando, y la misma sensación de vacío que antaño. Disfruto viéndola autocomplacerse, clamar mi nombre cuando su cuerpo se rinde a sus caricias, caricias que debería de ser yo quien las hiciera. Sin embargo, no comparto el mismo placer; lo hago por ella, el no tenerla entre mis brazos me inhabilita para disfrutar del sexo.

La quiero a ella, que me tiene muy preocupado. Estuvo tres días sin coger las llamadas, solo nos comunicábamos por mensajes, y cuando les pregunté a mi cuñada y a mi hermano ambos me dijeron que la veían preocupada pero que no les había explicado nada. Y por más que le pregunté no suelta ni una palabra, solo me contesta que no pasa nada y que está bien. Entre la marca en su rostro y este comportamiento tan extraño, más me cuesta quedarme aquí lejos de ella y sin saber qué le pasa.

Hoy voy de cena con Rafa, que quiere hablar conmigo; llevo esperando muchos meses que él pida esta charla, sé que lo está pasando mal. Siempre estamos el uno para el otro, y desde aquel verano mi amigo no es el mismo. Lo apoyaré en lo que haga falta, y si veo que está en condiciones le pediré que me cubra unos días e iré ver a la mujer de mi vida antes. Suena un poco egoísta, ¿verdad? Pero estoy desesperado y sé que él no se opondrá a ayudarme si se encuentra en condiciones. Si fuera al revés, yo haría lo mismo por él sin pensármelo.

Nos reunimos en el restaurante que había sido de la madre postiza de Fátima. Aquí fue donde todo empezó, donde nos *conocimos*, donde nos reuníamos, donde antes todo eran risas y alegrías, pero desde la apertura del testamento y la partida de mi amiga y Daniel se posó sobre nuestras cabezas una nube negra, y cada uno de nosotros tiene algún rollo que lo tiene ausente y no nos permite disfrutar de aquello que nos unió como hermanos.

—La odio —dice Rafa dándole un trago a su cerveza.

—¿Hablas de quien creo que hablas? —pregunto enigmático. Sé que a él no le gustan los rodeos, pero tampoco puedo ir directo al asunto para no ahuyentarlo. Rafa es algo reservado y sé que para él no está siendo nada fácil estar aquí conmigo ahora.

—Pedro, esa mujer me va a llevar a la locura. Me juré no dejarme llevar por los sentimientos nunca más, y tuve que romper mi palabra justo con la que desde el primer segundo que me vio dejó bien claro que no quería nada más que sexo. Ella ahora juega conmigo y con el que creo es el amor de su vida.

—¿Puedo serte sincero? —pregunto.

—Primero déjame soltar todo lo que llevo dentro, porque si no te lo digo hoy se irá a la tumba conmigo.

Con la mano lo animo a que siga hablando.

—¿Te acuerdas de la fiesta a la que ella me invitó en Ibiza? —afirmo con la cabeza—. Pues bien, era una fiesta liberal, pero ella estuvo todo el tiempo a mi lado. Al principio estuve descolocado, pero soy hombre y no me costó mucho dejar mis prejuicios de lado; eso, por supuesto, después de dejarle claro que no participaría en nada. La conoces; ella me besó y me aseguró que así seria. ¿No vas a decir nada?

—Me has pedido que te dejara hablar. Para eso hemos venido, ¿no?

—Gracias, amigo. Todo iba bien hasta que llegó aquel hombre que viste en la boda. Ella, al verlo, perdió el color. Me cogió de la mano y salió corriendo en dirección al jardín. En mitad del camino me paro y le exijo que me diga qué está pasando. Ella me pide que, por favor, no monte una escena, que ya me explicará todo, pero no allí.

La cosa se complicó cuando el hombre de quien ella huía se puso detrás de ella y le dijo: «Así que estás en Ibiza. Por eso no te encontraba». Como comprenderás, me quedé con cara de idiota. Ella, nerviosa, empezó a rogarle que no dijera nada. Pedro, te juro por Dios que sentí asco. Sabía que lo que él tenía en su contra, y que ella tanto temía que fuera revelado no me iba a gustar, y el que sobraba en aquella ecuación era yo. Pero ella me tiene hechizado. La tenía cogida de la mano y no la quería soltar. Las miradas entre ellos eran tan intensas que hui como un cobarde. Le solté la mano y me marché. Ya estaba dentro de mi coche cuando ella apareció y me imploró que me quedara, bajo la promesa de que me contaría todo fuera de allí. Pero que, por favor, no me fuera.

—¿Seguro que quieres contármelo? —pregunto.

—Cállate la boca y escúchame —me ordena enfadado.

Pongo las manos en alto en señal de rendición.

—Lo único que me dijo fue que le debía mucho a aquel hombre, pero que no significaba nada para ella, que ella con quien quería estar era conmigo. Y yo, como un gilipollas, la creí y volví a aquella maldita fiesta. No sé cómo pudo convencerme para tener sexo allí; yo acepté con la condición de que fuera en la intimidad, solos ella y yo. Fue indescriptible. Pero al salir, la sonrisa burlona de aquel hombre me dejó claro que nos había visto y, cuando la miré, comprendí que ella lo sabía.

—Qué hija de p… ¿Cómo te sentiste?

—Como una mierda. Me fui de allí enfurecido y ella vino detrás de mí. Ella, que había ido conmigo, alegó que no tenía con quien volver. Yo sabía que había mucha gente que podía acercarla hasta donde se hospedaba. Aun así, claudiqué y la llevé. Todo eso fue justo antes de que Fátima y Daniel volvieran. Antes de ese fatídico día, ella me propuso ir de viaje a Mallorca y acepté; fue un viaje maravilloso, creo que fue allí en donde me enamoré. Conocí un lado suyo que, si ella no te lo cuenta, no puedes conocer; es como si tuviera una doble vida. Hablamos durante horas, me contó cosas íntimas sobre su vida. Sin embargo, en ningún momento salió nada sobre aquel hombre; y en aquella maldita fiesta él apareció para quedarse. Me siento un idiota por no haberlo visto venir y ahora Nuria me tiene en sus manos. Es como una droga, casi que entiendo a Miguel. Y él y yo estamos siempre disputando su atención, y lo peor es que él es el que siempre gana. —Mi amigo pasa la mano por el rosto frustrado—. ¿Sabes que es lo peor? Lo peor es que sé que es él, sé que no tengo la menor posibilidad, y aun así no me voy. Lo peor es oírla mentirme y autoengañarme, para tener una excusa para seguir a su lado. Ella sigue diciendo que no quiere una relación; sin embargo, no me deja desaparecer. A veces, creo que me está utilizando para mantenerlo a raya.

—Amigo, siento decirte que esta vez no puedo serte de ayuda, lo único que puedo hacer es apoyarte. Si quieres que te traslade a Barcelona, para estar más cerca de ella e intentar conquistarla, te mando ya mismo.

—¿Has escuchado todo lo que he dicho? Ella no quiere una relación seria.

—Rafa, huye, sal corriendo bien lejos de esa mujer. Ella es demasiado intensa, desde el primer momento en aquella playa lo vi. Tu presenciaste todo lo que ella hizo para joder a Daniel por culpa de cómo él trató a Fátima; y ahora, con lo que me estás contando, solo puedo decirte que pongas distancia.

—Estoy jodido, ¿verdad?

—Sí. Y mucho.

—Ella me invitó a pasar el fin de semana con ella. Pero tengo casi la certeza de que será con ella, con él y con las niñas.

—Espera, espera, me he perdido. ¿Niñas? ¿Esa loca tiene hijas?

—Esa parte de la historia te la contaré en otro momento.

—Huye. Es lo único que te puedo decir.

—¿Cómo?

—Puedo mandarte a algún lugar lejos de España. —Él niega con la cabeza.

—No puedo dejar tirado a Miguel, soy la única familia que le queda.

—Vale, pero se acabó el ir a Barcelona por trabajo. Si quieres verla, tendrás que ir los fines de semana, y porque así lo deseas. Ya no podrás utilizar la excusa del trabajo. No voy a ser cómplice de cómo te hundes por culpa de esa loca.

—Necesito una tapadera para no irme este fin de semana.

—Ya la tienes, tú me cubres y yo me voy a ver a mi mujer, que creo que está pasando por algún apuro.

—Eso está hecho. Gracias, amigo. —Me rio—. ¿Puedo saber dónde está la gracia?

—Yo ya venía con la idea de pedirte que me cubrieras, y eres tú quien me lo agradece, vaya par estamos hechos. Tú, con una loca por ligue. Y yo, con una novia misteriosa que no me deja saber nada de su vida y está a más de ocho mil kilómetros de distancia.

Nos miramos y nos carcajeamos como no hacíamos desde hacía mucho. Nos dedicamos a tomar unas cervezas y rememorar viejos tiempos, intercambiamos opiniones sobre el trabajo y cómo nos va la vida a todos. Y de los cambios que estamos sufriendo. Al final de la velada, ambos llegamos a la conclusión de que nos estamos haciendo viejos.

# Capítulo 25



Las cosas en Piabeta están aparentemente tranquilas. Llamo a mi tía y a mi prima a diario para saber cómo están, y me aseguran que todo está en calma. El maleante que Suelen tenía por novio fue detrás de ella los primeros días, pero al ver que no la encontraba dejó de hacerlo. Aun así, no me atrevo a mandarlas de vuelta. Gracias a que tengo un buen sueldo pude alquilar una habitación en el barrio de Rodrigo, que me juró que no iba contarle a nadie lo que me está pasando. Y las instalé allí. Sandra, al ver la situación en la que me encuentro, a escondidas y con la connivencia de mi amigo, pagó otro mes de alquiler. Cuando la reñí me dijo que le habían pagado tres meses y no llegó a trabajar ni uno, que era lo justo. No se lo discutí, no estoy en condiciones de ponerme digna. Toda ayuda es bienvenida. A Yuri lo noto cada vez más distante. Desde que le dije que tengo una relación formal con Pedro se abrió una brecha entre nosotros. Y cuando le conté por lo que estoy pasando con mi familia, él me dio un apretado abrazo, me deseó que todo pasara cuanto antes y se fue con el móvil en la mano a llamar a su novia. Inevitablemente me vinieron a la mente las palabras de Pedro, y empiezo a pensar que tengo que buscar un espacio mío. No es justo que le haga pasar por esto. No creía que él albergara esperanzas de que entre nosotros fuera a ocurrir nada. Si no ha pasado en cuatro años, no va a pasar ahora. Lo quiero mucho, pero como amigo. Y no seré tan perra de decirle a la cara una frase más manida que la vieja colcha de la abuela: «Ya te lo dije», Así que otra cosa más en la lista de Paula: Buscarme un lugar para vivir, y que sea cerca de mi trabajo. Vivir en el piso de Pedro está fuera de discusión, eso no va a pasar.

—Eh, tú, tenemos que hablar.

—Tania, déjame en paz de una vez, no tengo nada que hablar contigo.

—¡Santiago!

Me quedo congelada. Mis pesadillas se están convirtiendo en realidad. Sabía que verlos juntos no era casualidad.

—No conozco a nadie con ese nombre. —Juego al despiste.

—No te hagas la tonta, lo sé todo. No me hagas enfadar o haré que pierdas el empleo. Sé que tienes que mantener a esa panda de inútiles que tienes por familia y al niño. Vamos a ahorrarnos las discusiones. Cuando te lo ordene, llamarás a Pedro y lo dejarás; serás muy dura. Le romperás el corazón, lo conozco; no es de los que se rinde fácilmente. Ahora vete y, cuando te llame, no tardes en contestarme, que no me gusta esperar.

Salgo corriendo a mi habitación. Me tiro en la cama y empiezo a hacer ejercicios de respiración, no le daré el gusto de verme llorar.

Después de mucho pensar intentando encontrar una solución, por más vueltas que doy siempre me encuentro en el mismo sitio; no tengo salida. Si Santiago está por medio tengo todas las de perder. Nunca he conocido a una persona más ruin que ese hombre. ¿Cómo pude estar tan ciega para no ver el monstruo que es en los tres años que estuve con él? ¿Qué se traerán entre manos?

La apatía se apodera de mí. Se acabó. No hay nada que pueda hacer.

Delante de la gente ella me trata como si nunca hubiera tenido diferencias conmigo, tiene a todos encantados con su actitud. Rodrigo volvió a ser como al principio con ella; su hermano le dijo que estaba orgulloso de ella; y Fátima, bueno, se mantiene al margen y no dice nada, solo observa. Es la única que creo que no se fía del repentino cambio de su cuñada.

Estoy preocupada. Tania me ha citado hoy por la tarde en el centro comercial. Le he pedido a Mari y a María que cuiden de la niña para que nosotras podamos ir a tomar un café y yo le enseñe un poco la ciudad.

Rodrigo nos deja en la puerta del centro comercial.

—Chicas, divertíos y no gastéis mucho. —Tania le regala una sonrisa que no sé muy bien cómo definirla. Yo me acerco a él y le doy un beso en la mejilla—. ¿Te pasa algo? Te noto muy triste últimamente —me pregunta mi amigo.

—No me pasa nada, estoy bien.

—Mientes fatal, pero no te presionaré, sabes que me tienes para lo que necesites, ¿verdad? —Ay, Rodri, si tú supieras todo lo que tengo encima saldrías huyendo de mí, pienso dolida.

—Te prometo que estoy bien, solo echo de menos a Pedro. —Esa última parte la digo en voz baja para no enfurecer todavía más a la fiera.

Entramos en el centro comercial. Tania va charlando conmigo como si de verdad fuéramos colegas. Me hace varias preguntas que contesto con monosílabos; no tengo la menor idea de por qué me trae de compras con ella. Entramos y salimos de las tiendas, y por primera vez la oigo elogiar algo de mi país. Está encantada con el centro comercial. Por supuesto, yo soy su mula de carga, ella va comprando y me entrega las bolsas para que yo las lleve. Lo veo parado en mitad del pasillo, reconocería esa espalda en cualquier sitio.

—Uy, lo has descubierto. Todo el tiempo ha estado detrás de nosotras. ¿Te gusta la sorpresa? —No le contesto—. Te he hecho una pregunta: ¿te gusta la sorpresa?

—Tania, no me hagas esto, Santiago es una mala persona. Haré lo que quieras, pero no me dejes aquí con él.

—Tranquila, volveremos juntas a casa. Somos amigas. Él solo quiere decirte una cosita y después harás una llamada muy importante y nos vamos a casa.

Tania se acerca a mí rostro y me da un beso de judas. Supe que desde aquel momento todas las penurias que había vivido no sería nada comparado a lo que aquella mujer y Santiago me iban a hacer. Ella me empuja en su dirección; él, al ver su gesto, le guiña un ojo y la saluda con la mano. Él camina hacia mí sonriendo.

—Santiago, yo estoy cumpliendo con mi parte del trato. Ni siquiera te menciono, déjame vivir mi vida.

—Tranquila, no pretendo hacerte daño. Sabes que, aunque te dejé —enfatiza la palabra dejé—, sigo queriéndote. Tú sabes perfectamente que si no estamos juntos es por tu culpa. Hubieras dado un buen braguetazo. Pero no, tuviste que joderla.

—¿Qué quieres de mí?

—Ella —apunta a Tania—, que dejes a su hombre…

—Pedro no es su hombre. Es mi novio —digo cortando su asqueroso discurso.

—No, Paula, esa no es la actitud, y lo sabes. No te he olvidado y al verte paseando con él me di cuenta de que no quiero que me quiten lo que es mío.

—No soy tuya. Acordamos que…

No pude seguir hablando. Santiago me abraza fuerte y me besa, yo intento apartarlo de mí, pero él me ha agarrado con mucha fuerza. Le mordí la lengua, que había invadido mi boca, consiguiendo que él me soltara.

—Mira. —Me giro y lo que veo me congela el corazón. Pedro está de pie mirándome con el rostro lleno de decepción y dolor.

—Pedro —grito desesperada, pero él me da la espalda y se marcha.

Salgo detrás de él, pero los tacones no me permiten avanzar. Cuando consigo llegar al *parking* lo veo marcharse junto a Rodrigo.

—Si lo hubiera planeado no me hubiera salido tan bien. Ya no nos va a hacer falta la llamada —dice Tania triunfal.

—Vete al infierno.

Cojo un taxi y voy directa a su piso. Subo y no lo encuentro, no hay rastro de que él haya pasado por aquí. Bajo corriendo y voy a casa de su hermano, solo puede estar allí. Entro como un vendaval. Pero a mitad de camino, Fátima me intercepta.

—No sé qué ha pasado, pero ahora no te pongas delante de él. Yo me ocupo. Tómate unos días. Ya te llamaré.

—¿Me estás echando?

—Claro que no.... Pero si sigues aquí, él se va a su piso, y no voy a poder ayudaros a solucionar lo que sea que haya pasado. Mas tarde te llamo y me cuentas tu versión de la historia. Pero algo me dice que mi cuñada tiene la culpa.

Solo asiento con la cabeza y me voy a mi habitación a recoger mis cosas. Estoy saliendo por la puerta cuando Pedro aparece.

—¿Por qué me has hecho esto? Yo te quiero, pero si sigues enamorada de él solo tenías que habérmelo dicho y te habría dejado en paz.

—No es lo que piensas. Es culpa de…

—Pedro, mi amor, ¿qué te pasa? Estaba en el centro comercial con Paula y ella se encontró con un amigo y me dejó sola. Lo último que vi fue que tú y ella salisteis corriendo. — Me quedo mirándola sin poder creer su cinismo.

—Paula, vete. Yo me ocupo. Pedro, a mi habitación —ordena Fátima, ganándose una mirada de odio de su cuñada.

—Fátima, yo me quedo con él —dice Tania con falsa tristeza.

—No, él se viene conmigo. —Fátima acorta la distancia entre ellas—. Si descubro que tienes algo que ver con esto, no entrarás más en mi casa, no te acercarás a mi familia. Por supuesto, respecto a tu hermano lo decidirá él, pero a mis hijos y a mí —Fátima se acaricia la barriga— no nos verás nunca más.

Veo cómo Tania abre los ojos fruto del pánico. Sabe que ha firmado su sentencia, solo que eso a mí ya no me importa. Porque el hombre que amo ya no quiere saber nada de mí.

Me voy dejándolo destrozado. Y yo con el corazón roto.

# Capítulo 26

Pedro

Eso de llegar por sorpresa se está convirtiendo en un hábito. Cuando Rafa dijo que me cubriría, en tres días tuve todo arreglado para mi marcha, aunque no podré quedarme más de cinco días porque tengo un caso importante al que asistir en Barcelona en lugar de Rafa. Él también está de acuerdo con evitar ir a la Ciudad Condal. Nunca imaginé que aquella mujer loca, con el pelo de colores, iba calar en mi amigo hasta el punto de que él permitiera que un *voyeur* lo viera con su chica y no hacer nada. Pero como en cosas del corazón lo mejor que un amigo puede hacer es estar al lado y con la boca cerrada, es lo que haré. Yo prefiero esa postura, salvo que me pidan expresamente un consejo.

Llego junto a Rodrigo que, nada más verme, me dice que mi chica esta supertriste desde mi ausencia y que me echa de menos.

Cuando descubro que ella no está en casa, dejo la maleta en mi habitación de la casa de mi hermano, no quiero perder el tiempo yendo hasta el piso si ella no está allí.

Me doy una ducha rápida y salgo en busca de Rodrigo, y le pido que me lleve a donde ella está. Lo noto muy callado, el trayecto lo hacemos en silencio. Ni música puso. Pero ahora no estoy para hacer de psicólogo, solo deseo secuestrarla de donde esté, llevarla para nuestra casa y hacerle el amor como he estado soñando todas las noches.

Doy mil vueltas buscándola dentro del centro comercial. Esto es enorme, acabaría antes si la llamara, pero quiero darle una sorpresa. Paso por un pasillo y por otro, y nada de verla. Hasta que la veo tan linda, con su melena suelta y esos pantalones que le marcan todas sus curvas. Con una sonrisa en la cara aprieto el paso para llegar hasta ella cuanto antes. Pero freno en seco cuando la persona con quien está hablando tira de ella y la besa. Me quedo mirando la escena sin dar crédito. Aguardo con la esperanza de que ella lo empuje, que le pegue una torta, que haga algo que me demuestre que ella no está de acuerdo con el beso. Pero no ocurre nada. El beso es eterno. Quiero salir de aquí, pero mis piernas no responden. ¿Por qué me está haciendo esto si le entregué mi corazón? Sin aire, interrumpen el beso, y entonces su amante me mira con una sonrisa burlona. Cuando veo quién es, mi mundo termina de romperse. Me enfrente a él dos veces para defenderla y están juntos, se reían de mí a mis espaldas. Ella me mira y me llama. Oír su voz me hace salir del trance en el que me encuentro. Salgo corriendo como un niño, no quiero escucharla, no quiero saber nada de ella.

Veo a Rodrigo con la cabeza apoyada en el volante. Golpeo el cristal pidiendo que abra el coche, me meto dentro y le pido que me lleve a casa, que tengo que resolver una urgencia. Él arranca sin hacer preguntas. Cruzo los dedos para que no la vea venir detrás de mí, porque si eso ocurre tendré que ordenarle que la deje tirada. Y sé que le pondré en un gran aprieto.

Pasamos por delante de la puerta y la veo mirando a todos los lados, buscándome. ¿Cómo puede ser tan cínica?

No me doy cuenta de que me está llevando a casa de mi hermano, esta no era mi idea, pero ahora ya estoy aquí. Miro la hora y veo que todavía queda mucho para que él llegue. Subiré, cogeré mi maleta y volveré a España hoy mismo; y no volveré durante una larga temporada.

La suerte no está de mi lado. Nada más entrar me encuentro con mi amiga.

—¿Qué te pasa?

—Nada.

—Y una mierda, suéltalo de una vez antes de que te dé una hostia.

—¿Por qué tiene que haberme pasado algo? —Mi amiga suspira con signos de cansancio.

—Porque eres igual que tu hermano. Y Paula ha llamado llorando preguntando por ti. ¿Suficiente?

—No me hables de esa mujer.

—Si vuelves a referirte a ella de esa manera, te parto la cara.

Veo mi intención de irme mermada. Este huracán llamado Fátima no me permitirá salir de aquí hasta que no le cuente con pelos y señales lo que ha pasado; y no quiero que ella se enfade con Paula y la eche del trabajo. Aunque esté muy dolido y ahora la odie, no quiero que se quede en el paro.

Fátima echa a todos de casa, y nos quedamos solos ella y yo. Rodrigo se lleva a las M y a mi sobrina a dar un paseo.

Antes de relatarle lo que vi en el centro comercial necesito asimilarlo para no decir cosas de las cuales seguro me arrepentiré.

—Te lo contaré, pero dame un tiempo, necesito relajarme. Daré una vuelta. Prometo no ocultarte nada.

—No, tú no te vas de aquí.

—Fátima, te respeto, te quiero como a una hermana. Pero ahora necesito unos minutos. Solo te pido unos minutos.

—Dame tu pasaporte.

—¡No me lo puedo creer! —digo exasperado! ¿De verdad crees que me marcharía sin decirte nada?

—Nos conocemos, y no saldrás de aquí sin decirme lo que ha pasado. Esta es la única garantía de que mi segundo mejor amigo no haga una tontería.

Sé que discutir con ella es perder el tiempo. Voy a mi habitación, cojo el pasaporte y se lo entrego.

—No tardaré en volver, serán solo unos minutos. Volveré a España hoy mismo. —Le doy un beso en la mejilla y salgo a tomar un poco el aire.

Camino por la playa, pero no soy capaz de olvidar ni por un segundo lo que vieron mis ojos. De nada me sirve salir a dar un paseo, lo que necesito es poner distancia. Volveré, aguantaré estoicamente el interrogatorio de mi cuñada y me iré a mi casa.

No tengo suerte, la primera persona a la que veo es ella, que arrastra sus cosas. Mi corazón se encoge, se va con él.

—¿Por qué me has hecho esto con lo que yo te quiero? Si sigues enamorada de él, solo tenías que decírmelo y te habría dejado en paz —es lo único que puedo decir.

—No es lo que piensas. Es culpa de… —¿Qué mierda de contestación es esa? Siempre no es lo que parece o pensamos.

Ya no oigo nada de lo que hablan. Solo deseo marcharme de aquí. Aparece Tania y me dice algo, pero Fátima la interrumpe. Paula se va.

Todo es un caos, la presencia de Tania es suficiente para animarme a irme bien lejos de aquí.

Mi amiga grita, ordenándome que vaya a su habitación, y sin mirar a ninguna de las dos lo hago. Si me quedo aquí seguramente perderé la paciencia.

Fátima entra hecha una furia, exigiendo que le dé una explicación, pero la que tiene que explicarme por qué la ha echado es ella.

—¿Qué has hecho? —interrogo furioso.

—No es de tu incumbencia. Tú no me dices nada y ella tampoco. Así que mejor que se vaya a su casa —responde y vuelve a salir por el mismo camino.

Era lo que me faltaba, que encima la culpa sea mía, la victima aquí soy yo. Salgo detrás de mi amiga, que está hablando por teléfono con mi hermano.

—¿Por qué lo has hecho? ¿Por qué la has echado? Ella necesita el trabajo.

—Ahora no, Pedro, tengo que hablar con mi marido.

—Has sido tú la que no has dejado que me vaya para que habláramos.

—Hazme un favor, vete a mi habitación y espérame allí. Te creía más listo, pero ya veo que viene de familia que los hombres García sean tontos.

Estoy tan agotado que le hago caso. Es inútil discutir.

Oigo cómo le grita a Tania y camina de un lado a otro. Pero ahora mismo me importa bien poco lo que esté pasando. Solo deseo coger el avión e irme.

Después de no sé cuánto tiempo —porque me quedé dormido—, mi amiga entra, se sienta a mi lado y me despierta con golpes en el brazo.

—¿Se puede saber por qué me pegas?

Con una sonrisa triunfal en la cara, ignora mi pregunta. Y me ordena que empiece a contarle todo lo ocurrido. Me siento en su cama, me paso la mano por el rostro para despejar la mente y empiezo a relatarle todo lo sucedido desde el principio, cuando vi a aquel hombre por primera vez hasta hoy.

Mi sorpresa llega cuando termino de contarle todo y ella me da un capón y me llama tonto.

—¿Por qué vuelves a pegarme?

—Porque eres igual de gilipollas que tu hermano.

—Se más clara, no te pillo. —Ella pone los ojos en blanco y empieza a narrarme todo lo que está ocurriendo entre Paula y Tania.

Reconozco que a mí también me tiene con la mosca detrás de la oreja, pero los vi besarse. Y ella no hizo nada para apartarlo.

Fátima sale como un vendaval de la habitación. Voy detrás de ella, ya que no me fío ni un pelo de mi cuñadita. En mitad del camino encontramos a Daniel, que no sé en qué momento ha llegado. Él le pregunta algo, pero ella pasa de largo en dirección a la habitación de Tania.

—¿Dónde estás? Te avisé.

—¿Alguien puede explicarme qué pasa aquí? —pregunta mi hermano, y yo me encojo de hombros, dejándole bien claro que estoy tan perdido como él.

—Tu hermana la ha vuelto a liar. No la quiero más en mi casa ni en nuestras vidas —dice Fátima bien alto y claro.

—Fátima, ella es mi familia.

—No la defiendas. Pero no te preocupes, que no lo digo por ti, lo digo por mis hijos y por mí, no la quiero cerca de ellos. Y ni si te ocurra llevárselos para que ella los vea a mis espaldas.

—Mi morena, tranquilízate. Piensa en el bebé. Ella me llamó llorando diciendo que tú la habías echado.

—¡Será desgraciada! Yo no la he echado. ¿Dónde estás, malnacida?

Al escuchar el comentario de mi hermano, no me quedan dudas de que Tania está detrás de esta historia. No sé cómo encajan todas las piezas, pero su mala fe intentando poner a nuestro hermano en contra de su esposa no me deja la menor duda.

—¿Alguien puede contestarme? —pregunta mi amiga, que ha abierto la puerta de la habitación de Tania y está vacía.

Paso de la discusión, por mí como si Tania se va al mismísimo infierno. Voy para el salón, lejos de ellos dos, y llamo a Yuri para preguntarle por Paula. Él me contesta que no sabe nada de ella desde hace semanas. Esta información me alarma aún más. Ellos hablan todos los días y que Paula no vaya por casa y no lo llame es muy sospechoso.

Salgo corriendo a la zona de servicio en busca de Rodrigo. Al no verlo, enseguida supe con quién estaba.

# Capítulo 27

Tania

No puede ser que mi plan se venga abajo por culpa de Fátima —grito impotente.

—Mi hermano. Sí, mi hermano es el que va a interceder por mí ante su mujer para que me deje en paz. Le haré ver que ella me tiene manía, que me odia. Sí, eso haré.

Llamo a Daniel llorando y le cuento una historia triste. Él se apiada de mí. Le hago creer que estoy esforzándome para ser su amiga y no deja que me acerque a ella.

Estoy aterrada, no puedo dejar de caminar de un lado a otro. Al principio la cosa había salido mejor de lo que había planeado, la llegada de Pedro al centro comercial fue perfecta, di saltos de alegría. Solo que no imaginé que él fuera corriendo a llorar en los brazos de la entrometida de mi cuñada. En todos estos meses he intentado acercarme a ella, ser su amiga, pero ella no me ha dejado entrar en su vida. Ella nunca dijo que me perdonara por todo lo que le hice pasar, pero no sabía que lo tenía guardado para sacarlo más adelante. Y justo ahora decidió demostrar quién tiene la sartén por el mango y se interpuso en mis planes, que se fueron al traste, y por su culpa corro el riesgo de perderlo todo. Ella me tiene arrinconada, sé que va a descubrirme, ella y Pedro son capaces de cualquier cosa el uno por el otro. Fátima lo tiene todo: dinero, dos amigos que la adoran, un marido que la quiere por encima de todo —hasta de mí, su única hermana—, una hija preciosa y otro en camino. No deseo todo lo que ella tiene, solo quiero vivir bien y, tener a un hombre que me ame y que pueda darme la vida que me merezco como Daniel la ama a ella y Pedro a la canguro.

¿Qué será lo que aquellos dos hablan tanto dentro de esa habitación?

Tengo que salir de aquí antes de que mi hermano llegue. Voy a la cocina detrás de Rodrigo, que me recibe con una enorme sonrisa.

—Me siento agobiada, ¿me llevas a dar un paseo? —Él se acerca peligrosamente.

—¿A dónde desea ir la señorita? —me dice cerca de mis labios.

—Motorista de tres al cuarto, aquel beso fue un error.

—Lo mismo digo, no eres mi tipo.

Escucharlo decir eso me enerva, siempre tiene que meterse conmigo. Maldita la hora en la que, en un momento de debilidad, lo besé. Ahora su cabeza de chorlito imagina cosas que no son.

—¿Vas a llevarme o no?

—Anda, vamos. —Doy gracias a los cielos que acepte sacarme de esta casa. Tomo mi bolso y salgo como un vendaval por la puerta. Las discusiones entre mi hermano y mi cuñada son muy acaloradas. Los dos tienen el mismo carácter y cuando chocan es horrible. Me duele saber que la mayoría de las veces que ellos discuten es por mi culpa y esta vez la cosa puede ponerse muy fea. Me iré por unos días; debe de haber un lugar en el que pueda estar tranquila y segura. Pediré ayuda al chófer.

Estamos cruzando el túnel de Botafogo cuando el móvil de Rodrigo suena. Cuando coge la llamada y la voz de Pedro ocupa todo el coche, mi corazón se dispara. Pedro pregunta si estoy con él, le pido con la cabeza que diga que no. Rodrigo, mirándome, arquea la ceja, pero al final le contesta que no. Pedro resopla del otro lado e insiste en la pregunta. Al ver que Rodrigo sigue negando, le dice que por mi culpa él y Paula lo han dejado. El coche frena repentinamente haciendo que mi cuerpo se impulse hacia adelante.

—Baja de mi coche —me grita en mitad del túnel.

—¿Estás loco? No me puedes dejar aquí.

—Sí que puedo y lo voy a hacer. Baja de mi coche ahora mismo.

—No. —Me aferro al cinturón y no me muevo.

Veo cómo un Rodrigo airado, se baja en plena carretera, da la vuelta, abre la puerta del copiloto y me saca de dentro del vehículo.

—Rodrigo, ¿qué voy a hacer?

—Me da igual. Te lo advertí.

Arranca el coche y se marcha, dejándome atrás. Parada en mitad del túnel, aterrada, miro a los lados en busca de una salida. Dentro del túnel no hay acera de peatones. A unos trecientos metros veo la claridad del día. Muy pegada a la pared camino hacia ella. Los coches pasan a mi lado a toda velocidad; algunos me pitan, otros dicen cosas que no logro comprender. A la salida veo un gran edificio y camino en su dirección. Al acercarme descubro que es otro centro comercial, respiro aliviada y busco una parada de taxis.

El hombre me pregunta dónde quiero ir. No sé qué responder. En todo el tiempo que llevo aquí nunca me he interesado en aprender nada del lugar, lo único que sé es la dirección de donde vivo. No puedo volver a España desde aquí, no tengo a mi pasaporte. Temblando, doy la dirección de casa.

# Capítulo 28



¿Cómo pude ser tan ingenua? La felicidad no está hecha para mí.

Soy una persona creyente, creo que a la gente le pasan cosas buenas. Pero no a mí. Yo no vine a este mundo para disfrutar de la felicidad. Por más que me esfuerce, nada me sale bien, ya sea en lo laboral, en el amor, en lo familiar… Pero no me cambiaría de familia ni en un millón de vidas; por ellos es por lo que sigo en pie, ellos son mi fortaleza. Desde la llegada de mi hermana, mi vida tal y como la conocía desapareció; pero reviviría una y otra vez con tal de ver aquella carita rosada que tanta alegría me hizo sentir cuando mi madre la trajo a casa.

Nunca le revelaré a mi madre las cosas que sé de mi padre. Él nos borró de su vida literalmente. Siempre digo que no sé nada de él. Sin embargo, la desesperación me llevó a buscarlo unas semanas antes de que encontrara trabajo, estaba tan agobiada que fui a buscarlo para pedirle ayuda. Y él ni siquiera me dejó entrar en su preciosa casa con piscina, jardín y parquecito para su bebé —que debe de ser unos meses menor que Tiago—; su nueva mujer estaba embarazada otra vez. Tengo dos hermanos más que no conozco. Me emocioné al ver al bebé corriendo por el jardín; mi padre, cuando observó que lo miraba, cerró un poco el portón para impedirme mi visión.

—¿Cuánto tiempo tiene? —le pregunté con una sonrisa en la cara.

—¿A qué has venido? —Esa fue la contestación que recibí de mi padre, el hombre al que yo adoraba y admiraba.

—¿Qué hicimos mal, papá? ¿Por qué nos abandonaste cuando más te necesitábamos?

—Si has venido hasta aquí para exigirme o reprocharme algo, puedes irte por donde has venido. — Miré fijamente a aquel hombre que había sido todo para mí. Sin embargo, en aquel momento no lo reconocía.

—Vale. Adiós. —Me giré y me fui, dejándolo atrás con su familia. Él me llamó, pero ya no quería su ayuda ni ninguna explicación suya. La deseé y esperé durante mucho tiempo. Aquella fue su última oportunidad y no la aprovechó, nos dejó alegando no querer más niños. Y, por lo que vi, su nueva familia no deja de crecer. No miré hacia atrás. Me fui y juré no volver nunca más. Allí me despedí de mi padre en mis pensamientos y empecé a hacer lo mismo que mi madre: su nombre o cualquier cosa relacionada con él pasó a ser un tema tabú. Luché y me desesperé, pero conseguí salir adelante, y esta vez no será diferente. Soy valiente y no tengo miedo a enfrentarme a la vida. Iniciaré una nueva historia junto a las personas que creen en mí y me quieren por encima de todo.

Cuando fui a la universidad, fue un momento mágico para mí. Allí conocí a Santiago, y empecé a ilusionarme, a soñar, a hacer planes. Tenía algo con lo que fantasear toda la vida: ser feliz, formar una familia… Él me trataba como lo más precioso que tenía. Antes de su llegada, lo único que me motivaba era mi carrera, que ejercí poco tiempo, y ahora no hago uso de ella.

Estoy muy agradecida por la oportunidad que me dio Fátima. Pero Tania y Suelen tienen razón: soy una canguro; muy bien pagada, con privilegios, pero una canguro a fin de cuentas. ¿Y sabes qué? Es hora de cambiar de aires. Con el dinero que he ahorrado empezaré una nueva vida en otro lado con mi familia. Con mi currículo y la recomendación de Fátima puedo trabajar de canguro en cualquier sitio.

Llego a la minúscula habitación en donde está mi familia hospedada. Antes de entrar, apoyo mi frente en la puerta. Me emociono al recordar mi casa, todo lo que he vivido allí, y la manera horrible en la que tuve que marcharme, sin poder mirar atrás, dejando todas mis cosas destrozadas, y ver dónde estamos ahora. Me paso la mano por el rostro, recojo mi melena en una cola de caballo, respiro y entro.

—Mamá, Suelen, nos vamos —digo dándoles un buen susto.

Mi hermana salta de la cama y me mira con intención de hacerme un interrogatorio.

—No, Suelen, ahora no. Recoged todo, voy a por nuestros billetes. —Con las mismas que entré, salgo. Voy hasta la estación de autobuses Nuevo Río. Saco los billetes para San Paulo. Estoy bajando las escaleras para ir a por mi familia y siento mi móvil, que está que echa humo. Hay docenas de llamadas de Pedro. Pero ya es tarde. En el fondo siempre supe que no llegaríamos a nada. Santiago y Tania hacen la perfecta pareja del mal. Y sé que mientras esté aquí ellos no me dejarán en paz. Y si hay una persona en el mundo que me puede hacer daño es Santiago. Pero no le daré esa satisfacción. Ellos consiguieron acabar con mi relación, pero no conmigo. Dejo que la llamada de Pedro se desvanezca, llamo a Yuri y le cuento que me voy, aunque nuestra relación sea distante no puedo marcharme sin decirle adiós. Mi amigo se alarma al oír mi llanto y exige saber dónde estoy. Sé que estoy siendo egoísta haciéndole esto conociendo sus sentimientos hacia mí, pero es la única persona que tengo. Ojalá uno pudiera escoger de quién enamorarse, Yuri sería un estupendo novio, marido y padre. Pero no mandamos en las cosas del corazón. Y soy egoísta porque no lo dejo ir aun sabiendo que nunca podré corresponderle.

En tiempo récord, lo tengo delante de mí. Me mira con los ojos llenos de amor y me abre la puerta del coche para que entre. Sin importarle las pitadas de los coches que venían detrás, me da un tierno abrazo. No sabía que lo necesitaba tanto.

—¿Qué te ha hecho el guaperas para destrozarte de esta manera?

—Él no me ha hecho nada —digo entre hipidos.

—Entonces, ¿por qué estás así?

—Santiago.

—Hijo de puta. —Mi amigo, que conoce toda la historia, me consuela y me deja desahogarme. Ya más tranquila, le cuento todo lo ocurrido: la obsesión de Santiago por formar una familia conmigo, el chantaje de Tania y todo lo demás.

Yuri, al conocer toda la historia, me apoya en la idea de marcharme de Río de Janeiro. Y cuanto antes. Además, hace unas llamadas y me concierta un par de entrevistas de trabajo.

Estamos llegando a recoger a mi familia y suena su móvil. Él, creyendo que era su novia, coge la llamada, y nos encontramos con la voz de Pedro.

—Por favor, dime dónde está Paula. —Hago un gesto de negación con la cabeza. Mi amigo me mira de manera reprobatoria.

—¿De qué me hablas? Hace días que no sé nada de ella. —Respiro aliviada al oír que me encubre. Sabía que él no me traicionaría.

—Por favor, Yuri, necesito hablar con ella. Sé que tú sabes dónde está. Te lo suplico, por favor, ayúdame.

—Lo siento, no te puedo ayudar. No sé nada de ella.

Oigo cómo se despide resignado y cuelga. Mi corazón se aprieta y las lágrimas vuelven a correr por mi rostro. Levanto la mano para impedir que Yuri me dé un discurso. Ya está decidido.

# Capítulo 29



Ya no sé dónde buscarla. He llamado a su amigo y a la enfermera que contraté para cuidar a su madre. He pedido el número de su prima, que me dio una información nada tranquilizadora. Tengo la imagen de aquel beso en mi retina. Sé que algo no cuadra, pero no puedo obviar lo que vi. Pero quiero oír su versión. Fui un tonto. Mi orgullo me ha traído hasta aquí una vez más.

Siento la llave en la cerradura y mi corazón se dispara. Deseo por todo lo más sagrado que sea ella. Sin embargo, mi alegría se desvanece al ver a un Rodrigo airado.

—¿Dónde está Tania?

—No lo sé. La eché de mi coche.

—¿Dónde narices has dejado a mi hermana? —pregunta Daniel a gritos.

—No le grites. Yo hubiera hecho lo mismo. Por tu sobreprotección ella se ha convertido en el monstruo que es.

—Fátima, es mi hermana.

—Por favor, no discutáis. ¿Os habéis olvidado ya de que ella casi os separa? Lo único que quiero es saber dónde está Paula. Rodrigo, ¿sabes dónde puedo encontrarla?

—Sí. —Al escuchar la respuesta de mi colega, mi corazón vuelve a dispararse. Si no tengo un infarto hoy, no lo tendré jamás.

No pierdo tiempo.

—Vamos —digo a Rodrigo, que sale corriendo en dirección al ascensor.

Cogemos el coche y vamos en su búsqueda, le debo una disculpa. No le permití que se explicara, salí corriendo como un niño. Le daré el derecho a decirme qué pasa. Vamos dejando los bellos paisajes y los altos edificios atrás, y nos adentramos en la realidad del setenta por ciento de la población. Pregunto a mi colega si tiene el número del teléfono de su madre, pero mi amigo me aconseja no llamarlas. Y tengo que darle la razón. Si la llamo la alertaré. Mejor el factor sorpresa.

Nos paramos delante de una hilera de casas. Rodrigo abre una portilla chirriante y pasamos delante de varias casas que tienen la puerta abierta y puede verse lo que hacen en su interior: en unas ven la televisión, los niños juegan, las mamás cocinan, la gente charla desde la ventana de enfrente… todo con la mayor naturalidad. No sé por cuántas casas pasamos hasta que llegamos al final de aquel largo pasillo.

Rodrigo llama a la puerta, sin contestación, yo miraba sin entender nada. ¿Qué rayos hace Paula en este sitio? Y, por lo que veo, mi colega no está por la labor de contarme nada, en todo el camino no ha dicho una sola palabra. Vuelve a llamar, con el mismo resultado.

La señora de la casa de enfrente sale a ver quién está aporreando la puerta de aquella manera tan desesperada.

—Si buscas a las que viven ahí, acaban de salir con las maletas.

—¿Cómo que con las maletas? —pregunto con mi horrible portugués. La mujer me mira dejando claro que no me ha entendido.

—¿Sabes a dónde han ido? —continúa Rodrigo ignorando mis preguntas.

—No, había un chico con ellas que las ayudó a cargar las maletas en el coche.

—Yuri… Hijo de…

Saco mi móvil del bolsillo y lo llamo, pero no me lo coge. Insisto una y otra vez hasta que el móvil da apagado.

Ya en el coche, nos miramos desolados sin saber dónde buscarla. Su amigo tiene recursos más que suficientes para ocultarla de mí, pero si creen que podrán esquivarme están muy engañados. Tardaré, pero la encontraré.

¿Será el hombre que estaba con ellas el mismo que el del centro comercial?

Me bajo del coche corriendo, cruzo el pasillo y llamo a la ventana de la señora, que está sentada viendo la televisión.

—¿Cómo es el hombre que acompañaba a la chica? —La mujer no me comprende. Mi nerviosismo no me deja formular la frase. Rodrigo, que llega corriendo detrás de mí, me recrimina por mi desconfianza. Ignoro su reproche y le pido que le pregunte a la señora.

Cuando la mujer describe a Yuri, tengo muy claro que le arrancaré la cabeza. No me cabe la menor duda de que cuando lo llamé estaba junto a ella.

Desgraciadamente, la única persona que nos puede ayudar ahora es Tania. Y no creo que ella sea capaz de ayudar a nadie. Y si de verdad tiene algo que ver con esto no sabe la que le viene encima.

Volvemos al ático. Nada más entrar oigo los gritos, señal inequívoca de que Tania ya está en casa.

—Dime qué le has hecho a Paula. Eres una persona horrible. Te dije que si le habías hecho algo te irías de mi casa, y te irás. Pero antes de desaparecer de mi vista para siempre dime qué has hecho para que Paula me llame diciendo que se va a vivir a otra ciudad. Dímelo de una vez —le grita mi cuñada.

Me quedo congelado, ella se ha ido. Me ha dejado y es por mi culpa, el único culpable soy yo.

—La chantajeé con que le contaría a Pedro todo lo que he descubierto sobre ella. Y, junto al que fue su novio, la estábamos amenazando con quitarle al niño. Entro como un vendaval.

—¿Qué estás diciendo, Tania? —Mi hermano, que no me había visto en la habitación, al verme entrar se pone delante—. Contesta —grito desolado por encima del hombro de mi hermano. Daniel mira a Tania con tristeza. Una vez más, ella está poniendo en riesgo su matrimonio.

—La amenacé con contarte que tiene un hijo. —Me quedo en *shock*.

—Es mentira —afirmo con el corazón apretado—, ella no me ocultaría esa información.

—Pedro, mi amor, no es mentira; ella te engañó, te mintió. El no es su hermano, es hijo de ella y de Santiago. Ella se quedo embarazada para casarse con él o cuanto antes, pero su plan no salió bien. —No la dejo proseguir. ¿Cómo se puede ser tan mala persona?

—Si antes no quería saber nada de ti, ahora te desprecio. Eso es una cosa que yo debería haber sabido por ella, no por ti. Si creías que porque ella tenga un hijo la voy a dejar, estás muy equivocada. Ella me va a dar lo que tú, egoístamente, me quitaste sin darme el derecho de haber sabido que existía. Eres la peor persona que he conocido nunca. Definitivamente, mi padre tiene muy buena sangre, porque ni mi hermano ni yo somos malas personas como lo eres tú. La madre de Daniel fue una mujer maravillosa que no merecía la hija que tenía. Tú mataste a mi hijo con cuatro meses, fuiste tan ruin que me enseñaste fotos y me torturaste por ello durante doce años diciendo que fue por mi culpa, que yo no estaba preparado para ser padre. Y que, quizás, no lo estaría nunca. Yo cargué con la culpa de tu crimen, mi bebé ya estaba formado, era un niño que tú asesinaste por querer hacerme daño a mí. Yo vivo con este dolor a diario, cada vez que veo a un niño no puedo dejar de imaginar como hubiera sido…, de fantasear teniéndolo en mis brazos…, ser parte de cada minuto de su vida…, verlo hacerse un adulto... Y todo eso cuando ni siquiera supe de su existencia cuando tenía vida. Este dolor nunca desapareció, me siento culpable, cuando no debería de ser así. El único monstruo aquí eres tú. Nunca te he visto llorar por él, ni mencionarlo, salvo para echarme en cara que nunca seré un buen padre. ¡Eres un monstruo! —le grito a la cara.

—Pedro, ¿qué estás diciendo? —pregunta Daniel con la cara desencajada. —Saco mi móvil y le enseño las fotos de un feto de cuatro meses que Tania me envió por primera vez hace doce años, junto con el informe médico en donde decía que le había sido realizado un legrado. Las recetas médicas, todo. Ella no me hizo partícipe del embarazo, pero del asesinato de mi hijo ella no me ocultó ningún detalle. Y cada vez que la rechazaba, ella me enviaba la misma foto una y otra vez.

Daniel camina hacia ella, aparta a Fátima hacia un lado, la agarra por los hombros y la apoya contra la pared.

—Por favor, dime que no le hiciste eso a mi hermano, mi mejor y único amigo. Dime que tu egoísmo no te llevo a cometer un asesinato. Tania, el aborto en España está permitido por la ley y respeto la decisión de cada uno, pero con cuatro meses tú no estás abortando un feto, estás cometiendo un asesinato. Eres una asesina —le grita a la cara. Mi hermano mira a su mujer, que tiene una linda y redonda barriga. No sé qué le pasa por la cabeza, solo veo las lágrimas correr por su rostro. Fátima camina hacia él y lo abraza por la espalda. Él, al sentir el contacto de su esposa, se deshace del abrazo, se gira y la lleva lejos de Tania, mirándola con desprecio. Nunca le había visto mirar a nadie como la mira ahora. Ella siempre había sido la niña de sus ojos

—Daniel, te lo puedo explicar todo. Esta foto no es la de mi hijo, es una que busqué en internet. Por favor, déjame explicarte. —Ella se acerca a él, que se aparta.

Fátima le da un beso a su esposo, camina hacia la puerta y la abre.

—No te preocupes, enviaré tus cosas a España. Ahora, fuera de mi casa.

—Dejad que me explique, por favor. Yo era una niña, no lo pensé. Todos los días me recrimino lo que hice.

—Fuera de mi casa, no te quiero cerca de nadie de mi familia, ¿me oyes? Olvídate de mis hijos. De ahora en adelante, no existes para mí. Ya no tengo ninguna hermana. Fuera —grita Daniel.

Tania sale corriendo, entra en su habitación y vuelve a los pocos minutos.

—Rodrigo, puedes…

—No…, olvídate de mi nombre —contesta antes de que ella termine la frase—. Ninguno de nosotros nos dimos cuenta de que él estaba presente y escuchando toda la conversación.

La veo salir llorando. Las madres de Fátima, que habían salido con María, entran desencajadas preguntando qué le ha pasado a Tania. Mi amiga les pide que se ocupen de la niña y que después les contará todo.

—¿Qué vas a hacer? —Me rio sin ganas.

—Buena pregunta No tengo la menor idea de dónde puede estar y la única persona que conoce su paradero está perdidamente enamorado de ella; y tengo casi la certeza de que no va a querer decirme dónde la puedo encontrar.

Daniel se acerca a mí, pega su frente a la mía y empieza a llorar.

—Perdóname. Nunca he sabido nada de esto, jamás me imaginé que ella fuera capaz de hacer una maldad tan grande. Yo no entendía tu rechazo a los niños, te recriminaba y juzgaba sin preguntarte el por qué. Perdóname, hermano —dice entre hipidos—. No permitas que Tania impida que seas feliz. No concibo la vida sin mi mujer y mis hijos. Eres un buen hombre y serás un buen padre, te mereces vivir eso. No permitas que ella te destruya. Removeremos cielo y tierra y la encontraremos.

Daniel y yo, aun sin saber que él era mi hermano biológico, siempre hemos tenido una conexión especial, siempre nos sentimos como tal. Pero el día que descubrí por un notario la verdad y conocí que él ya lo sabía desde hacía mucho, se abrió una brecha entre nosotros que me dolía todos los días. Saber que él estaba al tanto de la historia de nuestros padres y que no me la había contado me destrozó. Pero después de ver cómo me ha apoyado y defendido, y ver que por primera vez le da la espalda a Tania por mí, le perdono haberme ocultado la verdadera historia sobre nosotros.

—Perdón, —mi hermano me mira sin entender lo que está pasando—. Perdón por haberme apartado de ti, el dinero nunca me importó. Lo que me dolió fue que tú conocieses nuestro parentesco desde hacía mucho, y me lo ocultaras. Quiero a mi amigo de vuelta. Porque hoy me demostraste que eres un buen hermano y que estarás ahí para mí, como siempre lo has estado. —Nos fundimos en un emotivo abrazo.

# Capítulo 30

Paula

Ya ha pasado un mes desde que salí huyendo de Río de Janeiro. Con la ayuda de mi amigo, al tercer día de estar aquí ya tenía trabajo. No está tan bien pagado como el que tenía antes, pero no está mal. Suelen está estudiando por la noche, se apuntó al curso intensivo, quiere ver si consigue recuperar el curso; se está esforzando muchísimo —aunque si por mí fuera no sería así— es que está compaginando los estudios con un trabajo de cajera en una gasolinera durante el día. Estamos bien y vivimos tranquilos. Los primeros días recibí llamadas de muchas personas, menos de Pedro. Desde el día en que me marché no he vuelto a saber nada de él. Y prefiero que siga así. Le tengo mucho aprecio a la que fue mi jefa, pero todo lo que se refiere a ella me recuerda a él y necesito sacarlo de mi corazón. Y la única manera de que eso sea posible es poniendo distancia.

Al principio creía que no iba a poder soportar el dolor. Por las noches soñaba con él, por el día recordaba cada minuto que pasamos juntos, las charlas por teléfono, nuestras videollamadas, los paseos con María y las noches de pasión. El tiempo que pasé a su lado fue corto pero intenso. No dejaba de mirar sus fotos una y otra vez hasta que, por arte de magia, desaparecieron; sé que fue mi hermana, pero no hice preguntas, mejor así. Tenía a todos muy preocupados por mi estado de ánimo. Fue a partir de la tercera semana cuando empecé a tranquilizarme un poco. Todos evitaban hacer alusión a cualquier cosa que recordara a Río de Janeiro, y prohibí a Yuri y a Rodrigo contarme cualquier cosa sobre él. Solo entonces pude dejar de llorar.

De Santiago, para mi suerte, solo supe los dos primeros días, en los que no dejó de llamarme para saber dónde estábamos. Exigía conocer a un hijo del que nunca se preocupó, y de la noche a la mañana le salió la vena paternal y quiso ser el padre de mi hijo, cuando siempre lo había repudiado. Todo el amor que decía sentir por mí desapareció cuando le dije que estaba embarazada. Me hizo pasar las mayores humillaciones del mundo en el campus. Gritó a todo pulmón que yo era una cazafortunas que quería dar el golpe de la barriga. Todos me miraron con desprecio. Estuve una semana sin asistir a clase, encerrada en mi habitación, llorando. No entraba en mis planes ser madre a los veintitrés años, lo que quería era formarme. Pero jamás abortaría a mi bebé. Al sexto día resolví contarles a mis padres qué me pasaba. Ellos ya no sabían qué hacer para intentar animarme. Mi madre se llevó un *shock*, pero reaccionó bien; mi padre, el hombre que siempre me apoyó, me enseñó a asumir mis responsabilidades, a luchar por lo que quería. Me pegó y me dijo cosas horribles, como que me traería unas pastillas para que abortara. Mi madre le respondió que ni pensarlo, y mi padre le contestó que si quería que yo fuera como ella. Nunca logré entender lo que quiso decir con eso. Ambos se enzarzaron en una horrible discusión llena de reproches; sin embargo, yo no me enteraba de nada. Las palabras de mi padre me habían dolido.

Todo terminó cuando él me preguntó que qué iba a hacer y le dije que no iba a abortar. Nos miró a ambas y salió.

El resto de la historia ya la conocéis. Se fue…

Mi madre, aun con el dolor de haber perdido al amor de su vida, nunca me dejó desamparada. Ella estuvo a mi lado todo el tiempo; dijo que me apoyaría fuera cual fuera mi decisión pero que por ella yo tendría el bebé. Si antes no había considerado lo de abortar, con las palabras de mi madre lo tuve más claro que nunca. Ella me animó a volver a la universidad, pero yo me negaba. No teníamos dinero, mi padre se había quedado con todo. Nosotras decidimos no denunciarlo y salir adelante por nosotras mismas.

Mi regreso a la universidad fue un infierno. Santiago, nada más verme, me subió a su coche y me amenazó con que, si yo sacaba a la luz que el bebé era suyo, me destrozaría. Me hizo firmar un documento explicando que le había sido infiel y que el niño no era suyo. No contento, enseñó aquel papel a todos en el campus, dejándome como una zorra. Yuri, que siempre había sido mi amigo en la distancia, fue quien me apoyó. Los amigos que tenía se alejaron de mí como si tuviera la lepra; una embarazada ya no les servía para ir de fiesta, para pasarlo bien. Y Santiago era el tío popular del que todos querían ser amigos. Y para ser sus amigos tenían que repudiarme. Cuando empecé a perder clases por falta de dinero para pagar el transporte fue cuando Yuri me ofreció vivir con él en su piso y lo acepté.

Y esta es mi linda historia. Pero no me arrepiento en ningún momento de haber tenido a mi hijo. Es un niño listísimo, supercariñoso, y es él quien mantiene a mi madre de pie. Por él volvería a pasar todo nuevamente. Soy enfermera titulada, con dos másteres, uno en neonatal y otro en quirófano. Y trabajo de canguro, con mucho orgullo, como si tengo que barrer la calles mañana para que no le falte nada; lo haré con la cabeza bien alta.

Salgo a pasear a Gustavo, el niño que cuido ahora. Aquí, en San Paulo, es todo tan diferente a Río. No hay paseos en la playa, no puedo patinar, tengo que llevar uniforme, el niño no puede mancharse, el parque tiene separadas la zona de las mamás y la zona de las canguros… En esta zona de San Paulo la gente es extremadamente elitista.

Sus padres no son malas personas, pero son totalmente diferentes a Fátima y al señor Daniel. Son distantes, no se hacen cargo de nada referente al pequeño, viven centrados en sus trabajos. El niño me adora porque cuando no están delante lo trato como lo que es, un niño, y no un muñeco siempre listo para la foto.

Estiro la manta en el suelo y me siento con el pequeño para que juguemos.

—Señorita, ¿puedo sentarme?

Mi corazón se dispara. No puede ser, estoy teniendo alucinaciones.

Despacio yergo la cabeza y aquí lo tengo, tan alto, con el sol reflejándose en su pelo rubio. Lleva unas gafas de esas espejadas que me impiden ver sus bellos ojos azules.

# Capítulo 31



Mi mundo se vino abajo. Fui un completo idiota. Me dejé engañar como un niño por las artimañas de Tania. Pero no me iré de este país sin ella. Que tiene un hijo, ¿y qué? Fue necesario perderla para darme cuenta de que no fue culpa mía. Ahora lo digo con convicción.

Lo arreglaré, no perderé a la mujer que mi corazón escogió para ser mía por el hecho de que tenga un hijo. La paternidad me aterra, tengo miedo de no estar a la altura. Pero con ella a mi lado puedo con todo. Y todo lo que me hizo creer Tania desde mis dieciocho años no fue culpa mía. Y el decirlo en voz alta me ayudó a liberarme de mis fantasmas.

Estas han sido las peores noches de mi vida, pero la recuperaré.

Busqué y perseguí a Yuri hasta la saciedad, pasaba horas y horas en la puerta de su casa, esperando que llegara. Muchas fueron las veces en que me vio y se dio la vuelta por no enfrentarse a mí. Lo que él no sabía es que yo, aunque por momentos lo deseaba, jamás le pondría la mano encima. A pesar de que él la ayudara a huir de mí, sé que su única preocupación fue que ella estuviera bien, él la estaba protegiendo. Y ahora mismo no deseo que me diga dónde encontrarla. Antes tengo que solucionar una serie de cosas para que, cuando vaya a buscarla, tener todo lo que hay que tener para hacerla feliz. Y él es el único que me puede ayudar y, como no me coge las llamadas, no me queda otra que perseguirlo por donde quiera que vaya. Le di unos cuantos días de descanso, que fue el tiempo que fui a Barcelona para cubrir a Rafa; no pasé allí ni un minuto más de lo necesario. Y ahora no me iré de aquí sin ella.

El séptimo día de tenerme detrás, él aceptó escucharme. Le expliqué todo lo ocurrido, no fue fácil; al principio tuve miedo de que me pegara; Yuri no ocultó su enfado por el sufrimiento que está pasando su amiga. Dejé que él me dijera lo que pensaba y después de estar seguro de que me creía, le conté mi plan para recuperarla.

Es un gran hombre, aun estando enamorado de mi mujer, aceptó con ilusión ayudarme.

En tan solo cuatro días, con las influencias de mi amiga y las de él, tenía todo solucionado.

Como un último favor, Yuri llamó a la familia para la que Paula está trabajando y les contó por encima lo ocurrido y que yo iba a por ella, para que no les pillara por sorpresa. Se entristecieron por perder a su empleada, pero no me dieron lástima, el lugar de mi mujer es a mi lado. Con todos los cabos debidamente atados, tomé el primer vuelo con destino a San Paulo. Ya en la capital paulista, cojo un taxi y le facilito la dirección en donde, supuestamente, la encontraré. Llego justo en el momento en que ella sale cargando a un niño en brazos. Al ver aquella escena, por primera vez en toda mi vida deseé que fueran mi hijo y mi mujer.

Me dedico a seguirla a distancia, observando de lejos todos sus movimientos. En su rostro ya no hay el brillo de antes, está más delgada y la veo triste. Me imagino que igual que yo.

Cuando ella tiende la manta en el suelo y se sienta, decido que es hora de presentarme. Me acerco sigilosamente.

Su dulce aroma llega a mí, y mi cuerpo reacciona reclamándola.

—Señorita, ¿puedo sentarme? —Ella me mira asustada.

—¿Qué haces aquí? Vete. Mis jefes son muy estrictos —me dice asustada.

—Ellos saben que estoy aquí contigo, que he venido buscar a mi mujer. —Su mirada me asusta, es inexpresiva, más bien indiferente. No estoy preparado para que me diga que no me quiere.

—Pedro, vete. Yo no soy lo que buscas, queremos cosas distintas. —Mi corazón se me va a salir del pecho. ¿Como me dice eso? Lo único que quiero es a ella.

—Paula, eres mía.

—No puede ser, tú quieres un estilo de vida y yo otro. Y no confías en mí —dice dolida—. Me siento un miserable. Desconfié de ella cuando ella nunca me había dado motivos para hacerlo.

—Yo quiero todo lo que tú quieras. Y me recrimino todos los días haber sido tan gilipollas y no haber mirado más allá de aquello que... —me cuesta decirlo.

—Tú tienes un muro infranqueable. Y no puedo romperlo, siempre me lo dejaste claro.

—Paula, lo sé. —Solo ahora soy consciente de que Fátima no mentía cuando decía que mis palabras causaban dolor.

—No sabes nada, Pedro. Yo tengo secretos, te oculté cosas. No te fui infiel, y si estás aquí es porque conoces la verdad. Pero tengo secretos que no te van a gustar.

—Paula, lo sé todo —reclamo su atención—. Tiago será mi hijo, mío y tuyo. Yo creía que soñaba cuando la noche en que dormimos por primera vez en nuestro piso dijiste que te encantaría tener docenas de hijos conmigo. Yo los quiero, contigo lo quiero todo. Me rindo a ti, a tu amor, a tus pies. Soy tuyo. No llores, mi amor. Lo siento —le pido perdón una y otra vez besando su rostro y bebiendo sus lágrimas.

—Pedro, yo… —no le permito que siga.

—¿De verdad creías que te iba a dejar ir porque tienes un hijo? Tengo que conocerlo. Cuando te acompañé a llevar a tu madre no pude hacerlo. Eran momentos difíciles. Pero tengo que conocer a mi hijo y enseñarle a conquistar a las mujeres bellas como su mamá.

Como se era de esperar, ella me mira con mala cara. Y me echo a reír.

—Mi hijo —enfatiza— no va a ser un rompebragas.

—Sí… que mi… hijo lo va a ser. —Hago lo mismo que ella.

—Él no es tu hijo.

—Hasta que tú me acompañes a un registro civil y firmes.

—Pero ¿y Santiago?

Oír el nombre de ese impresentable materialista sin escrúpulos en su boca crispa todo mi cuerpo.

—Digamos que… tuvimos una charla muy esclarecedora. Con el documento que él te obligó a firmar en su día, más algunas advertencias, renunció a reclamar la paternidad de Tiago. Al que, si me haces el honor, pondré mi apellido y él nunca sabrá, salvo que tú quieras lo contrario, nada de Santiago.

Ella me mira desencajada, sé que no he tenido nada de tacto al contarle las cosas. Pero necesito borrar de una vez por todas la presencia de ese hombre de nuestras vidas.

—¿Y si Santiago no cumple con su palabra? Él no es una persona de la que te puedas fiar.

—Entonces tendrá que pagarte una muy buena cantidad como indemnización. Perdóname, pero hablé en tu nombre y le garanticé que tú tampoco dirías jamás que nuestro hijo… —Arrugo la nariz, no me apetece referirme a Tiago como suyo—. Ya sabes. ¿Me perdonas?

—No hay nada que perdonar. Que mi hijo no tenga nada que ver con ese horrible hombre me alegra enormemente. —Un carraspeo detrás de mí llama nuestra atención. Ella mira y descubre a la mamá del pequeño al que cuida. La mujer recoge el niño y, sin decir ni adiós, nos deja privacidad.

La tomo de la mano y la conduzco hasta un banco cercano; y le cuento todo lo ocurrido con Tania. Que desde que salió de la casa de Fátima, hace más de un mes, no sabemos nada de ella.

Le cuento con detalle mi encuentro con Santiago, que es una persona despreciable. Y que si no hubiera sido por la ayuda de Yuri, no hubiera podido localizar a su ex y hacer las cosas como las hice. Pasamos más de dos horas charlando. Hasta que ya no pude más.

—¿Me harás el honor de dejarme ser el padre de Tiago y todos los hijos que me quieras dar? —Ella me mira con una cara indescifrable. Siento miedo de que ya no desee estar conmigo. Un silencio incómodo se instala entre nosotros. Los minutos no pasan—. ¡Paula, di algo, por favor!

—Tengo dos condiciones.

—No estamos cerrando un contrato, estamos hablando de nuestro futuro —digo serio.

—Por eso mismo tengo estas dos condiciones.

—Dime. —Sé que tengo todas las de perder, así que ¿para qué resistir?

—Tienes que perdonar a tu madre.

—No —digo rotundo—. Ella me engañó.

—Pedro, fue por amor. Yo también te engañé —dice gesticulando de una manera que nunca había visto—. Te oculté lo que más amo en el mundo por miedo a perderte. Y si vamos a formar una familia, quiero que nuestros hijos tengan una familia unida y presente. Que sus abuelas los mimen y los malcríen, como debe de ser.

Pongo los ojos en blanco, rindiéndome una vez más a ella. La verdad es que ya hace mucho que había perdonado a mi madre, pero el resentimiento y el orgullo herido no me dejaban dar el paso de volver a ella. Y Paula tiene razón, si vamos formar una familia, que sea una unida. Lo que mi madre hizo siempre estará ahí. Ella debería de haberme entregado la carta que mi padre me dejó, como lo hizo la madre de Daniel. Su venganza no fue contra él, al final fue contra mí, pero eso pasó hace muchos años y, en realidad, el que salió ganando fui yo. Ella será quien tendrá que cargar en su conciencia el haber engañado a su mejor amiga y haberse acostado con su novio, el amor de su vida, y romper su relación, aun sabiendo que estaba embarazada.

No me toca a mí exigirle nada. Creo que ella misma ya se lo exige a diario.

—Vale. Le diré a mi madre que la perdono —digo sintiendo mi corazón liberarse de un peso.

—Te quiero —me dice tirándose en mis brazos.

Tengo miedo a la segunda condición. Pero por ella soy capaz de robar la luna.

—La segunda —pregunto para terminar de una vez.

—No seré una mujer florero, seguiré trabajando. —Suelto el aire que retenía y respiro aliviado.

—No tengo ninguna objeción. Te buscaré un trabajo en tu área y las abuelas se ocuparán de Tiago y de los diez hijos más que tendremos.

Su sonrisa eclipsa al mismísimo sol y calienta mi corazón.

—Estás loco.

—Anda, mujer, vamos, que quiero conocer a mi hijo, a mi suegra y a mi cuñada, el *pack* completo —digo poniendo cara de asustado.

—Idiota.

Caminamos durante varios minutos, hasta que Paula se para y me dice que vayamos primero a donde trabajaba para despedirse y recoger sus cosas. Me alegro de ver que tiene claro que se viene conmigo.

Le explico que la que era su jefa ya conoce la situación y que se alegra por ella. Bueno, ahí sí que se enfadó un poco porque le he revelado cosas sobre su vida a una extraña. Pero hasta su enfado me alegra. Después de unos minutos tensos, logramos llegar a un acuerdo en relación a su despedida.

La sigo sin saber a dónde me lleva. Estoy tan obnubilado por estar nuevamente a su lado que no me doy cuenta de que me lleva a una parada de autobús. La miro como si le estuvieran saliendo dos cabezas. No, no pienso andar en estos autobuses. Y se lo hago saber. Ella me mira muy seria y me dice que si quiero ir a su casa tiene que ser en autobús. ¿Y quién ganó? Cuarenta y siete minutos después bajamos de aquella licuadora. Aquello era lo más anticuado que he visto nunca. Paula se pasó todo el viaje riéndose de mi cara; no estaba enfadado, pero tampoco estaba contento. Por no ver a los hombres rozarse con mi mujer, me puse en el pasillo y ella en la ventana, y fue una experiencia traumática mi hombro quedó a la altura de los genitales de algunas personas que, con el movimiento del autobús, los rozaban contra mí. Y eso fue todo el viaje. La muy bruja de mi mujer no dejó de reírse de mi cara ni un solo minuto.

Paramos delante de una pequeña pero elegante casita. En la terraza vi a su madre con Tiago en brazos. Mi corazón se aceleró. Me sentí contento, con unas ganas locas de conocerlo.

—Iremos despacio, ¿vale? —Asiento con la cabeza.

Ella abre la portilla y entra; la sigo sin quitar la vista del niño. Su hermana sale y se sienta al lado de su madre. Tiago se tira de los brazos de la abuela y va corriendo al encuentro de su madre, que lo coge y le llena la carita de besos.

—¿Quieres conocer a una persona especial? —pregunta Paula al niño con voz dulce. El pequeño dice que sí con la cabeza efusivamente.

Veo a cámara lenta cómo Paula se acerca con él. Tiemblo de la cabeza a los pies, no sé qué hacer.

—Pedro. —La miro descolocado—. ¿Quieres cogerlo?

Estiro los brazos y lo cojo. Es tan suave. Huele como su mamá. Pesa más que María. Ya lo quiero, es mío, y lo protegeré con mi vida si es necesario.

—¿Quién *eles*? —pregunta con su lengüita de trapo.

—Soy tu papá.

—¿*E vedad*? ¿*Eles mi papi*? —Miro a Paula, que me sonríe.

—Sí, campeón. Yo soy tu papá.

# Epílogo

*Dos años después*

Ahora comprendo lo que quiso decir mi hermano cuando dijo que debería ser completamente feliz. En estos dos años juntos mi vida ha cambiado radicalmente. Ella y mi hijo son el centro de mi mundo, desde aquel día en San Paulo no nos hemos separados.

Tiago reaccionó de una manera impresionante después de que le dijera que era su padre, haciendo totalmente lo contrario a lo que había acordado con su madre. Él me dio un apretado abrazo, acompañado de un beso, pidió bajar de mis brazos, me agarró la mano y me arrastró hasta su abuela y su tía, que nos miraban con lágrimas en los ojos. Y con toda la naturalidad me presentó como su papá. Paula se quedó congelada en el mismo sitio, no se creía lo que estaba viendo; me reconoció después que tenía planeado matarme. Pero al ver la reacción del niño, no pudo ser más feliz. Tiago nos sorprendiendo una vez más; me arrastró con él hasta ella y me presentó como su papá; Paula lo abrazó y empezó a llorar. Me acerqué hasta ellos y los abracé. Ahí tuve la certeza de que nunca más podría vivir sin aquellas dos personas en mi vida. Pero las sorpresas de mi hijo no se quedaron ahí. El niño, que estaba estrujado entre su madre y yo, sacó su cabecita como pudo y con su lengua de trapo me preguntó si yo tenía nombre, para contarle a la profesora que tenía un papá con nombre. Todos nos reímos de su inocencia.

Desde aquel día, mi vida nunca más fue la misma. En mi casa hay juguetes tirados por todas partes, mis cosas desaparecen de su sitio, estoy leyendo cualquier cosa y una pequeña mano aparece encima; estoy echando una siesta y me despiertan los gritos de mi hijo llamándome para jugar. Pero no cambio eso por nada en ese mundo.

Cuando le propuse a Paula que se viniera a vivir conmigo a España, ella aceptó en el acto. Ninguno de los dos quería estar lejos del otro y con la aceptación de Tiago todo vino rodado. Mi relación con mi hijo no puede ser mejor. Nunca me olvidaré de aquel día, en aquella terraza, que cambió mi vida para siempre.

Después de aquello, todo ocurrió a una velocidad vertiginosa. No quise perder ni un solo segundo. Llamé a Fátima y le pedí que organizara todo para que yo reconociera la paternidad de Tiago cuanto antes. Aun con la garantía de que Santiago no reclamaría al niño, yo no lo quería a medias, quería que él fuera un García, que fuera mío con todas las de la ley. Paula nunca lo sabrá, pero él me pidió una elevada suma de dinero para que no lo reclamara legalmente. Pagué gustosamente, pero cuando él me pidió ese dinero tuve más claro que nunca que, independientemente de la decisión que tomara Paula con relación a mí, el niño estaría mejor sin él cerca. Yo figuro como su padre biológico, no como que lo he adoptado. Y todo aquel que diga lo contrario, se juega una gran pelea conmigo. El niño ya está totalmente hecho a España.

La hermana y la madre de Paula no quisieron venir a España ni tampoco volver a Río de Janeiro. Suelen, que estaba trabajando y estudiando, se encontraba a gusto en San Paulo; estaba conociendo al hijo del dueño de la gasolinera, que era mayor que ella cuatro años y la estaba ayudando a salir adelante. Mi suegra, al ver que yo iba en serio con Paula, le preguntó si podía quedarse con Suelen para apoyarla en su nueva trayectoria. Aunque mi mujer sintió mucha pena, la apoyó con alegría. Despedirse de su madre fue duro.

A los tres días estábamos en Río de Janeiro. Hice todos los trámites para reconocer a mi hijo en el consulado de España e inscribirme con Paula como pareja de hecho, todavía no habíamos hablado nada sobre matrimonio. Creí que era mejor dejar pasar un poco y qué listo fui. La única vez que hablamos sobre el tema ella me dijo que no hace falta un papel que diga que somos el uno del otro, y que antes de oficializar una boda ella quiere ser totalmente independiente.

Desde que estamos aquí, en Madrid, ella no deja de estudiar. Asiste a clases de español, va a la universidad para convalidar su carrera de Enfermería y obtener el título español.

Tiago es la alegría de la casa, habla español y portugués con soltura. Mi madre se compró el piso de debajo del mío para estar cerca de su nieto, y desde que nuestra relación volvió a la normalidad ella es parte de nuestra vida. Paula y Tiago la adoran. Ella se unió al club de las M y se negó a que contratáramos una niñera para cuidarlo. Es ella quien se ocupa del niño cuando lo necesitamos y cuando no, también. Todos los días va a llevarlo y a recogerlo al colegio junto con nosotros. Paula y yo, siempre que podemos, nos ocupamos nosotros de hacerlo, pero siempre con ella detrás. Mi madre, desde la llegada de mi hijo, no ha vuelto a ponerse mala, ya no sufre depresión y ha rejuvenecido como diez años

La madre de Paula viene cada tres meses. Ella volvió a trabajar, pero es autónoma, por lo que puede ir y venir a su antojo. Junto con Suelen son representantes de productos de cosmética, y les va relativamente bien.

Mi cuñada está en su primer año de la carrera de Derecho y sigue con el hijo del que fue su jefe. Por él dejó el trabajo en la gasolinera, ya que era un trabajo que le exigía muchas horas y ella estaba muy expuesta y él, por lo que me dice Paula, es muy celoso. Y con la novia que tiene más le vale atarla en corto, ella es de armas tomar.

Mi cuñada y mi hermano están superfelices por mí. Nos seguimos viendo tanto como antes, solo que ahora, como yo también tengo familia, ellos vienen un poco más. A ellos les resulta más fácil moverse ya que mi cuñada tiene su propio avión. Después de la marcha de Paula prescindieron de contratar a otra persona, las M son las que se encargan del cuidado de mi sobrino, que ya tiene veintiún meses; es todo un *crack* que se llama como nuestro padre, Víctor; dentro de nada estaremos yendo para su cumpleaños.

María y Tiago cuando están juntos son inseparables. Mi hijo, al ser mayor que ella dos años y medio, se autoproclamó su protector. Mi hermano se pone muy celoso porque cuando estamos en Brasil María, cuando ve a su primo, se olvida por completo de su padre y él deja de ser el hombre de su vida. A sus cuatro años le dice a su padre que se va a casar con su primo de seis, casi siete; mi hermano, si pudiera, le prohibiría la entrada en el país a mi pequeño.

Nunca más he vuelto a saber nada de Tania. Sé que vive nuevamente en España, pero no me interesa nada sobre su vida. Por su culpa casi que no puedo vivir la plena felicidad que vivo hoy en día. La quiero bien lejos de mí y de mi familia. Siempre que mi hermano y mi cuñada vienen a España con los niños, Daniel sale *a escondidas* con mis sobrinos para que ella los vea. Todos sabemos que va a encontrarse con ella, pero nos hacemos los locos. Fátima tampoco quiere saber nada de ella. No le deseamos ningún mal, pero no la queremos cerca.

# Capítulo Bonus
## "Por Favor, Ámame"

Los meses han pasado volando, estoy a solo a un mes y medio de mi boda, pero ahora mismo no es eso lo que ocupa mi cabeza. Dentro de tres días, que casualmente es mi cumpleaños, se celebra la apertura del testamento que está en poder del albacea, justo un día después del cumpleaños de mi amigo, que, por suerte, al ser hombre no se fijó en mi fecha de cumpleaños. Tengo mucho miedo por cómo se va tomar lo que allí se revele, yo en su lugar no lo llevaría nada bien. Se va a sentir engañado por todos, porque a lo largo de estos meses, descubrí que, aunque Dani no se lo haya comentado con nadie, su padre sí lo hizo; esto es un secreto a voces. Toda su familia sabe de su existencia, mas, nadie quiso tener contacto con él por ser el hijo bastardo y encima con la chica de servicio. Su tío fue quien estuvo como vicepresidente de la empresa junto con el albacea, que ocupó el cargo de presidente durante veinticinco años, hasta que Pedro pudo hacerse cargo del bufete.

Esta noche prepararé una cena romántica para nosotros; antes, iré a por el regalo de mi amigo y cuñado. Me veo en una situación horrible entre dos personas que son muy importantes para mí. Quiero contentar a los dos, pero sé que esto es casi imposible, se va abrir una brecha entre ellos grande, y yo en el medio intentaré ser el hilo conductor que los una de nuevo cuando las heridas se curen un poco. Los necesito a los dos.

Lo primero fue fácil. Levanté el teléfono, llamé a Luis, que ahora es el chef en el restaurante de Pelayo, atrás se quedaron las largas horas de Mari detrás de los fogones y le pedí que me preparase la cena. Él, más que rápido, me dijo que sí. Luis ya sabe quién soy, pues cuando le fui a proponer que fuera chef en el restaurante de Pelayo y Mari, tuve que decírselo, aunque él no pareció sorprendido. No hizo preguntas cuando se reunió con Mari y Pelayo para proponer ser el chef del restaurante, alegando haberle tomado cariño a la gente de allí. Mari, al ver el entusiasmo del chico, decidió venderle su parte. Lo que ella no sabe es que todo era un plan mío para que se jubilara, como ella solo tenía un quince por ciento, Pelayo decidió vender un veinticinco por ciento de la suya. Ahora tengo un cuarenta por ciento del restaurante de mi amigo.

El regalo de Pedro sí me dio algo más de dolor de cabeza, no sabía qué comprarle, mi amigo tiene de todo; entonces, decidí apelar a lo sentimental. Como soy una apasionada de la fotografía, tengo muchas fotos nuestras. Así que, hice un *book* fotográfico y es lo que voy a regalarle a mi amigo.

Hoy es el cumpleaños. Hicimos una recepción en casa de su madre para que él conmemorara con ella también sus treinta cumpleaños. Se nota que Elena está nerviosa, pero su hijo achacó eso a la felicidad de juntarse con él para celebrar su cumpleaños. Después de cenar en casa de su madre, nos fuimos de fiesta por ahí. Tania no dejaba a Pedro ni a sol ni a sombra, se le veía agobiado, no sé por qué no le decía nada y le dejaba que le arruinara la noche. Dani quiso marcharse pronto a casa, ¡sí… a casa! La idea de que él siguiera en su casa, y yo en la mía no nos duró ni una semana; lo único que no cedí fue quedarme sin mi apartamento, sigo pagando el alquiler, aunque Mari me riñe. Cuando quiero desconectar, me voy a mi pequeño espacio para alejarme de Tania, la pelirroja y la loca francesa que también decidió aparecer.

Llegó el fatídico día. Me alegro de que las únicas personas que conocen que hoy es mi cumpleaños están al otro lado del océano. Dani no quiere que lo acompañe, pero no hay fuerza en la tierra que me impida ir con él; bajo ningún concepto lo dejo ir solo. Llegamos al notario y encontramos a Pedro con Elena en la sala de espera. Mi amigo, nada más ver a Dani allí, preguntó el porqué de su presencia y por qué él no sabía nada de que había sido convocado. Su madre le explica que el testamento solo puede ser abierto con los dos presentes. Pedro le da un abrazo a mi prometido y habla:

—A ver lo que tiene preparado ahora mi padre para que no nos separemos en la vida.

Dani se apresuró en contestarle:

—A mí me da igual lo que haya en este testamento, tú para mí eres y siempre serás mi hermano. Hay veces que creo que él quería casarnos —se ríe y se deshace del abrazo de Pedro.

Mi corazón se encoge al ver la escena. No creo que el comentario de mi novio fuera acertado, pero con los nervios no se puede pedir mucho más. Mis ojos se llenan de lágrimas, mi amigo lo nota y me pregunta por qué lloro. Le contesto que no estoy llorando. Por suerte, no me dio tiempo a decir nada más, llamaron a los tres para que dar inicio a la lectura del testamento. Cuando ellos iban a entrar, Elena toma a su hijo por el brazo y le entrega un sobre.

—Pedro, esta es una carta de tu padre para ti. Te la debía haber entregado hace doce años, pero por egoísmo y venganza no lo hice. Solo espero que seas capaz de perdonarme algún día, hijo, y quiero que sepas que Daniel no tiene la culpa de nada.

—Mamá, me estás asustando. ¿De qué va esto?, ¿de qué me estás hablando?, ¿a qué viene esto de egoísmo, venganza y de que mi amigo no tiene nada que ver?

No hubo tiempo para que Pedro terminara con lo que iba a decir, la secretaria del notario les volvió a llamar, y los abogados de ambos les instaron a que pasaran. Me quedé fuera hecha un mar de lágrimas con lo ocurrido. Escucharlos me partió el corazón, ver el desconcierto de mi amigo, ver en los ojos de mi chico el temor de perder a su único amigo. Bueno… ahora la relación con los trajeados es buena, mas no creo que Dani pueda llegar a ser amigo de ellos, son muchos años de enemistad e indiferencia, no me imagino que ahora se hagan los mejores amigos. Mis pensamientos son interrumpidos con los gritos de Pedro llamando a su madre furcia, embustera y unos cuantos insultos más. Me levanto y voy de camino a la puerta, pero no me dio tiempo de llegar hasta ella; mi amigo salió hecho un rayo, y al verme se paró delante de mí.

—Dime, Fátima, ¿tú también lo sabías? Por favor, dime que no, dime que tú no te reíste de mí. Yo te encubrí y te encubriré siempre, dime que no lo sabías Fátima...

Empiezo a llorar, mi amigo me mira a los ojos y sale andando de espalda mirándome y haciendo que no con la cabeza.

—Nunca imaginé que podrías traicionarme. Tú eras mi amiga, yo confiaba en ti.

266

—Pedro, déjame explicarme. Pedro...

—No, no te me acerques nunca más, quédate con tu prometido y la zorra de mi madre. De hoy en delante todos ustedes han muerto para mí.

Me dejo caer llorando, no puedo perder a mi amigo. Yo no tengo la culpa. Le grito, pero él no me responde; de repente todo queda a oscuras, no siento nada. Cuando vuelvo en mí, estoy contra el cuello de Dani, que está llorando dándome besos en la cara. Al ver que mi amor está sufriendo, le acaricio el rostro y le digo que estoy bien, que no se preocupe por mí.

—Vamos al médico, me diste un susto de muerte.

—No Dani, estoy bien de verdad, no puedo ir al médico solo por un desmayo, por favor. Anda, vamos a casa.

Abandonamos la notaría sin decir una sola palabra de lo ocurrido dentro de aquella sala. Cuando llegamos a casa, Daniel no me dejó hacer absolutamente nada, me metió en la cama y salió. Volvió con un caldo que me supo divino, estamos a mediados del otoño y ya empieza a hacer frío, y el caldo me ayudó a entrar en calor. Su móvil suena. Al ver el número, tuerce el gesto y sale a la terraza y cierra la puerta. Yo sigo en la cama recordando el episodio vivido, no sé cómo mi chico está consiguiendo mantener la postura; veo en sus ojos el dolor y la tristeza que está sintiendo.

Al final, el caldo no me sentó tan bien como creí en un principio, pues tuve que salir corriendo para no vomitar en la cama. Agradezco a quien quiera que lo haya llamado, pues si él me ve ahora mismo de esta manera, abrazada al váter, voy directa al hospital. Cuando ya no queda nada más en mi estómago, me cepillo los dientes, vuelvo a la cama y me quedo dormida. Me dormí lo que quedaba del día, mi cuerpo solo me pedía cama, pero me obligué a reaccionar, ya que mi chico me necesita y ahí estaré para él.

Llego al salón y me encuentro con una escena desoladora, Dani había roto todas las fotos de su padre con él en sus brazos, y tenía las de Pedro esparcidas por el suelo como un puzle, desde que Pedro era un bebé hasta las de unos días atrás. Quería poder decirle que no pasaba nada, que a Pedro ya se la pasaría, pero sé que no será así, vi demasiado dolor en sus ojos; fue un gran palo para mi amigo. Veremos cómo será en la oficina dentro de unas horas.

Por primera vez en tres meses que estamos juntos, tengo que despertar a Daniel para ir a trabajar, y me costó muchísimo. Llegó a decirme que no tenía ganas de salir de casa, incluso tiró de mí para que me acostara con él otra vez, tuve que ponerme seria con él para que me hiciera caso. Dani se metió en la ducha, mientras que yo fui a preparar el desayuno, pero no fue una buena idea; el olor a café que tanto me gusta, esta vez me está dando un asco horrible, aun así, preparé lo preparé, puse la mesa y esperé a mi chico, que estaba tardando más de lo normal, cosa que me preocupó y me hizo ir detrás de él. Cuando llegué al baño, me encuentro a Dani sentado en el váter con la mirada perdida. Le llamo suavemente para que no se asuste.
—Dan, mi amor, tienes que ducharte, ya llegamos tarde.
—Fátima, ¿de qué me vale tener el cincuenta por ciento de la empresa si no tengo a mi amigo, mi hermano?
—Dale algo de tiempo, Dan.
—Se lo daré Fátima, pero Pedro es muy rencoroso.
—Dan, fue un golpe muy duro para él, de la noche a la mañana descubrió que casi toda su vida es un espejismo.
—Prométeme que siempre estarás a mi lado, Fátima. Te necesito más que nada en el mundo.
—Así será mi amor, no me moveré de tu lado a no ser que me eches.

—Yo nunca te echaré de mi lado, eres mi vida.

«Ojalá sea así cuando descubras mi historia», pensé para mí.

Llegamos a la oficina dos horas tarde, ya que me había costado mucho sacar a Daniel de casa. Al pasar por recepción, no me pasaron desapercibidos los ojos rojos que traía Tania, su hermano la fue a saludar como todos los días, pero ella le dio la espalda. Lo tomé de la mano y lo conduje hasta su despacho. Nada más sentarse, entraron tres de los cinco trajeados: Rafael, Jorge y Rubén.

—Venimos a felicitarte jefe y a decirte que nos tienes para lo que necesites. —Dani les agradeció el gesto, vi en sus ojos que le gustó la actitud de sus nuevos colegas, ahora oficialmente empleados.

Se encaminaron a la salida, pero cuando ya estaban cruzando la puerta, Rafael dijo a sus compañeros que ya los alcanzaría y volvió a ponerse enfrente de la mesa de Dani.

—Daniel, no sabía que eran hermanos, pero algo se olía.

—Gracias por tu discreción.

—Dale tiempo a tu hermano, lo necesita, está destrozado. Ayer se cogió una borrachera de campeonato, pero no te preocupes, yo me ocuparé de él. Lo dejé en su casa para cambiarse y venir a trabajar.

—Gracias Rafael, eres un buen amigo, me alegro poder conocerte mejor.

Dicho esto, Dani se centró en sus quehaceres, y Rafa salió. Me quede allí parada sin saber qué hacer, tenía ganas de llorar por la apatía que había ahora en aquel lugar, donde antes todo eran risas y alegría.

Dani, después de un buen rato, se dio cuenta de que yo estaba allí, y que encima estaba llorando. Se levantó de su silla, rodeó la mesa y vino hasta mí. Me abrazó y dijo que todo estaría bien. No podía sentirme peor, yo era quien debería estar consolándolo a él, no él a mí. Sin embargo, no puedo contener este dique; cuando se abren las compuertas no hay manera.

La mañana fue relativamente tranquila, quitando que Tania no le habla a su hermano y que Pedro todavía no llegó. A la hora de la comida conseguí convencer a Dani para que fuera a almorzar al restaurante de Mari con todos nosotros. Ya lo sé, ya no es de Mari, pero en mi cabeza siempre será de ella, no de Pelayo y mío. Nada más pasar por la puerta, mi madre adoptiva me riñe y riñe a Daniel por mi aspecto. Dijo que estoy horrible. Yo no sabía qué hacer, pues ella no sabe por lo que está pasando mi chico, y le está echando una señora bronca y él aguantando estoicamente.

—Mari, no te preocupes, es que ayer no me encontraba bien.

—No, no Fátima, cuéntale que te desmayaste.

Le echo una mirada asesina. Mari es capaz de llevarme a rastras al hospital y encima poner una orden de alejamiento a Dani por no cuidarme.

—Mari, ayer comí algo que no me sentó nada bien.

Ella me miró de reojo y se marchó. Al final fue una óptima idea haber llevado a Dani con los chicos, entre todos conseguimos sacarle unas sonrisas. Yo comí como si no hubiera mañana, pero esto no me preocupa lo más mínimo, nunca fui una de estas obsesas del peso.

Llegamos entre risas al despacho, aunque nos duró. Encontramos a Tania llorando desconsolada en brazos de Pedro, pero él era como si no estuviera allí, la tenía abrazada con una mano en el costado, la otra en la cabeza y su mirada estaba perdida, enfocada en la nada, era como si no hubiera nadie dentro de aquel cuerpo. Todos nos quedamos petrificados en el mismo sitio. Yo fui quien llamó la atención de nuestra presencia, cosa que desde luego no fue una buena idea.

—Felicidades hermanito. Ya me robaste la empresa, mi amiga y ahora vas a por mis amigos. Si lo que quieres es lo que tengo, no hace falta que lo robes, yo te los vendo. Aaah, la zorra de mi madre ya recibió su merecido por meterse en el nidito de amor de la sirvienta y el patrón.

No pude más, le planté un manotazo en la cara a mi amigo y le dije lo que necesitaba oír.

—Mira Pedro, sé que lo estás pasando fatal, pero Daniel es tan víctima como tú, solo que a él le contaron la historia desde que era un niño, y le hicieron jurar que no te lo contaría. No estoy culpando a Elena de que no te dijera nada, pero si aquí hay víctimas, estas sois tú y Dani. No sé qué merecido diste a tu madre, mas solo te diré una cosa; tu madre es la persona que más te quiere en este mundo, cuidado con lo que haces y con lo que dices, pues igual mañana ya será muy tarde.

Después de soltar tal discurso, giro y me marcho dejándolos a todos con la boca abierta. Dani viene detrás de mí, pero ahora mismo lo que necesito es estar sola; acabo de plantar una señora bofetada en la cara de mi amigo.

Salgo del despacho pidiéndole un poco de espacio, cojo un taxi y me voy a mi apartamento, necesito estar sola. Cuando entro, me conecto con mis amigas con las que hace tiempo que no hablamos. Empiezo a recibir llamada tras llamada de Dani. Le envío un mensaje:

Dan, estoy bien, pero ahora necesito estar sola. Mañana nos vemos en el despacho.

Te quiero

PD: No vengas a buscarme

Vuelvo con mis amigas, que me están echando una señora bronca, dado que llevo una semana sin hablar con ellas. Les pido disculpas y les cuento todo lo que está pasando con lo que me entendieron de inmediato. No sé cómo, pero Alba parece percibir que estoy llorando, me pregunta y le digo que no. No la convenzo, y me llama al teléfono. Solo puedo agradecer a Dios por regalarme estas locas amigas online.

Alba sacó de mi alma todo, no me quedó nada por contar. Le conté toda la historia de mi familia, mi relación con Pablo, mi llegada a Madrid, absolutamente todo, y lo más placentero fue que ella no me hizo preguntas, solo se dedicó a escucharme. Cuando terminé de sacar toda la mierda que llevo dentro, ella habló:

—Te voy a decir las tres conclusiones que saco de todo lo que me contaste: primero, tienes que contarle a Daniel todo cuanto antes; segundo, tus padres son unos hijos de puta —me echo a reír. Alba nunca dice palabras malsonantes, la malhablada del grupo soy yo, y luego Pasionatta—; tercero, creo que debes comprar un test de embarazo. —Mi sonrisa desapareció.

—¿De qué mierda me estás hablando Alba?

—Te estoy diciendo que casi con seguridad estás embarazada.

La muy cabrona me dice eso y escribe a las chicas al mismo tiempo. La zorra de Pasionatta empieza a meterse conmigo diciendo que me voy a casar de penalti para pillar al ricachón, si ella supiera. Leire me riñe porque está intentando llamarme y mi teléfono está ocupado y Olivia me dice que soy una pecadora. Pasionatta no perdió la oportunidad de meterse con Olivia, dijo que yo iba a ir al infierno por haber fornicado antes del matrimonio.

# Tu opinión es muy importante.

¿Te gustó la historia? Si es así. Por favor deja tu comentario o reseña donde la hayas adquirido, en mi muro de Facebook, mi página de autor, Amazon o Goodreads. Para mí es muy importante. Tu opinión puede ayudar a que otros lectores decidan dar una oportunidad a mi historia.

De antemano te agradezco esos cinco minutos que dedicarás de tu tiempo y que para mí marcará la diferencia.

Si deseas contactar conmigo estaré encantada de conocerte en mis redes sociales.

Gracias.

# Sobre la autora

Nanda Gaef es brasileña, nacida en Río de Janeiro y nacionalizada española.

Vive en España desde 2003, está casada y es madre. Es una persona muy inquieta, siempre está haciendo y/o inventando algo. Desde pequeña, siempre fue muy fantasiosa. Tiene varios relatos escritos en sus viejas agendas olvidadas en el cajón de los recuerdos en su país natal; tenía un grupo con sus amigas online donde todas las semanas se contaban relatos entre ellas. De ese grupo, vino el apoyo para saltar a compartir con los demás lectores sus historias. Su mente nunca ha dejado las fantasías, ya que tiene varias historias apuntadas en su inseparable agenda.

Sigue mis pasos en:
nandagaef
nanda_gaef
@nandagaef

# Agradecimientos

Gracias a mis fieles lectoras: que me escriben por las redes, me apoyan en mis proyectos, comentan mis novelas, que me riñen y me amenazan por algún que otro personaje. Esos momentos para mí son maravillosos.

Gracias a mi maravillosa lectora beta que dedicó varias horas de su concurrido tiempo en leer mi escrito y ayudarme a mejorarlo.

A los maravillosos grupos en los que publicito a diario para difundir mi trabajo. En especial al: "Noches de Suspiros By Eve" y sus maravillosas administradoras Vanessa Lucas y Eve Romo por acogerme con tanto cariño.

A mis chicas del grupo "Danadinhas de Gaef" Soni, Joaky, Maria Camus, Cristina Lauredo, Michelle, Bernice, Magy Solis, Alicia Capilla, Amparo Sabater. Mariluz Martínez Navarro, Elena De Torres, Brenda Barrera, Marilyn León Mora, Elsa Maximiliano, Liliana Enriquez Martínez, Dulce Landa, Mariposa Brujilla, Graciela Jimenez, Ana Lopez Costas, Mont Ruiz, Tania De la Rosa, Montse Ferre Pamies, Patry Ruiz Morales, Ella Limón, Mary Carmen Garcia, Calu Amor, Afy Moreno, Soledad Camacho, Begoña Sirvent Coloma, Ana Arranz Diez,

Kissi Ortega, y muchas otras. Gracias por estar ahí a diario. Os adoro.

A mi grupo de Telegram en donde tengo amigas maravillosas que están para lo bueno y para lo malo. Con las que tengo horas de risas y complicidad y que me ayudan a poner en práctica mis locas ideas.

A mi grupo de chat brujas del…. Que hizo que recuperara a una amiga y ahora a través de estas líneas le digo que me alegra enormemente haber retomado nuestra amistad.

A mi compañera y amiga Alexandra Silva.

A mi niña mella por todo lo que me ayuda.

A mi marido e hija, que tienen una paciencia infinita. Gracias por vuestra compresión, por permitirme seguir con esta loca aventura. Por soportar las miles de veces que no os hago caso. Sois lo más importante de mi vida. Os quiero.

# Mis otros títulos

"Por Favor, Ámame (Autonclusiva")

Sinopsis

Fátima, a la vista de muchos, es una mujer afortunada; es guapa, tiene dinero y es deseada tanto por los hombres como por las mujeres.

Sin embargo, ella se siente sola, vacía, nada de lo que tiene la seduce, no pide mucho a la vida. Es una mujer ansiosa por vivir, de ser independiente, de liberarse de las cadenas que la atan a una familia interesada, sin cariño ni amor.

Después de perder a la única persona que la hacía sentirse especial y amada, decidió huir creyendo poder dejar atrás todo lo que le hacía infeliz.

Pero su llegada a España no es así, ya en el aeropuerto sus problemas se agravan, llevándola a conocer al bello y atractivo abogado, Daniel Welkeer, que junto a Pelayo, un guapo camarero, pondrán la vida de la morena del revés

https://www.amazon.es/dp/B01NCORKYV

"No me obligues a escoger"

Sinopsis

Bruno es un arrogante rapero y exitoso productor musical que conoció la fama, las drogas y las mujeres a muy temprana edad.

En una noche de fiesta y desenfreno vio por primera vez a la asustadiza y tímida Silvia, que meses más tarde, sin que él lo planeara, se convirtió en su esposa, rompiendo con todos sus planes.

Años más tarde, su debilidad por las mujeres hizo que se encaprichase con una morena que a primera vista era tímida e inocente, y que pondría su vida del revés, llevándolo a hacer cosas que jamás pensó que haría por una mujer con tal de que fuera suya.

Nada es lo que parece. Siempre hay algo por lo que luchar.

Dos mujeres diferentes, una vida por delante. Sueños, ilusiones, chantajes y dinero.

¿Cuál de las dos permanecerá en su vida?

¿Quién será la elegida?

https://www.amazon.es/dp/B07B3KN5PR